东北流亡文学史料与研究丛书·作品卷

大风雪里

师田手 著

北方联合出版传媒(集团)股份有限公司
春风文艺出版社
·沈阳·

主　编　张福贵
作品卷主编　滕贞甫

图书在版编目（CIP）数据

大风雪里/师田手著． —沈阳：春风文艺出版社，
2020.5（2022.2重印）
（东北流亡文学史料与研究丛书）
ISBN 978-7-5313-5776-6

Ⅰ．①大… Ⅱ．①师… Ⅲ．①短篇小说—小说集—中国—当代 Ⅳ．①I247.7

中国版本图书馆CIP数据核字（2020）第023455号

北方联合出版传媒（集团）股份有限公司
春风文艺出版社出版发行
http://www.chunfengwenyi.com
沈阳市和平区十一纬路25号　邮编：110003
永清县晔盛亚胶印有限公司印刷

责任编辑：姚宏越　刘　维	责任校对：陈　杰
封面设计：马寄萍	幅面尺寸：155mm×230mm
字　　数：190千字	印　　张：13
版　　次：2020年5月第1版	印　　次：2022年2月第2次
书　　号：ISBN 978-7-5313-5776-6	
定　　价：48.00元	

版权专有　侵权必究　举报电话：024-23284391
如有质量问题，请拨打电话：024-23284384

目　录

一　天 …………………………………… 001
大风雪里 ………………………………… 008
炎夏的高粱地头 ………………………… 016
疯 ………………………………………… 024
控　诉 …………………………………… 031
窑洞工人 ………………………………… 035
找　幸　福 ……………………………… 043
意内的意外 ……………………………… 050
荒山的女儿 ……………………………… 062
前哨上的勇士 …………………………… 077
罗兴秀的惨死 …………………………… 082
战士的秋收 ……………………………… 088
李位和其他五个劳动英雄 ……………… 100
重创造 …………………………………… 106
锄　草 …………………………………… 112
忘我的陈宗尧 …………………………… 117
宋振甲的心愿 …………………………… 129
对　面　炕 ……………………………… 158
硬席车上 ………………………………… 192

一 天

一

　　二毛楞星闪亮地，独自在半明半暗的天空向冷清清的平原窥望，一百多骑游击大队正没命地往小四沟飞奔。黑影子像一条猛然涨起的河流的浪涛，急速地向前滚动着，把平原遗留在后边。平原寂静，大地闪露出绿茫茫的身姿，东方浮起微薄的鱼肚白。

　　这平原，这大路，已经叫这个游击大队的大队长赵明阳抗日的马蹄踏遍，比一个老农熟悉自己的庄园都更强，他熟悉这地带的每一个大路、小路、山头、山沟、地岗、河流、村镇、城市和人物。他能计算从哪到哪的距离，和用各种车马或步行所需的时间。在敌人的网罗中奔驰，却仿佛蜘蛛巡行在自己织起的蛛网上，很少迷失了方向或者吃什么亏。他同老百姓紧密联系着，敌人打不着他，他却时常打击敌人。

　　一部大汽车，隆隆的声音传过来。到达小四站沟口的游击大队，便迅速分散开，隐藏在草丛和山石后边。大汽车急驰过来，不一会儿被游击大队包围了。大汽车像个大乌龟似的，畏畏缩缩地停在大路上。乘客都被押送到沟里小四站沟屯。大队长赵明阳闪着眼光，胜利地笑了。

　　太阳迟迟地升起，小四站沟口平静了。

一个半钟头后,这部大汽车又插起伪满洲国国旗,将二道河子警备旅吴连长和二十名兵士,开到草帽顶子。

坐在孙保董的客室,吴连长喝着茶。十几个兵士站在外屋吃西瓜。孙保董拿着荒木一本的名片,肥大的身躯颤抖着,无论怎么想笑,也掩饰不住突兀的慌乱。他在地下打转转,后脖颈堆堆的肥肉像煮熟的螃蟹那么红,左手不住地抚摸嘴上几根稀疏的灰白胡须。

"真的吗?真的吗?"他慌乱地问。

"快吧,九点钟以前就要到。紧急军事联席会议呀!今天是'九一八','匪贼'出来了七八百,这一带都危险,说不上攻打哪疙瘩呢!指导官请你们去,迟了,吃不了可得兜着哇……"吴连长急切地催促着。

"从这到二道河子,坐汽车得一个钟头,是不是?"

"唔,差不多……"

细高挑的高乡长、李大爷、王仁丹、刘膏药、李老三等十五个有头有脸的乡绅地主到齐了。带匣枪的、手提式的、马大盖的、手枪的,争前恐后,跟吴连长和二十名士兵,匆匆走出围子。三十几个人把大汽车挤得满登登的。汽车嘟哇嘟哇地开动了,一直开向到小四站沟去的大路。

"喂喂,吴连长,不是到二道河子吗?"

"匪贼正在那条路的附近,我们来时就是从这条路绕过来的。"

田地从车窗外接连不断地飞逝,车棚里热得喘不过气。突然兵士们的枪口对准孙保董等每一个人。孙保董张开鱼一样的大嘴,惊愕地瞪起一双铅弹子眼睛,畏怯地问:"你们这是干什么?"

"缴枪!"

"干啥缴我们的枪呢,这是?"高乡长眨眨虾米眼,有些不满。

"你们带着枪去见指导官,那可有些不妥当吧?你们带枪是打算回来自卫的,为要保护'皇军'大人,可不能叫你们带枪到二道河子!缴枪!等回来再发给你们!叫你们带枪去,我吴连长是什么脑袋，可担不起！诸位高抬贵手！"吴连长温和而诙谐地看着每一个人。

十五个乡绅地主这才安心舒了一口气，满意地把枪和子弹带交给兵士们。有的还特别嘱咐道："那红皮套的大镜面匣子是我的呀！"

"错不了，请放心！"

一片连绵的山岗闪露在前边，离开绕到二道河子去的大道已经老远，有几个人不禁失望地问："这是往哪开呀？吴连长，路不对吧？"

"什么？"吴连长从汽车夫旁的座位上转过身，一条腿蹬着座位的靠背，微显憔悴的梨黄神色中洋溢着胜利的愉快，大眼睛闪耀着，讥讽似的微笑一下，说道："你们不是专同抗日联军作对吗？今天特为请你们大家伙儿作对来了！我想你们会知道，我就是赵明阳！……"

十五个乡绅地主知道是上了当，你看看我，我看看你，脸色都白了，最后全把怨恨的眼光集中在孙保董身上。孙保董肥胖的下巴，堆堆到衣裳的前襟上，深深地低下头去。谁不知道呢？赵明阳是个打日本的能手。这回算活不成了，死神在敲击着他们每一个人的心。后悔，自怨，什么全来不及了，每个人面前展开个黑洞洞恐怖的深渊。汽车的声音听不见了，车棚外的一切看不见了。

山上响起两声迎接的枪声，人们向旁边一侧歪，汽车猛然停止下来，蠢笨地晃动了几晃。

二

小四站沟各村庄，活动着游击大队的人马。赵明阳带领十几个兵士和三个分队长，把大汽车上的乘客、押车的和车夫送出小四站。一个学生乘客先开腔了："这些老顽固，是得给他们个颜色看看！"

"是呀，这些人可太不像话啦。应当，应当。你们这么一说，我们就明白了。这是怎么说呢！还留我们吃饭，可太破费啦！"几个商人，笑得眼睛在肉眼泡里像星一般闪烁，应声虫似的说着，一边虚伪地客气着。

"这五块钱我还是不要吧,开这一趟车,算什么!"汽车夫拿着一张票子向一个兵士手里塞。

"小意思!小意思!"

赵明阳站住了。他挺直身躯,叉着腰,平常所穿的灰袄,到处是大大小小的皱褶,平顶草帽遮掩起狭窄的额头,半面脸留下个黑影子。他挥一挥左手,向乘客们道别:"别客气吧!诸位把我的话记住,纪念'九一八',中国人要做本本当当的中国人!人心不死,什么都有希望!今天打搅诸位了,对不起,耽搁诸位的路程!"

"哪里话!哪里话!"

汽车呼呼地开走了。

这时,孙保董们坐在一间老百姓的房子里,正都各怀沉重的心事,沉默得找不出话来说。赵明阳迈进门槛,一大群人的眼光集中在他笑眯眯的脸上。但,高乡长却装作没看见,尸骨似的从炕沿上站起,黑瘦的手指指点着孙保董肥大的鼻子,愤愤地说:"都是你!都是你!我早说跟抗日军作对不得!一点子给养算什么!你总说不要紧,你有办法,抗日军算不了什么,要讨好日本'皇军'。都是你,没有你哪有今日!"

"是呀,都怨你!孙保董,你是一乡的头子呀!净是你使坏心眼!"一群恶蜂似的人包围住涨红了脸喘不过气来的孙保董。

"别埋怨啦,你们不愿意,我一个巴掌也拍不响啊!"

"你不领头,我们……"王仁丹摸摸仁丹胡,把话立时咽回去。

赵明阳走到地当心。乡绅地主们像各式各样的大石头,痴痴坐着不动,互递着失神的眼色。赵明阳严肃起来,额头上绷紧一根粗壮的筋。他左手按着腰间的手枪,右手挥动着草帽,沉重地说:"诸位不用你怨我,我怨你的。有眼睛谁都看得明白,咱们还是说老实话吧。适才我跟车客们宣布你们的罪状,你们也都听到,自己也承认了不是。不管好歹,咱们总算全是中国人,我也不能把你们怎么样。叫你们自己好好商量,把自卫队的枪缴出来,欠的给养通通办到,那就放你们回去！……"

"回去？缴了枪，叫日本人知道了可怎么得了哇！"高乡长害怕了。

"那不要紧，事情办妥当了，日本人，哄得过去呀！"

"是是，就是这么的才好！"

"可是你们回去可要守信用，别当抗日联军就没法治你们！硬了不跟你们碰，想个法子就会让你们上道！再一次没这样的了！摸摸你们脖子长得结实不结实！日本都被打得藏猫猫，何况你们！"

孙保董们又是喜悦，又是感激，畏怯不安地望着赵明阳。屯中的马队活动起来，准备开动。赵明阳大踏步走到门口，急匆匆地又回转头来向大家说："你们好好商量商量，我有事，过一会儿再谈！"

三

入夜，小四沟的兵马大半四散。

孙保董他们几个人打着哈欠，涌出酸倦的眼泪，东倒西歪地坐在炕里、炕沿边，瞅着地桌上的豆油灯台发呆。高乡长悄悄站起来，拿过一个茶碗，偷偷把夹在指缝的黑东西，送到嘴里，一扬脖，同水一齐喝进去，又痴痴呆呆坐在那里。

"高乡长，给我一点吧！"王仁丹贼溜溜地闪着眼光说。

"什么，喝口水又是好的啦！"高乡长去给王仁丹拿茶碗。

"不是，你适才不是喝大烟来吗？"

"哪里，哪里，我不过就喝一口水罢哩！"

"高乡长就是这么吝啬！就你机灵，身上带着货！大家都憋得慌，是什么时候，拿出来吧，给大家提提精神！"孙保董半命令似的说。

"噢，不怪我，都是你呀！"

赵明阳同两个兵士走进来。兵士把一大堆被褥放在炕头，匆匆出去了。赵明阳坐在地桌旁，灯光将他身影映在墙壁上。墙壁上挂着蒜辫子、马鞭子、小筐，屋角尽是灰尘。孙保董他们都低着头，当赵明阳一进来时仿佛被震惊了一下，这时都病人似的沉默着。

"诸位都犯瘾了吧？"赵明阳失笑地问。

"可不是，大家伙儿出来得太匆忙了，谁都没有带！"高乡长故意献殷勤地说。

"啊，没什么，抽，我们供不起，喝一点倒可以想办法！"

有几个用力打起哈欠。赵明阳叫进一个兵士，吩咐道："去想法找二两大烟土来！"

"我可不要哇，我不抽！我这有两张上好的膏药，贴在腿腋折上，就精神不少！"刘膏药扯住细细的小辫，蜡黄多皱的脸笑嘻嘻地从人丛中伸出来。

"又是你的膏药，三舅！"李老三不耐烦地摸摸尖鼻子。

大烟拿来了，有的欣欣然喝一点点，有的不得已地迟疑一下才喝一点点。

赵明阳来回踱着，狭窄的屋地，他只四步就走到尽头，再转过身，斜歪个肩膀仍是走。这是他有话要说，又不能立即就说的一种习惯，有所决定，而却又无所思的样子，使人看了打寒噤。

"怎么样，你们商量啦？"

"差不多。不过嘛，不过自卫队的枪，有一些日本人登记的，不能缴，缴了就要命啊！"孙保董看着赵明阳阴森森的样子，声音有些颤抖。

"能缴多少呢？"

"连我们自己家的，总有一百多吧！"高乡长抢着答。

"其余的缴不来，怎么，留着好打抗日联军哪？是不是？"赵明阳愠怒地提高了声音。

高乡长缩了回去。屋里的人被威严的声音压住，立时又寂静得可怕。

"不是那意思，不是！合钱好不好呢？"孙保董半吞半吐地问。

"别废话，你们对付日本人本事很大！"

"是！是！怎么的都成！"高乡长脖子又抻长了。

鸡叫时，三十多骑队伍带着孙保董他们，向青山沟抗日联军密营出动了。傍晚，大森林的吼声流传在山间。赵明阳到家了，立时感到身子有些疲倦，然而，脸上却洋溢着喜悦之情。他在平原上打游击、出计谋、杀敌人、组织老百姓，他在森林中得到休息。森林仿佛是他的母亲，他每次回来，都是感到怀有出征得胜的儿子的心情。他不觉欣欣然地向孙保董他们说：

"你们好好看看吧，抗日联军是不是像你们说的那样，是什么匪贼！抗日联军一定要洗刷'九一八'这耻辱，救中国！"

这天晚上，孙保董叹息了："早知如此，何必当初呢！"

"我早就说，惹不起，你老固执呀！"

夜深了，森林愤怒地呼吼着，山风一阵一阵掠过去。

大风雪里

粗暴的大风雪搅闹着旷野，树木和田地全在拼命地吼叫。秋姐子的棉衣大襟高高地卷到背后，她吃力地顶着狂烈的北风走，怎么也不容易抬起头来。肩上是雪了，胸前是雪了，破烂的四喜帽子上是雪了，垂在背后短短的小辫，红辫梗上也尽是雪了。她的脸埋在黑布围巾里，只有狭窄的缝儿，用半闭起的黄眼睛向外看。广阔的雪烟包围着，她像个逆流的小帆船，缓缓地向前移动。

到骡子屯附近，她被两个穿羊皮大氅的哨兵逮住。高个的，凶恶的黑脸从皮帽子下望出来，粗声地喊着："准不是好东西，这大雪，小兔崽子，跑什么？"

不由分说，那高个的又说了："你先在这里，我把这小兔崽子送到团里去。"

秋姐子哆嗦着被带到一个宽敞的大院落，在西厢房的房檐下抖掉了身上的雪，大个子便把她拉进去。她的四喜帽子被大个子翻来翻去地看了又捏，捏了又看，最后狠狠地摔在地下，接着翻她的围巾、她的上身、她的内衣、她的裤子。不一会儿，又来三个吵嚷着的大兵把她围住，帮助大个子来翻。她几乎被剥光了。她看见这些士兵是最凶恶的伪满洲国的靖安军——红袖头，她吓得心像要跳出来，脸色惨白了，毫无办法地嘤嘤地哭着。忽然大个子从她的耳朵眼扯出个小纸球来，如获至宝一般，大声地叫道："翻着了！翻着了！"

突如其来的袭击，使她镇静了。正如一般的孩子一样，当秘密未被人发现时,恐惧得不知所措,但秘密一被人发现,倒觉泰然。她很后悔,怎么这么不中用啊!把藏在牙间的两个小纸条吞到肚里去,就害怕的是把耳朵里的纸条忘掉,这不是糟糕吗?立刻,新的恐惧又占据了她。抗日联军的行动被他们知道了,可不好,不就一切全完了吗?一切全都被她一个人弄坏的,真是罪大恶极啦!抗日的义勇军,要被这些没人心的卖国贼打败,那可不成!她激动得不知如何是好了,没命地向大个子扑去,要抢回那条子,撕毁它,吃掉它。但被大个子一个嘴巴打翻在地上,半个脸蛋红肿了,她挣扎着,又去扑,又被打倒,不由自主地号啕大哭起来。

"还得翻,剥光了翻,一定还有东西!"

穿狐皮大氅的连长走进来,阴险地微笑着,指手画脚地下命令。

秋姐子的四喜帽子,还有棉袄和棉裤,全被挑开了。棉花也全被撕烂了,零乱地扔了一地。她冻得哆嗦着,无力地哭着。他们将她的红辫梗也打开了,她的黄绒绒的头发披散下来,盖住了满是泪痕的脸和眼睛。

秋姐子被带到上屋去了。

兵丁们全忙乱起来。他们给秋姐子换新衣服,拿炭火盆,煮饺子。大雪片平静地在结满了霜的大玻璃窗外缓缓落着。风息了,四处没有一点声音。一分钟前,好似这里并未发生什么意外的事。

"好姑娘,不要怕……"

秋姐子正怯生生地吃下一碗饺子,心里像浮云一般狐疑着——这是怎么一回事呀?那躺在炕里,同连长一起吸鸦片的日本指导官,下了地,徐徐地走到她跟前,亲热得像对自己的孩子一样,对她安抚着。

"这些王八羔子,混账东西,不知好歹的……"

他去抚秋姐子头。她一巴掌把他的手打开,慌慌张张地站起来,想要跑,拼命地大叫:"吃人的日本鬼子,滚开!"

她被一翻身便从炕上蹦到地下来的连长挡住。那连长,大饼一样的白脸,谄媚地笑着,日本指导官做个无办法的手势,向连长递个眼色,就倒在炕上,呼呼地吸起大烟,连看都不向地下看一眼。

"你这小姑娘,真不懂事,皇军大人是仁慈的,给你好的吃,好的穿。你说那些义勇军住哪里呀?你到哪里去呀?你把义勇军的情形说出来,皇军大人送你到东京去观光,去享福哩!"

"汉奸卖国贼,不是你妈养的!"

秋姐子立刻被两个马弁拖到东耳房。那里阴森得像个地窖,除了靠东墙放一张木桌,旁边挂起长短的皮鞭子和铜鞭子,地下是几条长木凳子、杠子和一些稀奇古怪的刑具。秋姐子吓得从头心一直凉到脊梁骨底,打个大冷战。一切要来到的,她全意识到了,然而她却横了心,紧闭着嘴。

她加入义勇军二年多了,由于年龄小,做过许多这样的工作,全在敌人眼前混过去。这是第一次被捕,她的小心灵鼓舞着她,她不能违背祖国和人民。从"九一八"起她看到日本人杀人发威风、打人、奸淫,把什么东西全抢到他们手里去……她心里就生长了一个切切实实的疑问,中国人为什么要被这些小矮个的鬼东西欺侮哇!加入义勇军之后,她知道日本是帝国主义了,她决心同日本鬼子拼命,在义勇军里工作、战斗、学习。她父母早死掉,哥哥在义勇军里做战士,家庭是一无所有,她在邻家做童养媳,挨打受气,吃不饱。她跟义勇军出来了。她没有别的想法,只是一条肠子,与义勇军共生死。义勇军胜利了,使天下太平了,人人幸福了,大家自由了;义勇军不胜利,鬼子赶不走,人们就没法活。这时这些威吓自然动摇不了她,她觉得这是她不可免要遇到的,便不顾一切了。

"你到底说不说呀?不说就打死你!"

"说?说什么?"

"字条上写的是什么!什么意思呀?你通通说出来!什么'我们弄好了,准时见吧!'这是什么意思呀?你说!你说!"

"他们没有告诉我,我不知道!"

"你不知道？好！那么你从哪里来，到哪里去？快说！快说！"

连长猛力击打桌面，秋姐子被震动得心咯噔咯噔地跳，心思一时慌乱起来，还未等她镇静，连长的吼声又迸发了："快说！快说！不说要你的小狗命！"

她紧闭着嘴，抽噎着。

"不说？不说，给我打！"

一个马弁在她腿上一踢，她立刻倒下去。他们将她的头用手巾绑紧，上衣全剥下来。另一个兵士把皮鞭子在门边的水桶里蘸一下，板起面孔，走过来，牢牢地站在她身旁。她哭着，呜呜地哭着。

"说！说不说？"

回答的是更沉痛的啼哭。

"好！不说，给我打！"

第一鞭子打下去了。当鞭子扬起时，她的小背脊上突然隆起红红的鞭痕，她的惨叫在这房屋里到处冲撞。但在第二鞭子打下去，那马弁用一把破布把她的嘴堵上，哭声和叫声全闭塞住，鼻孔向外喘着粗气。鞭子又不住地在她背脊上飞舞，不一会儿，肉皮绽开来，血条向棚上飞溅。她仿佛听到连长又在大喊："说不说？"她立刻昏厥过去，什么也不知道了，但马弁用冷水在她头上泼，她苏醒过来，又听到那横暴的问讯："说！说不说？"

她仍是哭，什么都不说。拷打又开始了，不一会儿，她又昏厥过去。这样反复三次，最后她苏醒过来时，天已快黑了。她被放到一个空冷的草房里，草的潮湿气扑入她的鼻孔，四面暗淡得看不清墙壁。外边的大风雪更大了，树梢在呼啸，窗纸咝咝地吼鸣，风雪向各处剧烈地袭击着。她疼痛得呻吟着，寒冷得缩成一团。绝望了，她什么全想不出，张着恐惧的眼睛，丰满而美丽的面庞，显得有些枯瘦了。与此同时，仇恨的根芽也在生长。

一个村妇把她带出去，带到简陋的点起洋油灯的小屋子里。

"……你这孩子，这是为了什么呢？咱们老百姓，谁来就听谁的算啦。他们问你什么，你就快说吧！吃这苦头，多不上算！"

秋姐子扑在胖胖的村妇的怀里痛哭起来，抽噎了好久，才抬起眼睛，搔着蓬乱的头发，慢吞吞地说道：

"婶婶！你可不明白呀！日本鬼子打到东北来，不是杀就是奸，再不就是把人抓走了。日本鬼子一点良心也没有，他要灭亡我们中国，让我们像朝鲜一样呢，做他的牛马奴隶；没有义勇军，日本鬼子那就更兴扬了……"

"哟，你可别说了，小心他们听着！"

"婶婶！你太糊涂了！日本鬼子是不怀好心的狼，他要亡我们中国，那不成。婶婶，我们是中国人，那不成！"

"唉哟！你这小孩子可真硬气，问你什么，你就说吧！你这么小小年纪，懂什么，听我的话就没错，不会吃亏！"

"不说，谁说什么，我也不，别看我小，我是中国人！"

秋姐子推开那村妇，要跑到屋外去，在门口被两个马弁抓住胳膊，硬押着她走向上屋。

风雪骚乱地冲击着，雪地被他们踏得喳喳地响，已经大黑天了。

上屋里，连长在大声说着："非逼问出来不可！这两天这些匪徒，一定又要有动作，今天晚上问不出来，不成的呀！非问出它来不可！"

秋姐子被带到屋里，连长便暴跳起来，活像个要吃人的饿狼。

"孙大娘跟她说好的还不成啊！好，给我带下去，还是得打，不打是不成的，带下去，打！"

然而，当马弁们要把秋姐子拖下去时，日本指导官从炕上走过来，在明亮的灯光中他的假笑，使脸上堆满了粗杂的皱纹。腮间刮光的须根，青得怕人，两眼如豆儿一样闪烁着。

"不，小姑娘！可怜的！"

他指着桌子上的糖果、橘子、梨、罐头之类的东西，又说："小姑娘，吃吃，玩玩，谈谈，日本人好哇，不打你……"

说着，他去拉秋姐子的手，秋姐子猛力挣脱开，大声地叫喊："不吃你们日本人的东西！不吃，不吃！"

"你好孩子，不打你！你们中国人不好，打你！打得凶啊！"

"你们都不是好东西！一样！"

秋姐子摇着披散的黄发，她愤恨得大喘着气，拼命地向日本指导官叫喊。日本指导官不耐烦地打个手势，立刻，几个马弁拥着她走了。

冒着风雪，她冻得战栗，不觉间又到了那耳房。里边只点起一盏马灯，在灯近前，桌子和凳子魔怪一般地伸展出幽暗的身影。灯光显得渺小了，仿佛在一个深不可测的洞穴，她浑身一阵痉挛，紧闭住眼睛，迎接目前就要来到的一切。

鞭打使她尖厉地惨叫，同大风雪的搅闹声混在一起。兵丁们包围着她。日本指导官和连长坐在长桌的后边，每当鞭子从她背上抬起时，便问她："说，你的说不说？小杂种！"

"小杂种，你说不说？"

秋姐子昏厥过去，被喷醒的时候，她听见日本指导官说："小杂种，不说！给我的灌辣椒水！"

"对！灌辣椒水！"

疼痛使秋姐子几乎失去了自信力，她觉得在最后一次昏厥前的一分钟，难忍的疼痛，要使她把一切实话全涌到嘴边上，但是她还大半清醒着，她的天真和爱护、信任抗日联军的意志，痛恨日本侵略者的愤火，使她把自己内心的一切动摇的东西完全打碎了，毁灭了。她一直紧闭着嘴。她的眼目中，恍惚看见了常常给他们小孩子讲话的大队长黑大的个子，充满笑容和冻疮的大脸盘，他有时摸着她的脑袋，有时则对他们孩子全体放开洪亮的大嗓门说："中国的孩子们，就要为中国去干，绝不投降日本人，做小汉奸，做亡国奴！"

她浑身更厉害地痉挛起来。她记得清清楚楚，她一早出发时，队长按住她小小的肩膀，低沉而微笑地说："秋姐子，路上要加小心，若是被敌人抓住，什么也不能说，就是死也不能说……"

　　死，这时紧紧抓住了她的心，毒刑她再也忍受不住了，真情实话，不能说，绝对不能说，但发起昏来，神经一错乱，保不定就会乱说出来。秋姐子十四岁了，她的小心灵能思索并判断这些事。生活和战斗锻炼了她，死，她未放在心上，在敌人的手里，她是不怕死的。但是不能死呀！也不叫死呀！总是不死不活地受大罪呀，她脸色惨白了，黄眼珠射出尖利的坚决的光芒。

　　歇息了有五分钟的光景，好似一切都准备好了，她便被两个马弁从地下拎起来，拿过一个板凳，开始要给她灌辣椒水。她立刻号啕地哭出来，可怜见的样子，向日本指导官和连长抽噎地说："我，我说，'皇军'大人，我，我说……"

　　"好孩子，你说，给你好的吃呀！"

　　"我，我怕，我，我害怕，让他们这些兵，兵，都，都站远一点，他们，他们，我，我怕，我不敢说……"

　　"站远点，混账王八蛋！"

　　十几个兵士全站到门外去了。日本指导官和连长得意的笑脸在灯火下显得特别难看，他们迫切地望着秋姐子，屋中静得一点声音也没有，黑暗似乎越扩展起来！外边的风雪在号叫，使黑暗打起抖来，有些畏缩了。就在这时，秋姐子含混不清地惨叫一声，突然倒下去。而日本指导官还正在假装和善地说："好孩子，你说，好好地说！"

　　秋姐子打着滚，一种难忍的疼痛使她颤抖着，缩成一团。兵士们将她包围起来了。他们看到她嘴角不住地流血，便吃惊地叫起来："怎么啦？怎么啦？快看！"

　　一个马弁提过了马灯来照，日本指导官和连长，木鸡似的站在那里，混乱中，一个兵士忽然叫道："她把舌头咬断了！"

　　日本指导官立刻暴跳起来，瞪大了眼睛，发光的脸上充满着怒气，他猛力地拍一下桌子，狠命地大叫："拉下去！枪毙！小杂种，不是好人，不是好人的！"

连长骇得脸发白了,也跟着叫。

"枪毙!枪毙!"

然而日本指导官的巴掌打下来了,跟着便大骂他:"你他妈的,浑蛋,兔崽子王八蛋!"

秋姐子被拉下去了。

大风雪怒号着,黑暗在雪的光辉里踟蹰,人们正在酣睡。一声微弱的枪声后,还是大风雪的沉重的怒号。

早晨快来了,大风雪还未停止。

一阵大风猛然地刮了起来,雪片便被搅乱,树梢、房屋、大地全一齐呼啸起来。屯子里鸡叫着,狗也在吠,大风雪中,东方发亮了,秋姐子的血像从地平线上升起的太阳照耀着大地,早晨就来到了。

炎夏的高粱地头

"三傻子"又叫"愣头青"。

他姑妈那副可怜相,使他生气,并不是对他姑妈生气,是对自己生气。东边的地平线上绕搅着紫藤,还有彩棠、葡萄架,像红绫、蓝缎、青锦,太阳还未升起,原野像秋水一样清朗。他半跑着离开两家子,他姑妈瘦成一把骨头的样子和脏污破烂得皮儿片儿的青布裳,仍转动在他跟前;仿佛她对他说的话还在他耳边嗡嗡地响。

"六儿哟,你可快走吧!住一宿就吓死我啦!屯子里谁不知道你,正吵着要抓你呢,'三傻子''三傻子',抓住了千刀万剐……"

"我是抗日义勇军啦!"

"哟,可别说啦,我老天巴地的忘性大,他们说抓住你送到日本'皇军'那里去,火点天灯!"

"谁这么狗胆,跟我说!"

"你快走吧,别给我惹祸啦!"

他激愤地咒骂自己,拿出揣在怀里的酒瓶,边走边扬脖子咕嘟咕嘟喝几口,恼怒地提着酒瓶,脚不着地似的飞奔。红红的眼睛冒起金星,头在膨胀,大路像松花江一样上下翻滚。

他袒露酱紫的胸脯,猪肝一样油滑的脸庞上咧起宽长的大嘴岔。大地宛如澄绿的海,充满着郁浓浓的气味。夏日早晨的太阳出来了,空际荡漾起淡乳似的薄薄的烟云。

"三傻子"走入高粱地的深处,一头躺下,胡乱地睡了。

在梦中，他仿佛还看见那二百多骑义勇军，在大庙，一下午工夫，为一千多日军和伪军突如其来的围攻，打得七零八落，人星儿都不见。落得他自己，甩掉枪马，趁乱空儿，化装逃跑。星夜走到两家子他姑妈家，那老寡妇竟骇得说不出话来，脸都惨白了，浑身打哆嗦，给他做饭。眼看这不过是昨天的事。"我好比虎离山，我好比困水龙……"他半睡的模糊的意识里，浮起这样的苦恼。当他完全醒来，高粱地被风刮得哗哗响，高高照耀的太阳光辉，从层层的高粱叶子空隙中间透进来，晃得他眼睛发花。他禁不住失笑了。早先，在高粱地里是热火燎的一群，今儿却狼狈得孤零零的剩他老哥一个。这一觉使他在激愤苦恼中悔恨，心里又上下乱咕咚着，他潜在的自己对自己的生气更明显，更扩大，甚至咒骂自己了。气死！队伍为什么要乱抢！自己也由着大家性儿呢！老百姓翻脸啦，日本兵来到都不送个信来，不垮台又怎样！把抗日联军的话当耳边风，什么脸见他们！山林队，山林队总是碰这个钉子！

坐起来，抽出别在黑布腰带上一尺长的小烟袋，装一袋烟，闷闷地抽，眼睛好奇地看大烟袋锅里一冒一冒的火星，很久很久纹丝儿也不动。过了好半天，他才拨开划到脸上的高粱叶，把挂在腰间的苇帘头，抬手扣在长着长长乱发的脑袋上。磕掉烟袋里的烟灰，仰身躺下，他望着高粱叶外的蓝天，抓住一片高粱叶，不住地撕扯。

抗日联军旅长高秉义的仪表，引起他衷心的欢喜。那魁伟的身躯，大方的举止，耐心而老成的样子，正切合他的身份和习惯。一句话，他俩合得来。他来和高旅长联络，大伙儿一块打日本，高旅长很赞成。高秉义的勇敢和威名，在松花江下游一带已经不亚于他"三傻子"。他很看得起他。但是，高秉义一同他谈道理，不管打仗的，抗日的，他全不理会，而且越听越头痛；有时，简直不耐烦。谈这些有鬼的用处，打日本打就是啦！尤其谈到叫他加入抗日联军，编旅，他更焦躁了。这是干什么，叫他去受这个指挥，那个约束，他可来不了。像当牛倌和长工，受闲气，不得自由，他是早已熬够了的。他爱自由，愿意自由自在地带领他这一伙，天下无阻地东打西杀，凭他"三傻子"这三分能干，有能碰得了他的，他不相信。日本鬼子厉害，还没叫他遇上，那就活该他们侥幸，不的话，还不打得他们稀里哗啦嘛！

这回，第一次同日军接触，他自己却被打得稀里哗啦了。高秉义旅长的话，就特别响亮地转绕在他耳边。仿佛听不够，他后悔当初为什么不听得更清楚些。这些话好像还有道理，怎不早听他的呢？遭这大别子！

"我也是庄稼汉，跟抗日联军这些人跑了这多年，字也识得几个啦！这些人也有那份心思来教，不只我，兵士们都一样。道理听到有两大车，可真是头头是道哇，照着做去吧，准没错。不管是打仗，还是同老百姓打交道，都讲究讲究打日本的出路。可不像硬着脑瓜门子在地里做活的时候啦，一天左不过是挨打挨骂，受气，给人家下菜碟罢了！"

高秉义摔破瓦罐子一样的高笑，又冲撞到他耳朵里。那家伙粗胳臂长腿的，真如自家骨肉，拿自己当亲弟弟那么看待，不客气，没虚假，两个人总是难舍难分的。

"红胡子的一套，打日本可不成啦！我在校路屯那次，叫七八百日本兵围上了，不是老百姓给带路，神不知鬼不觉地跑掉，一百多人一个也不会剩，都得被切了大萝卜，没跑！兄弟们可也实在坐实，一个都不慌张，没有胆怯的，大家伙儿踏踏实实，拼命到底。不是平常教导得好，全懂道理，可太不易啦！红胡子到这节骨眼，还不得跑得乱七八糟，屁滚尿流啦……"

好像高秉义早给他料到一样，他的绺子这一次就这么完蛋啦！高秉义方宽橘红的脸盘，突出的下巴，高大的额头，像叨个肉瘤子的嘴，一双愣愣的眼睛，在他面前浮动一下，就消逝了。清楚涌现出来的，是去年冬天那个雪天的傍晚，高秉义跟他谈完这些话，他送他到山口，冒着白茫茫的雪花，高秉义枣红色的蒙古马，摇摆起黑油油茸嘟嘟的尾毛，带着他高大健壮的身姿，跟十几骑士兵的黄马、灰马、青马、白马向辽远的雪原跑去。有什么脸去见高秉义呢？遭了这大别子，死吧！很久没有皱过眉发过愁了，他今天却深深地长出一口气，圆滚滚的身子用力一翻，结结实实地站在青纱帐里，脸孔特别难看地歪斜着。他红肿的眼泡下多血的眼睛闪着凶恶的光。死？不可能，担个打日本的义勇军虚名，倒叫日本鬼子打哗啦了，不成，一定要报仇，不愧是个人，是个英雄好汉！冬天的雪天里，万马奔腾地攻打大围子小围子，夏天青纱帐中翻江倒海的战斗，他已经惯熟。好汉死在战场上，英雄做事做到明处，死个什么劲！他大踏步慌慌张张向高粱地外边走，没十几步，立刻站住。谁不认识他呢？叫人看见了，可不是玩的！平时如猛虎一样，这回却猫似的，老老实实坐在地下，掏出他姑妈给他做的凉水饼和一块盐菜疙瘩，就着酒，大口大口地吃喝起来。晌午啦，肚子正饿，越吃越香，他甜甜地咧开大嘴，吃着喝着，得意而开心地笑着。四外蝈蝈拼命地叫，太阳高高地照在当空，风不吹，高粱叶也都懒得动，热得干巴巴的，旷野像喷着火。

"三傻子"不知不觉地睡去了，醒来日头已经偏西。微风不时吹动，高粱地响着闹着，大地的热力渐渐减低。他浑身有些酸软，懒懒地站起来，用劲伸展懒腰。冥冥地毫无所想，无意识地抽出小烟袋，蹲下去装好烟，很久很久地吸着。

忽然他想起，今儿晚上到哪儿去呀？姑妈老天巴地的，可别再叫她担惊受怕，活不安顿。并且，她家已经去不得了！睡在高粱地里，也不是办法。姑妈说两家子正吵着要抓"三傻子"，奉送日本人，火点天灯。不足奇，一定是刘三爷那些坏种，光吃不做的汉奸干的。刘三爷他们恨"三傻子"恨入骨髓，早想抓"三傻子"献给日本。这一回，听说他的绺子放出了风声，抓得一定更急。这一带全是他们的势力，天罗地网，日子多啦就要走投无路，不是好玩的！他的脸孔凶恶地歪斜起来了，瞪视着眼前错落落的高粱秆像他要杀人时一样，他心里一盆暴怒的火在燃烧。

刘三爷是两家子的大地主。他一家全是大烟鬼，连七八岁的小孩子也能熏几口。"三傻子"从小给他家放牛，放猪，大了做半拉子，到十六七岁当长工。做牛倌猪倌时，旷野里奔跑一天，晚上回来吃一口剩的冷饭，还要听他所不愿听的上上下下的叫骂。

"小傻子，真能吃，一会儿工夫就是三大碗！傻吃傻喝的！"

刘三爷则更毒，骂过之后还要狠狠地打他两个嘴巴，瘦瘦的脸上，闪着一双灯笼似的眼睛望着他。打完了，又叫骂："小杂种，净贪玩啦！牛没饮水，猪也没吃饱！明天就撵走你，回你那狗窝的家挨饿去！"

这些，也就是他童年时代每年每月每日的工钱和报偿。他母亲在镇子里给人家做厨子，他父亲在屯里做短工，很少管到他。他在这样黑暗的生活里，唯一的快乐是漫山遍野地跑，跟猪倌、牛倌、马倌、羊倌们在一起玩，打架，交朋友。因为他胳膊粗，力气大，打起架来不管不顾地直冲，而且他也特别好打架，三句话不来就伸出拳头，把别人打得鼻青眼肿，又自以为没事似的，大家给他起个外号叫"愣头青"。他自己以这个外号为骄傲，常常拍胸脯。

到他当半拉子起，刘三爷家不知怎的，竟都叫他"三傻子"了。而小时候叫他"愣头青"的野孩子们全都长大，多半见不到，不知哪里去了。有三个在本屯的，互相碰上也都木然地，有时淡淡地，或者半开心地叫他一声"愣头青"便滑过去，不像儿童时代那么有兴头。包围他的是"三傻子"这称号。全屯的人，无论大小男女老幼，都这么叫他。未当长工时，他就感到刺耳朵，精神上担负着莫名的痛苦；但是，他总隐忍在心中，皱皱眉头，用鼻子哼一下，过去算了。

刘三爷小老婆的弟弟袁福，到他家当管家了。他瘦窄的脸上天天充满着愠怒和骄傲。两只扇风耳朵向外支棱着，两片薄薄的嘴总在吵嚷。"三傻子"活做坏了，就骂道："傻头傻脑的，不是好种！'三傻子'，懒虫！你看你那死不了的傻相！"

事干好了又骂："瞅你那傻样子，会做出这样的事来！"

刺激、压迫、毒骂，汇成仇恨和愤怒。穷人就傻，有钱就精明，哪里来的道理！还得受小舅子的气，任他摆弄，合不上！"三傻子"再也忍受不住，他的脸天天难看地歪斜着。

一天，袁福回家去，在晚上才可以转回来，他便偷偷地拿了一根粗木棍，到路上堵截。星星满天了，四外黑洞洞的，他以为袁福不回来了，想回去，正在这时候，从地岗上闪出一个人影子，瘦骨伶仃的，匆匆地、慌慌张张地走着。就是袁福！他不由分说，蹿上去，把袁福压倒，没头盖脸地乱打，乱踢。袁福本是个大烟鬼，哪有力量回击，只能呼叫、哀求。一失手，一棍子打到袁福的太阳穴上，咕嘟咕嘟地冒开血。袁福躺在那里，软塌塌的，一动不动了。他原想教训教训他，怎么这么脓包，死了！他四外瞧了瞧，没有人，拽着粗棍子，大踏步，从荒野地逃走了。

二年以后，"三傻子"的名字在这一带轰动了。他成了著名的"红胡子"。他父亲因为他的事，被判成无期徒刑。他母亲仍是东跑西颠的，给人家做厨娘、洗衣服。他曾几次派人给他们送钱用，但他自己却一直未看到他们。

日本人占领东北，他就跟一些高举义旗的抗日官兵和胡子头，一起浩浩荡荡地抗日。但是他并未同日本兵接过火。不到一年，这些人，失败的失败，进关的进关，逃跑的逃跑，他便迷迷糊糊的，仍然当胡子。他看到东北一天天成为日本鬼子的天下，他看到刘三爷之流的人物都狗儿似的服服帖帖地投降了，而且肆意地帮凶。他愤怒，他想打杀刘三爷这一流人，他就一天天同抗日联军接近。于是。刘三爷企图抓他，把他送交日本"皇军"的传闻，老早就传到他的耳朵里。他正自己想狠狠地教训他们一下，竟被日本人打垮了！这不是完全落到这些人的血手里吗？

"三傻子"磕掉烟灰，把酒底喝完，吃两块凉水饼，走到高粱地边，向外窥看。贪黑往东山里去吧！这一天，被打垮的消息一定到处都传遍！好汉不吃眼前亏，一到眼擦黑就动身，是上策。他看黄带子似的大道上，没一个行人，便站到地头上，向四下张望。忽然，远远地传来马蹄声，他抽身走进高粱地。马蹄声渐近，而且渐渐缓慢了。高粱地尽头走上个背大枪骑白马的人。人马似乎疲劳不堪了，马摇动长长的银白的鬃毛，边走边打鼻喷，人在马身上平稳地坐着，腰有些弯曲，松松懈懈地低着头。

哦，是刘三爷的大儿子刘福财！他已经做县里保安队副分队长，给他妈的伪满洲国干事情啦！风闻他也是捕捉"三傻子"最上劲的一个。

人马走得越近了。刘福财显得比六年前苍老些。但短矮矮的，仍是原来那个样子！啊，胸前还别着个匣枪！是什么鬼事情，就一个人！"三傻子"眼睛冒火了，脸歪斜得比任何时候都难看。他略略又向高粱地里退了退，不由自主地蹲下去，两眼牢牢地盯住大道。

人马倏地站住。一只大手勒住马缰绳。刘福财感到背脊上硬硬地顶着手枪嘴。他脸色苍白了，眼前站着的是"三傻子"！他是被派回来布置搜索逮捕"三傻子"的。而且他说了大话，只他家和本屯的人，就够拿住"三傻子"的了。其实他想向日本人报头功。"三傻子"的绺子完了，捕拿他不像猫儿捉耗子一样吗？现在竟落在这"愣头青"的手里！他浑身骨头都软了。他看着"三傻子"暴怒得红红的眼睛，紫肝色的腮上咧起的大嘴岔，从脚心凉到头顶，打起哆嗦来。

"匣枪！"

打炸雷似的怒吼袭击着刘福财，他赶快颤颤地把匣枪递给"三傻子"。

"大枪！"

他又把大枪套在"三傻子"的手腕子上。

"子弹袋，放到马鞍子前边！"

他吃力地将子弹袋解开，搭在鞍桥头。一闪眼，他被"三傻子"推下马来，歪歪斜斜地坐在地下，马上骑着的却是"三傻子"了。"三傻子"响亮地连串地哈哈大笑起来，眼睛都要流出眼泪。

"刘老大，今天对不起，我是用大拇指头劫的你呀！用大拇指头！"

"三傻子"左手扳起匣枪的狗头，右手高高竖起大拇指，满脸是喜洋洋的嘲讽。谁不知道"三傻子"的两只手能够一齐打枪，而且抬手见物呢！刘福财傻傻地瞪着两只眼睛，山羊似的懦怯地瞅着"三傻子"，大张开嘴，丧气地想——他的大拇指头竟像手枪一样硬！

"告诉你！因为拿了你的枪马，饶过你的命！你要学好，当个抗日的好汉！'三傻子'枪马一齐还你！如不学好，小心你的狗脑袋！有人如问，'三傻子哪儿去了，你告诉他们说，'三傻子'改邪归正啦，去参加抗日联军！这一带人全要学好，抗日！不的话，'三傻子'打回来，可不留情！你们爷们儿，也别做好梦，再吵着捉'三傻子'，帮日本鬼的凶，好好摸摸脑袋，长得牢不牢，可别瞎了眼睛！"

泼剌剌，"三傻子"催马向大路奔驰而去。他颠簸着宽大的背影，一边把子弹袋系在腰际。高粱地招展千万只手，点着千万个头。旷远的绿野铺展起引人的光辉。白马摆动着丰满美丽的银尾，四蹄拨起卷旋的灰尘，如海涛里高飞起激荡的浪花，兴高采烈地飞奔着。马与人合成一个了，"三傻子"得意地想：马和枪的本钱有了，再拉起一股人，不愁抗日联军不要哇！找高秉义去！

马小得像个白茸茸的球儿了，向东山里去的小路拐去，一闪耀间就消逝。高粱地窸窸窣窣地响着，绿野上的光辉越来越淡了。炎热的天到这时才透过气来，轻快而凉爽。香气伴着虫声，天像湖水一样宁静，西北方渐渐抹起一片闪闪的红霞。

疯

全小刘庄的人都传说,汽车夫张茂有些精神变态。

厨子刘福,站在海河沿的土台上,捏着红紫的筒鼻子,张望一艘从大沽口开进来的日本军舰,惊奇得将布满红丝的眼睛紧往大里睁。沿河的路上人很少,显得一切都破落而冷清。远处河北一带的房屋燃烧的白烟,隐隐可以望见,对岸德士古和美孚行的油库往西,是以往的旧俄租界,仿佛传送出难以听得清的机关枪声,军舰驶过去,又奔驶来许多小汽艇,上边一群一群的东洋兵得意地谈笑着,两头架起机关枪,有时向岸上指手画脚的。刘福有些惧怕了,退回到他的烧饼铺所在的大街中。忽然冲进一辆载重汽车来,上面坐的又都是东洋兵,他吓得一栽歪,斜倚在黄土墙旁。汽车颠荡着,嘟嘟地开到他跟前。他笑开了一双薄嘴唇,尖叫着:"张茂!张茂!开到哪儿去?"

"别他妈问,开就是了!妈妈的,你妈的!"

过了正午,许多熟人来买刘福的烧饼,见他很不高兴地紧闭嘴闷坐着,就有人问他:"厨子!怎么不痛快呀?"

"没什么,啊,碰这小子的硬钉子!张茂,张茂,我好心好意问问他,开汽车拉东洋兵干什么,不理就不理吧,他却骂我,骂我。"

有时刘福不论人家怎么问,他不出声,有时他却滔滔地牢骚起来,人们常如此劝告他:"张茂自从叫东洋兵抓去开汽车,他就有些不高兴,神经变态,你搭理他干吗?他这几天,天天喝酒,骂他老婆，打他孩子。……"

下午四点半钟，张茂被放回吃饭了。他提着一只小酒壶，跄踉地走到小刘庄大街，敞着油脂脏污的蓝汗衫，一双乌黑的大眼珠子，敌对地瞧着每一个路人，满是黑毛的酱黄的胸脯挺得鼓鼓的，暴躁中掺和了骄傲。打了一满壶烧酒，他就走向刘福的烧饼铺，扭动平宽的膀子，上了土台阶，微笑浮上他方脸庞，他温和地向刘福买烧饼。可是刘福瞪他一眼，狠狠地说："装你的孙子去，嘛玩意儿呢！"

"你别这么样，说话也不看看好时候！日本鬼子没开枪打你，还不是你有命！"

刘福眨眨眼，一下子就放开卑怯的笑脸。

"别，别，别吵吵，那边是公大纱厂，住着日本……"

停了停刘福又气着说："你虎上了东洋兵，不是大大威风吗？骂个人啦什么的！"

这样尖酸话，使张茂立时火了，扯下破汗衫，露出紫红的臂膀，暴躁而痛苦地吵叫起来："你瞧瞧，这叫虎东洋兵的神！他妈的，河北叫他们炸得房倒屋坍满街是尸首，哭叫的受伤的孩子和女人，简直像刀子扎心！不能和东洋人拼，还叫他们抓去开汽车，这还能忍受吗？他妈的，你若表示不愿意干，就用枪把子打，车开慢了，也是打！"

"你有能力跑哇？为什么跟着混？"

刘福满得意地说开风凉话了。

"你小子，真没人心！我家里没有父母老婆孩子，我不像你这没人骨头的杂种。"

张茂翻了脸破口大骂起来。一时街上的人，都向他们看，有的就走拢了来。张茂气得呼呼的，瞪着眼，像要吃掉了刘福，刘福却安闲得好像已经取得了什么保障，哧哧地装着大方的样子在傻笑。张茂使劲一咬牙，皱了眉，仰着头，目不斜视地，一手拿了烧饼，一手拿了酒壶，一栽一栽的，弓起一双膊臂，走向斜对过的猪肉铺。他走了几步，仿佛听到有人在私语："张茂这小子，确实有点变了样！"

"发疯罢哩！"

张茂立时站住脚，向谈话的人们怒视。刘福竟嘲笑似的向他打招呼："张茂！哪个打仗的兵没有爹妈孩子老婆呀，你别老装成那么个样子！"

张茂马上转身走掉了，街里的人都哧哧笑起来，喊喊喳喳地乱谈论。

——这些死不了的东西，没挨炸弹，就以为自己聪明了！日本鬼的刺刀怎不刺到他们身上！

回到家里，看到他那散乱着头发的老婆和满嘴鼻涕的孩子，他就气起来，忍不住开口就想骂，举手便要打，然而一望到他那白发满头的父亲，和满脸是核桃纹的母亲，他就浮起了责任心，感到如许的悲悯，痛恨起穷苦，因而可怜起他的老婆和孩子。然而，他一下子想到刘福的话，前线的士兵哪个没有父母老婆呀，他感到家庭是平淡的，像这样的年月，来了这么残忍下毒手的日本鬼，全天津已经被祸害得毫毛都不留了，老的老，小的小，没用的没用，活着，勉强活着有什么劲呢？不如全和敌人拼了吧！他又暴躁起来，脸喝得通红的，眼睛里织起无数的赤丝。他瞧见他老婆从屋外走进来，开口便骂："妈的，怎都不死呀，我好落个干净？"

"你到底怎样啦？没人愿意老累赘着你，你该怎么的就怎么的，别觉得谁好欺侮似的，你看你这几天，老没个好样子！"

意外地，他老婆拉拉下皑白瓜子脸，尖尖小圆嘴，同他对付起来。接着，他爹摸摸胡子，严正地对他斥责了，一句一句话刺入他内心的深处。

"茂儿，你爸爸是明白人，不是不懂你的心情，可是，鬼子抓你去开车，你不愿意，你尽可以找你愿意干的去。别一天在家里总是骂老婆、打孩子的，东洋人虽么说，你若没了，找我们算账，我们还怕他做什么？天津一天天上千上万的死人，西车站的刘庄已经被炸平了，我们活着，说不上哪一天，你小子有骨头，别在家里使气，还是给敌人眼色看看！你爸你妈并不糊涂，老了的人，有今天没有明天，死活又有什么要紧！你知道，近几天，人人都说你发疯了，什么神经变态了，我明白你，我实在听不惯……"

东洋人来叫张茂去开车，张茂长长叹口气，鼻子一阵酸，望望他的孩子和母亲，眼泪涌上来。然而他勉强装着高兴，挺着身子向外走，走到门口，他冷不丁地转过头来对他父亲说："爹你饶恕我吧！我是有血性的……"

他再也说不下去了，就忙着跟东洋人走掉。那东洋的浪人，将一双手插入洋服兜里，矮个儿只够上张茂的肩，一蹿一蹿的，用鼠眼盯住张茂，有时望望路上的人，硬摆出一副大方的神情。

"你的干活计，你的好的干活计！"

日本浪人皱着小脸笑了，张茂深知若不理就得惹祸，只得用嗓音苦恼地答应道："唔，唔，好的！"

和每天一样，张茂要到刘福那里买十个烧饼当夜饭。每到这时，他必得痛恨日本鬼的小气，恨不得把跟来的浪人打一顿，问问他为什么抓人，干吗不给饭吃，然而他却完全忍住了，翻翻眼睛，看着自己拳头发狠。这天，刘福见他们来了，胆怯地看着日本人，却又不屑地偷瞟着张茂，不住抽动筒鼻子，有意思地撇撇嘴唇。

"刘福，若发生了什么事，给我照顾照顾家！"

张茂过分的和蔼，感动了刘福的心，他也就放温和了，及至张茂这么说，他又奇怪起来，将想说什么，张茂打着手势制止他，他就马上闭住了嘴，日本浪人龇龇牙，向刘福拉拢地说："你的掌柜的，好的干活计！"

张茂被押送到公大纱厂，运了几次伤兵，天就已黑下来，直到夜里十点，还是不放开他。以后，就让他往河北开，送增援的部队，他亲眼看见中国老百姓被屠杀，日本兵到处放火、奸淫，他亲耳听到孩子们的哭号，女人的哀叫，他痛恨得五脏六腑都要炸裂，悲伤得泪水莹莹地在眼眶里滚，手在软软地发颤，他故意一会儿把马力放大，一会儿减小，不正经地开着，他用敌对的眼光时时看望看守他的日本兵，心里发恨，想要找机会打死这不知死的东西，他乱鸣着喇叭，来安抚他愤怒的感情。

　　一次，已经到午夜十二点以后了。日本兵将他的车子装了许多轻重机关枪，子弹箱，上来二十多名全副武装的士兵，一位军官模样的，亮着手枪，坐在他旁边。车开动了，然而载太重，车不能开得太快，军官就用手枪比画着他，急躁地怪叫道："你的不是好人，快快的干活计！"

　　车开得快起来，顺着大马路，奔向金汤桥。呼呼的风愤怒地从车旁掠过去。黑暗、星星、房屋和高楼的影子，都一闪一闪地消逝了，车身隆隆地叫着，车轮嗞嗞地响着，向着前面黑暗的路奔驰。

　　"你的不是好人，快快的干活计！"

　　日本军官用枪口顶着张茂的背，大声地吵叫着；黑暗中瞪起一双尖刺的眼睛。

　　"八格牙路，你的快快的干活计！"

　　张茂并没感到什么痛苦，心里一亮——他为什么这么着急呀？唔，不是前线他们败了，可能急需这些机关枪、子弹箱！

　　"你的快快的干活计！"

　　日本军官又叫起来，恶狼似的吓唬着。

　　张茂心里更为亮了——机关枪，子弹箱，二十多个武装兵士！一定的，一定的，中国军队胜利了，他们去，去增援！

　　"八格牙路！"

　　前面展开一片白亮的光，张茂心里也闪出了白亮的光——海河，前面是海河！中国胜利了！这么多的机关枪，子弹箱，武装的兵士！开上去，老百姓挨杀，中国兵就遇上劲敌了！怎么办？怎么好？

　　白亮的河水更来得近了，张茂出了一头大汗，疯狂地望着前面的路。他闪亮的心闭住了，好似已有了什么决心——家，爹是明白的；穷，穷是没有止境的！打仗，日本鬼子早晚是要中国人死的！我这一条命算什么！这里有二十多个！老婆、孩子、妈，算什么，这里的机关枪要杀死无数的中国兵！国家，这是为国牺牲的时候了！

张茂开大了汽车的马力，车就疯狂地加快了速度，海河，海河更来得近了，向着张茂招手，欢笑，好像张开了双臂，要把张茂抱了去。

"你的快的干活计！"

日本军官皱皱脸儿在笑，车身隆隆地叫着，车轮嗒嗒地响着，张茂欲瞪起两只大眼睛，紧张地往前眺望。海河即在眼前了，张茂立即放满了车的马力，车鸣的跳跃起来，栽下码头去，翻滚到河心里。水激起了很大的波澜，日本官兵们惊叫的怪声，在天空盘旋了一会儿，即消灭了。两岸稀疏的灯光，支撑着空洞的夜。

海河像快乐起来，旋着弧形的轻波，默默地伴着星天在跳舞。

天亮起来，天津和海河，清淡地微笑着：狗不咬了，公鸡开始在鸣叫。

晌午，刘福仍是坐在烧饼铺卖他的烧饼。没事做，就闷闷地摸自己筒鼻子。忽然他见两个浪人打着张茂的父亲，向着公大纱厂走去。老头子，出了满脸的血，脚已经打跛了一只，可是，他仍是很高兴的样子，一点也显不出痛苦来。刘福就奇怪了。但是，等浪人带着张茂的父亲走过去，他就想起张茂托付他的话，偷偷地拔起沉重的步子，走向张茂的家。

在路上，他看见好多人在耳语。到张茂家门口，对门有人叫住他："别进去，东洋人还没走呢！说是张茂杀了日本兵。日本浪人来到，不由分说，就把他母亲和老婆孩子杀掉了，他爸爸回来，一进门，就是嘴巴子，加上拳打脚踢。过一会儿，给两个浪人带走了。还有几个没走呢，你快进院来躲躲，别惹事！"

刘福悚然地躲进院中。可是，他两眼莹莹地涌上泪潮。仿佛看到了张茂的母亲、妻、孩子，都躺在血泊中，日本浪人在旁边狂笑。他扒门缝向外看了看，除了空洞的胡同，一无所有，仿佛张茂父亲在瞪他，张茂又傲然地走过来骂他，他禁不住压着声音说："张茂，好小伙子，有血性，这才算中国人！"

控 诉

这回算明白啦！咱老早解不开，反动分子派大军占领咱边区的地方干什么！该死的，不抗日啦，来攻打咱边区啦！

可不是，五月十三就开了一营人，驻扎在咱峪口，陈家洼，张家洼。老百姓全被强迫给他们修工事，造碉堡，家家户户的木板、椽子、木材，一点也不留，全搞去了。老百姓的庄稼，草锄不上，麦子眼看快收啦，也收不了，天天大早上就被他们叫走，到晚上太阳落了才放回来。敢说一个"不"字吗？做不好，做得慢了，棍子、棒子、枪把子就打上来！咱边区老百姓，多少年没见到这个啦！谁不恨得咬牙？咱边区的边境，怕跟他们闹误会，这几个村子不驻防军队，他们乘机会来占便宜啦！咱老百姓还只当他们占几个村子，闹一阵，上边交涉一下，完事啦！眼下是抗日嘛！哪知道他们占住就不走了！闹得全村子鸡犬不安，老老幼幼吓得大气都不敢出。占领了一个多月，还不走，咱就觉着事情不好！可不是，六月二十一那天就发生大事情啦！

一大早，他们派一连人把咱峪口给包围！婆姨们吓得躲在屋子里不敢出来，小孩全吓得直哭！连吵带闹的，这窑搜到那窑，明晃晃的刺刀，这刺一下，那比一下，人们全慌了。谁知道是啥事呀……闹了好半天，乡长的哥哥张兴发，旧村长雷接，眼下的村长张银祥，全都被用绳子拴起来，带到陈家洼去了。全村的人担心的太多啦，这个问那个，那个问这个，谁都拿不准，张兴发七十岁的老妈妈坐在磨盘上哭，一天派人出去打听，哪家都没顾上吃饭！

可好，晚边上，人都放回来，一个个给打得路都走不稳。为啥抓这几个人呀？说是这几个人"通八路军"！笑话不笑？八路还不是中国军队吗？八路是抗日的，保护咱边区的，是和边区老百姓一起的。"通八路"也会有罪吗？这和日本鬼子说的岂不是一模一样吗？他们有本事去把日本打走，把南京收回来！八路军是咱中国的抗日军，边区的老百姓是中国的抗日老百姓，他们为什么这样恨咱们哪？放着敌人占领的那么多的国土不去收复，边区的两个小村子倒看上眼啦！咱看这些东西没有一个好种！可是，人都放回来，没事啦，大家也算缓一口气。哪知道，第二天，更大的事情发生啦，这是想也想不到的。

他们天刚放亮就来啦！还是把村子紧紧地包围起来。这回倒没按家搜，把乡长的哥哥张兴发和他七十多岁的老母亲、三兄弟、三兄弟媳妇、两个小女娃娃，带乡长的婆姨，一家七口人全给带到陈家洼去了！好几天乡长不在家，才没受到灾祸！张兴发的婆姨病在炕上，起不来啦，算没带走。

村子里的人不知道怎么好，派人去给乡长张兴和送信。他家里被翻得乱七八糟，箱箱柜柜都搜个底朝上，好的衣裳被子和不少有用的东西全给拿走了！这像什么话呀，不简直是土匪吗？这回可得找到乡长他本人，报告区政府，赶快报告咱八路军，快来收拾这些反动军，再等不得啦，不得活啦！

这么着，又偷偷派人到陈家洼去探听，到底是怎么一回事？这一探听，可不好，谁会信能发生这样悲惨的事情啊！可说不得啦！

张兴和的老母亲，七十多岁啦。一进门，他们头一个就把老奶奶按在地下用棒子打，打一回问一句："为啥通八路军？"七十多岁的老奶奶经得起这样的打吗？可是他们不住手，倒说边区的老婆婆没有一个好东西，都是八路的暗探。他们的一个什么团副硬逼着问："说，快说，你的儿子是不是去调八路军？不说，不说就把你老骨头全打断！"

张兴和的老母亲，天天左不过在家里这走走那串串，腿脚都不大灵活啦，多一半的工夫还是坐在窑里炕头上，会知道什么呢！这不是要人命吗！他们把乡长婆姨同他三弟媳妇也打啦，两个女娃娃也打啦，都往死里打呀！他们说边区的婆姨没好东西，全是妇救会！娃娃也可恨，都是少先队！咱妇救会是救国的妇救会呀！咱少先队也是抗日的少先队呀！从来没听谁说要干什么坏事呀！救国抗日不是好东西，什么是好东西呢？他们不也是抗日的军队吗？这回才知道，他们不打算抗日啦，怪不得他们说那话！

打过了婆姨，没啥下场，就打开了乡长的三兄弟，也没问出个口供，最后来打张兴发了，张兴发是个老老实实的受苦人，三十七八岁啦，多少也懂得一些革命道理，见到一家人受这样的折磨，怎能忍受得住呢？他们一打他，他就涨红了脸，愤愤地问："咱一家子犯什么法呀，要这样来拷打？"

"你私通八路军！"

"八路军是边区的军队……"张兴发大张着痛苦的眼睛，他气得嘴里直喷着唾沫星子。

"什么边区，割据！"

张兴发解不开啦，爽利地回一句："我们老百姓的边区！"

他们不由分说，没头没脑的，把张兴发打得头破血流，打了好一会儿，才又问："有人说你给八路军吃了饭？……"

"自从你们来，八路军来都没来呀！"

"浑蛋！说谎！强辩！"

"你给八路军便衣和锄头！"一个瘦猴猴在旁边插嘴问。

"你们知道，我可不知道！"张兴发性子是很硬的，怎么受得了，就这么率直地回了一句。

"你这个坏蛋！"那个团副又拍开桌子了，脸都青啦。

"你去调八路军，你这个坏蛋！"

"八路军是军队，我一个老百姓，有什么本事可以调来呢？"

"坏蛋！"

他们啪一枪把张兴发打倒了！张兴发的老母亲，疯了似的跑上来，抱住她的儿，连哭带号的，跪在地下求饶，他们几脚就把她老人家踢开，又一连啪啪啪打了三枪，把张兴发打死在地上。一家人号啕大哭着，他们还眯眯地笑哩，一边示威地说："通八路，叫你们看看厉害！"

之后，又把两个年轻的婆姨调开，一个住一座窑，不准旁的老百姓去！几口人押了有七八天哪，那些官老爷还不是搞坏事呀！七十岁的老婆婆眼睛哭红了还是天天坐在大道上哭，张兴发的婆姨见到丈夫没回来，病更加重啦，是死是活谁知道哇！乡长不敢回来了，一家人的日子这下子算让他们搞完啦……

咱边区的老百姓不是中国人吗？他们不是中国军队吗？他们怎么干起日本鬼子汉奸干的事啦！八路军是保卫老百姓的，边区老百姓犯啥罪啦！他们干什么，他们不想抗日啦，要来进攻边区，来吧，八路军和边区老百姓是好惹的？不抗日，不抗日就是帮助日本鬼子，看着吧，咱边区老百姓不是好惹的！不抗日就叫他们入祖坟！他们杀了咱们的张兴发，他们还要犯更大的罪呀，好，好，怕他？

告诉全国老百姓吧，他们不打算抗日啦，不要统一阵线啦，要进攻共产党、边区和八路军啦！大家伙儿一齐起来，齐心团结，打他们一个头破血流，叫他们看看，咱们是不是好惹的。他们敢来，叫他们尝尝咱们的厉害！

一九四三年七月十六日于鄜县

窑洞工人

成群的黄土块，带着烟尘，从积满浮土的山坡上，轰轰隆隆地奔流下来。最巨大的一块，仿佛割掉的牛头，首先在山崖边高高跳跃起来，摔入山脚下，碎成四五瓣，各自滚到为山水冲成的洼沟里，停住了。跟着，大块的小块的，也都跳跃着，先先后后摔下去，碎的碎了，像是都没了主意似的，拥拥挤挤地往一起凑了凑，又都各自分开了，向着顺便的低洼处滚去。

"慢一点，底下有人！"

我仰起头来喊叫。山腰，被掘成的坪台口，窑洞工人王福，正晃着细长的高个子，放平了他的运土挎车，扯开月牙形的嘴，觑觑着眼睛向我呆笑。他那"连毛缨子"的头发披散在耳根后，平面的大额头显得他的脸更是平面的了，小小的鼻子在那中间点上个暗淡的小点子，柔软的尘土如一件淡黄的大披风兜住坪台下鱼脊似的凸处，王福就像从那大披风里伸出来的扎枪，摇摆不定地总是在上边晃。

"找婆姨去？今天礼拜六了！"

"唔……"

我从小路跑上坪台，他扬扬自得地推着运土挎车走向将挖开口的窑地。湿润的土气扑入我的鼻孔，一声一声镢头刨土的声音送入我的耳朵里。他搬起大土块放到运土挎车里，一声不响地去搬第二块。放好第二块后，他瞟着我，很有深意似的笑了，月牙形的嘴来得更加弯曲。

"婆姨没有来，嘿嘿！婆姨可好哩！"

"你家里有婆姨吗？"

"我有婆姨，那可太好啦！"

"也该说一个呀？"我顺嘴问。

"说不上呢！没人给，也养不活。"

他推起运土挎车去倒土去了，向我很诙谐地看一眼。那正在刨土的，头上盘个辫子的小老头，转过黑瘦的堆满皱纹的窄脸，闪烁着一只莹莹的灯火似的眼睛，抬手捋了捋下巴上稀疏的黄须，兴致勃勃地对我笑着说："那小子，一辈子也说不上啊，谁家的女会给他，他跟他嫂子闹不清呢！"

"你这老摇火耙，还说呢，你儿快来找你算账来了！"

王福得意地眨了眨眼睛，脖颈扭了几下，"连毛缨子"甩了几甩，便把运土挎车用力摔倒在土堆上，张开满是秽土的大手，在小老头肩膀上很亲热地拍了拍，笑嘻嘻地嚷道："你这老来俏哇！你这老来俏哇！"

小老头像是默认了似的，笑得鼻子完全皱皱起来了，两只眼睛闪闪地望着我，莫名其妙的样子，他一直大张着嘴，上唇上面的胡子蠕蠕地动着。

"咱不是瞎扯白吧，看这小老头，从心眼往外乐呢！"

"王福，你嫂子可要扯破你的嘴呀！"

王福往运土挎车里搬土块，小老头拿起镢头猛力向土壁上刨了。这一场开心的玩笑，仿佛专为我的来而引起似的。我被弄得早已插不上嘴，木鸡似的站在那里，直到这时，才好活动一下。小老头又回过头来，嘴上挂着烟似的笑意，开心地大声说道："你们有婆姨的小伙子，可不知道没婆姨的苦楚！"

然而王福未开腔，十分愉快地，推着运土挎车倒土去了。

我跑上坪台，本来不过怀着好奇，玩一玩，如此，我没什么可说的了，立时跑下坪台，向下山的路走去。

"见到婆姨给我问个好哇!"王福高声地向我嚷叫。

"你这家伙!……"我回头伸手向他打招呼,他正像淡黄大披风里伸出来的扎枪,在坪台的边缘上不住地摇晃,面孔的表情已经再也看不清楚了。

我终于跑下山去。

川野里暖和而带有土香的风,像柔软的绸锦似的吹上我的脸。我慢慢地走着。道路两旁青草的嫩芽,引得我情不自禁地独自微笑起来了,我说不出的愉快呀,这是春天,我正行进在春天哪!

我一路想着王福,他十分朴实,爽快,而且是年轻的窑洞工人,十几天来,我们中间竟建立了煞好的友情。我喜欢了他,他也特别亲近着我。我们每一相遇,都是面对面地会心地笑着,那里边隐藏着说不尽的各自的欣喜。

然而,只可惜王福却这么没文化!

春天的川野里,任春风刮过去了,我像已经没有任何感觉似的,想着,走着,四面连绵的黄土山丘,包围得我十分烦躁了,我感到干枯,我禁不住很气愤——春天!春天怎么这样呢!

一天晚上我顺脚走进窑洞工人住的大窑洞。他们都坐在土炕上。两盏麻油灯在炕心闪烁,豆大的光照得屋子幽暗而空洞,仿佛窑顶上正浮泛着一片沉重的乌云。

我来过不止一次了,跟他们大部分都十分熟悉。当我一进门,有的开始喊叫:"来呀!来呀!"

"对,来呀,同志,我们讨论。"王福坐在炕里的行李卷上,向我打招呼,一边燃起纸捻,点着他的"羊拐",轻轻地吸一口,放下了。

"讨论什么呀?"我诧异地问。

"小老头的女儿给小七做婆姨,我来做媒。"

"好哇,好哇!"

"我叫小七把他妹子给我做酬劳,他不干!"王福滑稽地挤了挤眉眼。

"尿,你的妹子给小老头吧,他好这一手呢!"小七从人簇中伸出头来,他那白皙的脸庞,夹在一个满面大胡子和一个红面孔窑洞工人的肩膀间,越显得稚气而活泼了,一双年轻人闪亮多情的眼睛,不住地在滚转。

"还是把你妹子嫁给我吧!"小老头坐在一块短小的狗皮垫子上,好久沉默着,接连不断地抽"羊拐",这时,很开心地瞟了瞟小七,不在意似的开起玩笑来。

"把你妹子给我?老掉牙哩,不要,不要!"小七跳跃起来了,高高的个子像根柱子似的站立在炕上,向小老头挥着胳膊,涨红了脸,继续着说:"还是你的女儿吧,那可不错!"

"你看他们舅舅外甥,真不像样!"有人在嘲笑着说。

"尿,是你舅舅吧?"小七厉声斥责着。

"别闹啦,别闹啦,不怕人家笑话!"王福忽然正经起来,笑眯眯的,不住地望着我。

于是,他们大张着嘴,嘿啊嘿啊地大笑一阵,都不作声了,一时弄得窑洞里十分沉寂,我被冷落了似的,感到说不出的拘谨。

过一会儿,他们问起我前方的消息来了,我才觉得松散了些,说了一点八路军在华北抗战的情形。于是讲起抗日的大道理了,一会儿,竟又扯到军阀的内乱。说得高兴了,为说明白军阀内乱误国,受帝国主义利用,尤其是日本帝国主义,便拿"鹬蚌相争,渔人得利"的故事,给他们解释。我自以为这么讲法,他们一定懂得更清楚,说完,笑眯眯地望着他们,等待回答。可是,他们好似毫无趣味似的,那么呆板而冷淡。我慌起来,心里想——他们还未懂吧?还想继续更通俗地说一遍,王福却从炕上跳下来,比手画脚地吵嚷着说:"解得下啦,解得下啦,这就是'瞎子争肉'!中国军阀的混战,就比如'瞎子争肉'!"

"是啦,是啦!"窑洞工人们欢欢喜喜地齐声应和着。

我被搞得莫名其妙了,瞪着一双诧异的眼睛,半天,才迟疑地问:"怎么着,你说什么?"

"对对,'瞎子争肉'呢!"小七眉开眼笑的,挥动一双粗大的手,接着说,"两个瞎子在一起……"

"唉唉,你说不明白,我来说吧!"王福很快地制止住小七。小七一双大眼睛略眨了眨,坐下了,而小老头,仿佛并没有见这结果似的,独自很泰然地开始说:"是吗,两个瞎子,争一块肉……"

"哪儿摆着你呀!都是人家王福讲出来的,用得着你说呀?你说也说不明白,还是听王福的吧!"满脸大胡子的窑洞工人,冷嘲似的呵斥着小老头。小老头笑一笑,兀自去吸"羊拐",也未怎么理会。

"对对,王福,你说,你说!"

于是,王福一边做手势,一边咧开嘴笑,讲起来。

"中国军阀的内乱,争夺地盘,好比是两个瞎子争一块肥肉,瞎蒙蒙的,你不让我,我不让你,打得个一塌糊涂,这个说肉在那个手里,那个说肉在这个手里……"王福细眯着眼睛,仿佛瞎子互打互抢的样子表演起来。他得意地、欢天喜地地继续讲:"两个打得头破血流了,你死我活的,真是不可开交了!打了一大阵,你说怎么样?"王福翻着一双自作诧异的眼睛,蚌壳似的薄薄的嘴唇旁皱皱起几缕幽默的笑丝,嘲讽地说道:"你说怎样?肥肉不在这个手里,也不在那个手里,都搞到帝国主义洋鬼子手里去喽,他们还不知道哩!还是在那里瞎争瞎抢,打得个不得下台,这个说肥肉在那个手里,那个说肥肉在这个手里……"

王福还未说完,又表演起来,全屋子的人都哄堂大笑了,我也跟着发狂似的笑。这是一幅多么好的军阀混战的讽刺画呢,我为这活的形象所吸引,那生动的讽刺画仿佛就摆在我的眼前。我惊异于老百姓的创造力,欣喜而亲切地望着王福。但,我同时也感到有些狼狈,因为我那书本上学来的知识,实在同老百姓有很大的隔膜,没有这活泼生动的力量啊!我尽看着王福,我有无限的热情倾向着他,我的血流里飞奔着对他火焰似的爱。

大笑之后，窑洞特别沉静起来。每个窑洞工人，连王福也在内，像得到什么胜利似的，那么得意地望着我，那些闪亮的眼光，却仿佛在向我问："妙吧？妙吧？你说说！"

然而，王福却悄悄地，而且谦虚地说："先生，同志，你说对吗？"

"对对！"我赶快答应着。

窑洞里充满着笑容，两盏烁烁的小油灯也像在笑了。窑洞顶乌云似的浮动着的影子，比前些时来得淡了，处处都显得更光亮，更爽适。

又随便乱聊了一会儿，我就走了。

自己觉得仿佛是更充实了一些，十分钦羡着窑洞工人的创造力。如果有了文化，创造能力更是不可想象的吧……

夜，黑暗的夜，闪烁着数不尽的繁星。

春夜的凉风扑过来，我独自在上山的路上行进，自己越发增长着信心，扩大了将来的希望，爬山是很吃力的，却已经不放在心里了。

刮着漫天的风沙。太阳好像薄云掩蔽起来的月亮，昏黄而暗淡地，痴痴地凝定在赤赭色的玻璃一样透明的天空。沙土在大路和荒野上旋转，飞奔，舞蹈。远近的山丘都仿佛笼罩在飘动的罗纱中，显得昏暗了，模糊了，充满着懒倦的睡意。

我从山脚下拐到上山的路上，刚走了一半，一阵风从山坡上奔下来，兜卷住我整个身子，尘沙击打我的脸和眼睛，我背着身走，又横着走，终于走上山了。

干热得很，我几乎闷得透不过气。到窑洞猛喝一阵冷开水，才觉得舒服了些。惦念着秘书长要我住的新窑，门窗是否打来了，我慌忙跑去看。门窗还未送来。我却看见王福光着脊背，正笔直地站在那里，硁硁地在壁上刨着壁橱。我又是诧异又是欢喜，禁不住问："怎么着？你有时间了吗？"

"有啦。"

王福略略回答一声，仍是猛力地挥动镢头刨窑壁。已经刨了一大半了。他额角流着热汗，嘴半张着，小鼻翅颤动着，绷紧了黄脸，"连毛缨子"一颠一颠的，连向旁边看一眼都不看。窑壁的土像石头一样坚硬，他刨得仿佛十二分吃力。

"你渴吧？我给你倒碗水去！"

"不渴。一会儿就完了。"

我难住了。王福也会客气！最近几天，我不过随便和他说说，叫他给我的新窑打个橱。他答应了，说是正规工作做完就给我打。他是包工，耽误了工头的工作是不成的。说过之后，我虽然没忘记，可是并没认为王福一定会给打，尤其是这么快！于是，并不太放心里。今天，这样大风沙的天，王福却自动地来打了，并且打得这么认真，我真是为难了。心想，王福也许有什么企图吧？额外做工，不是都要多少给些酒钱吗？那么，我也就略略安定下来，没有去倒水，一直去找会计科长。

从会计科长那里预支我一个月的贰元伍角的津贴，我紧紧地拿在手里，又到王福那儿看一眼，他还正在不住地刨着土。我不愿惊动他，溜回自己的窑，歪在床上休息。

可是，我怎么也躺不住，跑到王福那里看了有三四次，总希望他快刨完，又总怕他刨完独自走开了。最后一次，我算达到了目的。他已经打完壁橱，正用锄头刃刮着棱角及边缘。我一来，他瞟着我，胜利而愉快地笑了，嘴咧开着，眼睛不住地眨，甩了甩"连毛缨子"，向我问："成吧？大小合适吧？"

"正好，正好。"

他披上衣服，紧了紧裤腰带，提起镢头，准备要走了。我慌乱而踌躇了？怎么办呢？到底怎么办呢？我不能叫他白给我做呀！该不该给他一些报酬呢？我几乎是在地下拉了一圈磨，终于把仅有的贰元五角钱用掌心献出来了。我赧然地说："拿去，打点酒喝！小意思！"

"成什么话，哪里哪里，做这一点小事情！"

"少吗？"

"唉，你真是，咱们都是一家人，怎么见外了？使不得！使不得！"

然而，我的手像是再也拿不回来了。我强着给他，他就强着往回推，竟迅速地，趁个空隙逃出窑洞，飞也似的跑了。一边尚在说："咱们一家人，这是干什么！"

我比任何时候都狼狈而羞耻了。我追出窑洞，看着王福顺着下坡的路飞跑下去。我痴然地站在那里，盯盯地望着王福的背影。王福文化虽低，保存这样无聊的旧习惯的倒是我呀！有这样动机的也是我呀，我想起那些稍施小惠便图重报的市侩，不觉更热爱而尊崇着王福的朴质和忠诚！

牢牢地站着，我亲切地看着王福往山下跑。昏黄的天地和旋转的风沙遮掩不住他。他光亮起来了，那光亮越来越大、越高，大得像旋转的风沙里燃烧的烈火，高得像昏黄的天地里满天的烽烟。因之，那深澈的蔚蓝的天空仿佛透露在我的面前了，一阵和风仿佛正扑上我的脸庞。春天，王福的身上盈溢着那么引人的春的光辉。我愉快地笑了，我不自主地像鸟儿一样迅速而轻快地奔向他去。

绿色的柳枝颤舞着，细嫩的小草芽已经从土地里探出了头，绿茸茸的冬麦在山坡上拂动着，一切的生命正在生长，春天的风沙是不会长久的，我在迎接春天。

找 幸 福

一、开小差回家

　　春耕的时候,王喜一听到每人二十天要开十亩生荒地,就发起愁来了。他盘算,在南泥湾开了二年荒,总没个完。他本来就懒,又想家,思想七上八下,老是想不通。今年要大干啦,岂能吃得消!当八路军共产党没幸福,一天到晚要劳动,当兵要种地,还当个什么兵,不如回家当老百姓!舒舒服服,老婆子给点烟倒水,多么好!三十六计,走为上计,于是,他在一个下大雨的夜晚,偷偷开了小差,决定回家找幸福去了。

　　好像个耗子似的,他在边区境界窜了好几天,就窜过黄河去,回家了。

二、到家之后

　　第一天,父母妻子欢迎他,替他到伪政府自首了。第二天,伪政府和日本人来赞扬他"大大的好"了!第三天,日本人请他吃饭,让他报告八路军的情况。第四天伪政府和日本人说他对八路军熟悉,叫他去做侦探了。第五天因为没探到什么情况挨骂了。第六天挨打了。第七天把他老婆抓去做抵押了。第八天,提出要杀了。王喜幸福没找到，这一下子可倒了霉了！他真正愁闷起来！杀，杀，第九天说不定要挨杀！可是，就在这第八天，他家里已经断了米，父母饿得脸像菜色，他是看到的；老婆瘦成一身骨头，他是看到的；一家人穿得不是露了身子就是露了肉，是他看到的。就是这么个瘦老婆，日本人和伪政府还要拿去做抵押，真正是多么可恶哇！他虽然还未来得及打听到一切日伪情形，他忽然醒悟到，他可钻到不幸的笼里了！想跑，想出去，怎么跑怎么出去呢？还有一个问题，往哪里跑往哪里去呢？第九天，见到了隔壁张老汉，一打听，老汉没说别的，干干脆脆劈头就讲："你回来了？死的门多，活的门少！"老汉没再理会他，兀自匆匆忙忙地走远了。可巧他又碰上后院的李老婆婆，还没等他问，老婆婆就说："你这年轻小伙子不去抗日，回到家里做什么？你看庄里有几个年轻人了，年轻人不是去抗日，就是被日本人抓走，不抓走，也都杀了！"王喜猛然想起来，从他回到家，庄上的年轻人确实全不见了；除去老汉老婆婆就是女人！他真正惊讶起来，惊讶得大张开嘴，动也不动。老婆婆走远了，忽然一个人在他背上用力一拍，他这才把嘴闭上，正眼一看，是个年轻人！他笑了，还有年轻人，老婆婆扯谎！于是，他口吃地向那年轻人无头无尾地问："杀不杀？"那年轻人就无头无尾地答："杀，怎么不杀！"王喜吓得抖颤起来，脸色变成青的了。那个年轻人笑一笑，又是无头无尾地说："跟我走吧！跟我走了就可以免杀！"王喜心里一亮，猛然想起他的问题，又无头无尾地问："有幸福吗？"

"有幸福哇！可多着呢！"

王喜跟着年轻人走了，心里暗自盘算，这回可遇到恩人啦，幸福一定找到了。

三、大城市里

走了三天五天，又走过了黄河了，年轻人把他带到个大城市。他从未到过大城市，他一见热热闹闹的市街，就向年轻人嘻嘻地笑，那是说明他知道他的幸福找到了。年轻人也向他嘻嘻地笑，那是说明什么，只有那个年轻人自己知道！

　　第一天，年轻人带他到了各去处，他第一眼看到的是个漂亮的美女。他从来看到的美女就不多，这个打扮得花花绿绿的，不是美女是什么！美女的莺声燕语，又会说又会唱，把他迷住了。晚上他住下了，美女夸赞了他一夜，他欢喜了，他心里想：野花真比家花香啊！那个年轻人问他幸福不幸福，他欢欢喜喜地答："幸福！"第二夜又住下了，他更迷住了。第三天年轻人问他幸福不幸福，他更欢欢喜喜地答："我从来没有这样幸福哇！"可是，就在这第三天，年轻人不见了，美女向他要钱，他没有，臭骂了他一顿，将他赶掉。他从来没受到过这样厉害的骂，他从来没听到女人说出比这女人说的更丑的话呀！他一下省悟到，这女人除了搽一脸胭脂，小小个眼睛，顶大的嘴，还赶不上自己的老婆美呀！他是一时被甜言蜜语迷住了，他在生疏的大街上乱逛，肚子饿了，没吃的，他忽然看见大街上许多乞讨的手，伸出来在乞讨。一个女人，到他面前乞讨了，一边哭着说："丈夫叫拉壮丁拉走了，孩子叫人偷去杀吃了，可怜可怜我吧，大老爷！"他见那女人的眼睛发直又很凶，他立刻想到是个疯子，他迈起大步逃开了。可是当他站好的时候，他看见满街上讨饭的多，走路的少，个个伸手乞讨的都是眼睛发直又很凶。疯子疯子，他到了疯子的世界了。他迈了大步想逃开，总是逃不开了，因为他到哪里都看到发直又很凶的眼睛，有的竟乞讨到他跟前了！他想起那年轻人，再也找不到了，不知跑到哪里去了，把他丢掉了。正走之间，他听到一个老洋车夫，向另一个洋车夫讲："你个穷小子，还找什么幸福哇？我老汉有房子又有地，在这个日月里还破产了！大鱼吃小鱼，小鱼吃虾米，穷日子穷过吧，不必空想啦！我老汉到今天还不得拉洋车，跌下来了，有啥办法？"这仿佛正是说王喜他自己，他立刻批评他自己，有房子有地的全跌下来，你个穷小子还能爬上去吗？找幸福，会有穷小子的幸福吗？那个年轻人，是个什么人？他接着自己把问题提出来了，他断定一定不是个好人！可是，就正在这时，一辆汽车从他跟前飞过去，又一辆飞过去，他看见一个胖胖的白白的家伙抱住个年轻美女，随风还传出那美女娇声娇气的笑；汽车过去了，他又听到酒楼里传出高声的欢笑，女人的尖叫，杯盘的响声，还有什么人在奏音乐。他知道了，幸福在汽车里，幸福在酒楼里，他个穷小子是永久钻不进去的！可是，就正在这时，还未等他多想，一只凶猛的手忽然抓住他的衣领，他正眼一看，是个穿黄军衣戴黄军帽的，那人气势汹汹地瞪大眼睛，怒吼似的向他叫："走！走！"他一时来了聪明，他想这一定是抓壮丁的！肚子饿了，年轻人再也找不到了，跟了走吧，不跟走看样子也不成了，他就顺顺服服地跟着走了。

四、被抓壮丁和编入正规军

到了壮丁队，他第一次看到人群像猪一样住在一起，他也闻到了他从来未闻到过的臭气味。

第一天，他未吃到饭，饿了一天肚皮。第二天，发了个拳头大的馍，他只吃了一半，叫他们凶恶的班长抢去一半，他又饿了一天肚皮。第三天发的馍，又被他们凶恶的班长抢去一半，他还是饿了一天肚皮。第四天饿肚皮，第五天饿肚皮，一直到第十天，他们班补来两个新壮丁，班长不抢他的馍了，可是那么个拳头大的馍够干什么的呢？他仍然饿肚皮！不过，这之间他发现他身上发烧，他病了，又未病倒，烧得很怪，一天比一天烧。他想找医生看，又不敢提，恰好这时候，壮丁队被调走，他们编入正式军队了。馍馍还是一样大，饿肚皮，没水喝，菜啦盐啦见也都难见到。一天价上操，不用说做不好，做好了，遇到军官不高兴，不是拳打就是脚踢，骂则是每天的家常便饭，时时都得受了。一次王喜发开牢骚了，说是饭一年也不会吃饱！班长听到了，打他两个耳光，拉到排长那里，排长踢了两脚，拉到连长那里，连长说是破坏军纪，扰乱军心，要拉去枪毙！王喜吓昏了，一句话也说不出来，可是连长也说是头一次，暂时留他一条狗命，打三百军棍，黑红军棍在王喜屁股上起来又落下，啪啪啪，打得他直叫妈，七天没能起床。这七天之中他想起南泥湾来了，他想起八路军来了，他想起革命来了，他想起他们指导员讲的，革命军人要劳动，克服困难，减轻人民负担。只有自己劳动，才可以建立自己的好生活，大家一起享幸福！他想起他在八路军的幸福来了，不打不骂不算数，吃得饱，吃得好，有菜有盐又有肉，又丰富！穿的也不是没腿腿的裤子和没袖袖的衣服！他进一步想了，三十六计走为上计，还是跑回八路军的好！可是，一件事使他在苦恼，他发烧了几天，到现在，他发现他生了花柳病了！八路军哪有生花柳病的呢？七天之后他找班长要治病，班长骂一顿，排长骂一顿，也未找连长就永久放下了，他更进一步想，跑，跑，不跑不成，可是，又一件事使他苦恼，他亲眼见许多逃跑的，回来就枪崩了，怎么敢跑？跑不得呀！正在这时机，连部把他叫去了，一进门，带他到大城市又把他丢掉的年轻人出现在他眼前，他一时惊吓住，那年轻人便阴险地笑了，劈头就问他："你想逃跑？"

他脸发青了，知道大事不好，心想他心里的事他怎么知道了！那年轻人接着说："好，你逃跑我们叫你跑，你是八路军开小差的战士，我们知道！你现在又想逃回八路军我们也知道！我们叫你逃！可是有一件，"年轻人变脸了，把手枪从衣袋里拉出来，放在桌子上，"限你三个月，还要从八路军逃回来！你要探听那边的军情，回来报告！"年轻人翻弄翻弄手枪，很确定地说："你是我们的人了，你不好好干，小心你的狗命！那边也有我们的人，三个月你不回来，就有人要你的命！你回来，"年轻人轻轻地笑了，"你回来，我还带你去找幸福，那有多么幸福！"年轻人做个鬼脸，于是，又威严地下命令："他们会信任你的，你说你在这边受不了这个苦。今天晚上你逃走，放心地逃走吧，没人会抓你！不逃可不成，不逃就会要你的命！"

王喜脑子吓得发昏，糊糊涂涂退下，当晚也就糊糊涂涂逃走了。

五、 回到南泥湾

他逃回八路军，一说明情形，他很容易地被收下，也很容易地编回他原来的连上了。

连上的同志全说他瘦了，瘦得不成样，大家全不敢认他了，他找个镜子一照，他自己也不敢认识自己了，他苦恼，他惭愧，可是连上的同志对他同过去一样友好，这个安慰他，那个劝说他，都说他知过能改就好！他稍稍安心了，但是花柳病怎么办？他羞怯地同连长说了，连长同指导员商议一下，把他送到卫生队，因为病不重，打两针"六〇六"，花柳全好了！他想起带他找幸福的年轻人，他想起他住了两宿的可恶的女人，他断定这就是使他长花柳的根苗，这不是幸福，这几乎要了他的命！他想起三个月还得逃出去，不逃出去，他看见许多恶狠狠的眼睛瞧着他，许多不留情的枪口对准他，他苦恼，他这一世算再没有了幸福！同志们这个同他说，春耕时闹得可凶，一天五分地算了什么，我们的小鬼也能开到，劳动英雄们一天三四亩！那个同他说，七月正锄草，却必得出动自卫了，不然庄稼一定长得更好！是呀，他走时的荒山，庄稼全长黄了，又高穗子又大！他苦恼，他惭愧，可是就在这中间，开始秋收了。秋收中，他比谁都积极，因为他在受过痛苦之后，特别了解了劳动的宝贵。尤其他看到连队的生活更改善了，不用说有丰富油盐菜，差不多隔一两天就有肉吃，合杂饭又香又甜，成群的羊从山边往回赶，成伙的猪睡在猪栏里，而且牛也成群了！鸡呀，鸭呀，个人的公家的，满山满野地跑，南泥湾真不得了，这情形不用说他开小差走了一大转找不到，人说话要有天地良心，就是他抗战以前，在家当老百姓，生活得也没这么好！他怎能不积极？他积极倒把什么全忘了，同志们说他胖了，他也感到他力量已经大起来，找个镜子一照，呀，脸上红红的，眼睛也亮了！要劳动，劳动才有幸福。他明白，哪里有幸福，只有八路军才有幸福。你个穷光蛋，不革命，不在八路军好好干，跑到哪里全是死路！于是，他忽然想起，再有半个月，他就得逃出去！他不愿逃出去，他就又看见许多恶狠狠的眼睛瞧着他，许多不留情的枪口对准他，他不信，八路军里会有那些坏种？他一想，他自己就已经是坏种，怎能保定没有别的坏种！越想越恐怖，越恐怖越苦恼，秋收的工作越搞不起劲了。就在这中间，忽然指导员把他叫去了。

"你的事情我们已经知道了，你要向我们坦白！"

"我有什么事？这这，我有什么事？"

王喜脑子里，自己同自己打起架，有事是有事，嘴里不敢说，他已经是汉奸，是奸细，也是特务。说了一定活不成！指导员跟他解释共产党毛主席的宽大政策，坦白得好说了不杀，还跟好同志一样待遇；不说就是死反革命，一定得镇压，可是，王喜脑子里还是自己同自己打架，不杀？对汉奸，奸细，特务会宽大？会不处罚？他不信！有事是有事，他死也不敢说！指导员同他谈了一天一夜，又谈了一天一夜，宽大政策他有些懂得了，可是还是不敢说，营长教导员除奸股长全来了，大家写保票，这回他信了，他敢说了，可是，他一想宽大了是好，他王喜的面子往哪里放？他又吞吞吐吐，想说不说，指导员可发起脾气了！他一看不说是不成了。他就说开了，他越说指导员越露出了笑，他越说得好，指导员就越温和地笑。大家全都向他温和地笑。他完全坦白了，同志全知道王喜坦白了，迎接他的全是温和的亲热的笑。他自己虽然说有些不好意思，他自己却确确实实感到，他这几天的生活，像坐在软软的绒垫上，像站在暖和的春风里，不用说物质慰劳，精神上他也觉到人人对他比什么时候全亲热，这个对他是亲热的笑，那个对他也是亲热的笑，他真正回到八路军里来了，他也真正找到幸福！吃得好，穿得好，精神上也好，同志们亲亲热热地对他说："咱们生活得真幸福哇！"

他也亲亲热热地回答："我知道，除了八路军共产党的地方，全中国再找不到幸福了！"

意内的意外

走到前门外了,迎面开来一辆电车,陈丽抢前一步,扭摆起灵活的腰身,猛劲跑过横道去。她转过身,张大一双眼睛,没看见王秀峰。那庞大的电车却轰隆隆地从她身边开过,她把淡蓝旗袍的下襟拉整齐,才用右手摁着腮帮,那么不安静地张望着。心想,秀峰的行动怎么总是这么缓慢!她不免蹙了蹙眉头。这时,挤挤擦擦过横道的人急急走过来,她寻找着,仍然没有王秀峰。这时,却有人轻轻地拍了拍她的肩膀。她冷丁回头一看,是李平。那矮墩墩的个子,情绪饱满的笑容,近视眼镜里边的快活的眼睛,都引起她极大的敬重。她一时像把王秀峰忘了,不觉锐声叫道:"啊,多巧!"

"你呀,可真是个急先锋,忙什么呢?叫你都听不见!"

回答的却是王秀峰,正站在她的左侧。那沉默安详的劲儿,跟他那年轻粉红又漂亮的瓜子脸实在不相称。可是,只要她望到他那忠诚老实又热情不露的风度,她就乐了,再什么也不想了,很敏感地问道:"啊!你们在那边遇到了!多巧,我光顾跟电车摽劲,还以为秀峰也跑过来了呢!瞧,快开会啦,只差一刻钟了!"

"对,快走吧!"李平简洁地说。

他们向和平门外走去。五月的阳光照得前门左近的楼房、街道、树木十分明丽。天,蓝得那么柔媚;地,像镀起黄金。暮春初夏的天气,给这古都带来多么美好的日子呀!然而,这古都已经伸来日本帝国主义的狼爪。四周围杀气腾腾,亡国的危险摆在面前,流血的灾难每时每刻都会到来,人们怎么会安静呢?冀察特殊化快两年了,这不过是侵略者灭亡中国的诡计;这一九三七年的夏日的来临,气压多么低呀,真不是个平常的季节!今天,正是五月四日,"五四"又激荡着人心,人们还是怀着光明的希望,脸上浮出毅然的微笑。陈丽一心想着党在这个时机,领导学联同新学联的一些同学初步合并,真是个最好的事情。国民党把持师范大学和志诚中学,拉拢一部分落后同学,凑成新学联来反对学生救亡活动,是不会巩固的。她挺着胸脯大步走着,一双白得不染一尘的胶皮鞋,短短的凉袜,健美轻捷的双腿,在太阳下闪着柔丽的光。两个男的,一矮一高,一个庄严郑重,一个清秀安稳,正在低声谈着什么,倒被她落下了。他们谈的问题触动了她,她遽然站住,开门见山地说:"我看哪,赵人杰他们也可能愿意合并,可是,还有别人哩!那些最反动的家伙要硬不干,他们还不得坐回去呀!赵人杰,人聪明伶俐,处事又八面玲珑,他还挺得起脖腔骨?"

"对的,这要估计到。我们必须用全力争取他们合并,参加会议的同学,百分之九十以上是咱们的人,说理也说得过他们,他们根本就没有群众!那些坏家伙硬不干,我们就全力争取那些中间的、动摇的。在这困难当头的时候,凡是有一点爱国心的同学,一定会站过来。"李平信心十足地,边走边侃侃地谈着。

"那些落后的家伙呀?可顽固了,我对他们可没信心!争取不到是个意内的事,争取到了才是意外呢!"王秀峰大费思索地、一字一句地讲。

"秀峰,不能那么消极。李平说得对,全力争取,就是顽石也化了它。"

陈丽正说得激昂,他们已经走到师范大学的大门口了,不觉都格外兴奋起来,随着人群,急步走向大操场。

大操场被年轻人的喜气和清脆的语声给占据了,阳光照得特别辉煌。洁白的衬衫,秀丽的旗袍,在阳光里转来转去。走到主席台的席棚下,陈丽一眼看到穿葱绿衬衫浑身男装的倪芹,乐得闪出白亮的牙齿,甩下李平和王秀峰,蹦蹦跳跳地跑过去,昂声叫道:"呃,又穿上男装啦,小家伙!"

"这样装束,干什么灵便哪!"

"小倪,你这伶俐鬼!"

正在这时,主席台上宣布大会马上就开始了。操场上立刻平静下来,人们向主席台下移动。陈丽搂抱着倪芹,走了两转,找到王秀峰站着的地方,悄悄地站在一起。倪芹非常礼貌地向王秀峰点点头,王秀峰回答个温和的微笑。

"同学们,今天是'五四'第十八周年纪念日。咱们北平旧学联和新学联一起开会,纪念这个节日,实行合并,共同救国,是北平学生对国家的又一贡献!……"

讲话的是赵人杰。从讲的口气看,学联的合并已经不成什么问题了。赵人杰是新学联的负责人之一,一二·九运动后跟进步同学也有来往。他只是常常动动摇摇,为毕业后想找个事,有出路,被国民党拉过去了,帮他们成立新学联。一时也打着救国的旗号,不过说成只在"政府"领导下救国,跟苏联对立。他也曾深思过,敌人深入了,革命同学争取他,他又有些醒悟。陈丽听了欢喜,闪着眼睛,瞥了一下王秀峰,又看了看倪芹,三个人不约而同地露出动情的笑意。他们静静地倾听着,被胜利所鼓舞,心咚咚地在跳跃。全场静悄悄的,赵人杰气概轩昂,神情郑重,一只手插在银灰的洋服兜里,往日的潇洒轻俏还隐隐可见。讲着,他忽然眉尖一竖,咳了一声,好似很为难的样子,看看天空,才说:"同学们,有个问题需要先解决一下,就是两个学联合并后的学生代表大会的筹委会,新学联提出两边各出一半筹委……"

有谁倏地厉声高喊:"不同意!"

全场轰然高喊起来:"不同意!"

赵人杰僵住了。咬着下唇等待喊声的停息。陈丽嗔怒起来,叫过王秀峰，说："有问题，这是什么事呢！他们才有几个人，这不是成心捣蛋吗？"

"听听，赵人杰还要讲什么！"王秀峰很镇静，仿佛要研究什么学术一般，盯盯地望着主席台。

"多糟哟！"倪芹失望地自语着。

会场安静了。赵人杰露出一丝苦笑，又慢条斯理地认真地讲道："旧学联也提出了方案：筹委旧学联占三分之二，新学联占三分之一，同学们考……"

没等他说完，陈丽就跃向前去，高高举起胳臂，涨红了脸，呐喊道："拥护，我们完全拥护！"

"拥护！这才对呀！"

全场闪亮有力的胳臂举起来了；七八百人的阵势，仿佛一片柔丽的小白桦林，陈丽内心像燃起熊熊的烈火。她高兴极了，党团结了多少同学呀，党点起了救亡的烽火！

赵人杰愣住了，正闪动苦涩的眼神，不知怎么才好。忽然，一位高大黑壮的学生大步走到他跟前，一把将他拉开，占了他的位置，搂一下满头黑森森的头发，目空一切地要讲什么。赵人杰瞟了那人一眼，摇摇头，无可奈何地溜向后边去。那人大声喊着说："今天不是要合并吗？各出一半才成啊……"

"你们要服从多数！"

出乎陈丽的意料，这时王秀峰忽然激愤起来，十分蔑视地跳了一下，大声喊起来。全场也跟着他喊："要服从多数哇！"

喊声像惊涛骇浪一样，此伏彼起。陈丽一边喊，一边称心地瞟王秀峰。王秀峰进步这么快，她怎么没观察到？多麻木呢！这可不成！忽然有人竟向那个黑壮高大的学生斥道："下去！你不该拉开主席，下去！"

"对，下去！多野蛮哟！"

那高大黑壮的学生，瞪圆一双怒眼，张开大嘴在喊什么。可是，

"下去""下去"的喊声把他的声音淹没了，弄得他十分尴尬，手忙脚乱，不知所措。这时，赵人杰拉了李平，走到台前，拍拍那高大黑壮的学生的肩膀，示意叫他退去，他只好垂头丧气地退走。赵人杰向李平指了指主席，又示意叫李平讲什么，全场立刻变得鸦雀无声，静悄悄的，仿佛人人都怀了深远的希望。李平用坚毅的眼光看定全场，十分冷静又十分果决地说："同学们，要特别冷静，合并成功，才是我们的目的！团结一致，抗日救亡，是我们最真诚的要求！筹委的问题，等一下再商量商量，可以合理解决的！同学们，先休息休息，马上会商量好的。咱们要全力争取到这个团结！"

"同意！"哄然一声响亮的回应。

主席台上空荡荡的。主席台下人们喊喊喳喳地议论起来。陈丽憋在肚子里的话，这时，才得机会说出来："秀峰，你忽然哪来的那股子劲呀？"

"那高大的黑小子，是个流氓！我们在中学同过学。他专好打架欺负低年级小同学，仰仗他家有几个钱，可横啦！今天我一见他出场，就有气！他怎么考上师范大学的呢？天知道！"

"他叫什么？"倪芹惊愕地问。

"他？姓刘，名字一下子想不起来了！"

"看你，光读书上心！这么个出头的人物，名字还记不住！"

"这人是新学联的一个负责人，新学联还会是好东西？跟他们合并个啥呀！"

"为救亡嘛，看你，又'左'起来了！"

人们都注视起主席台，陈丽觉察到了，也向主席台望去。赵人杰拉了李平，徐徐地向主席台前走来。李平抬手把眼镜往上推推，回头向赵人杰做了个那么和蔼的手势，才笑吟吟地张张着双唇，额头闪出坚毅的光亮，像个矮墩墩的石桩站立着，向台下爽然地望了一会儿，才用亲切严肃又带着说服的口吻，说："同学们，商量得差不多了。为了争取合并，是这么交换了意见：筹委旧学联占五分之三，新学联占五分之二。咱们要让一步，合并了，团结了，事情又基本办得合理，全市同学在抗日救亡的运动中就完全站在一条战线上了！这就很好呀！同学们，大家同意不？"

"同意！"响起雷鸣一般的呼吼。

李平退到后边去了，赵人杰站到前边来。赵人杰轻松地眨着杏核般的眼睛，双手插进洋服兜里，显出非常潇洒无羁的劲儿。笑容可掬地朗声说道：

"同学们，两个学联合并成功了，这倒是可以想得到的。抗日救国，是每个中国人，每个青年学生，不能不想的事！过去，可能彼此想法不同，不能相容，今后，再都不要记在心上！咱们都完全站在一起了，这就继承了'五四'的伟大的精神！咱们还要搞个合并宣言，选举筹委……"

忽然，那高大黑壮的姓刘的同学从后边跑出来，几步跑到赵人杰跟前，粗暴地喊："这不成，谁说合并来？扯什么淡？……"

"怎么？你，你这是干啥呀？"赵人杰瞪起眼，强硬地质问着。

"你，你滚到后边去！"

高大黑壮的同学提起赵人杰的洋服后领，向后拖去。李平挺身向前，愤怒又激昂地问道："刘恭孝，你这是干什么？有话好好谈嘛，怎么这样？"

"我？我不同意合并！……"

台下的群众，被台上的剧变弄得一时怔住。王秀峰听李平喊出刘恭孝的名字，他对刘恭孝这个专摽女同学又干过土匪，拿打架骂人当饭吃，一个毫头无脑的人，恨得切齿。他撞撞陈丽，悄声说："这个坏家伙，存心来捣乱啦，轰他滚！"

陈丽一拧眉，怒得瞪大那黑溜溜的美丽又刚毅的眼睛，跳起来喊：

"刘恭孝，别撒野！……

"滚下去！你这流氓！

"别耍野蛮！……

"滚！滚下去！……"

主席台上的人们都走到后边去。台上又空落落的了，仿佛还有新的较好的希望，台下的人都如饥似渴地抻脖子向台上张望。好一会儿，李平同赵人杰匆匆地走出来。李平昂扬果决地走在前边，在台前站住，向台下招招手。赵人杰很犹豫，仿佛有什么顾虑，李平想讲什么，忽然台后一把椅子向他身后飞来。陈丽眼快，失惊地拼命叫喊："李平，躲开！打来啦！"

李平一闪身，那把椅子摔到主席台上，乒乓几声滚下台来。赵人杰惊慌得抽身就跑。这时，台后边传出一声霹雳般的喊叫："打！给我打！"

随了这呼叫，一条板凳也凌空袭来，又一条椅子飞向台口。镇静的李平，右手插在学生服兜中，见后边打乱了，台下也有些穿童子服的和少部分学生举起童子军棍在打人。那个刘恭孝正气势汹汹地向他扑来，他立时警觉到刘恭孝这些坏家伙早有阴谋，他们不过利用赵人杰出头，表面搞合并，实际想打仗，造成那些落后同学跟学联更加对立。他是学联主席，不能上这个当。他高声喊："同学们，别跟他们打！退出会场！"他敏捷地躲开刘恭孝袭来的拳头，一跃跳下主席台，陈丽带上王秀峰、倪芹和好多同学把他保护住。刘恭孝在台上干龇起牙，哼一下鼻子，狠狠地叫："反动，你们这些共产崽子！"

"流氓，坏蛋，你小子什么东西！"王秀峰气得发抖。

这时，李平跟另几个学联负责人商量了几句什么，转来向陈丽、王秀峰说："告诉同学们，马上到北京大学红楼操场集合，继续开会！"

陈丽和王秀峰急急走了。李平一眼望到刚转过身去的倪芹，他突然警惕到什么，叫道："小倪！小倪！"倪芹又回过身来。他说："喊住大家，别还手，不跟他们打！打是错误！"

"是！"

同学们像潮涌一般奔向二门。这时，陈丽又气喘吁吁地，向李平奔来，一边跑一边喊道："李平，李平，打伤了人啦！"

"怎么？谁回了手？"

"哪里，清华的同学跟志诚中学学生讲道理，他们不理，六七根童子军棍就打上来，打破了头，多可恶！"

李平一扬眉梢，斩截地说："走，快去救护！"

他领头跑过去，清华那位同学被两个同学架着，脸颊淌两道鲜血，愤怒地瞪大着眼睛。李平同陈丽换下来那两位同学，一边关切地问受伤的同学："怎样，不要紧吧？"

"头有些昏！"

"走，到师大医务室去！"

走到二门前，许多没退走的学生拥上来慰问。陈丽向李平小声说："你快去吧，北大操场还开会呢！我来交涉！"

李平没答什么，扶了受伤的同学走进师大医务室。校医们闪动惊悸的眼光，脸上流露出同情的神色。可是，又一个女同学被扶进来，正是倪芹，她左臂挨了一棍，打得很重，肿起来。陈丽一眼看到是她，心疼地，锐声叫道："啊，是你？……"

"不要紧，这正好让全城人民看看，新学联都是些什么人？干些什么事？合并不成，他们竟动手打人！"

"小倪，能去开会吧？"李平问。

"能，我要当众揭露他们！"

"对，我也去！"

"同学，你脑子稍稍受些震荡，还是不去吧！"校医轻声劝说。

"不，这，小事一段！"

他们奔到大街上，李平为两个受伤的同学叫了两辆洋车，十来个人前后围着，一直奔向沙滩去。这时，陈丽才从后边半跑着赶来，对李平说："我又跑回师大操场看了看，他们有四五十个人，又开上会了！"

"呵，你真机灵，还侦察了一番！"

当他们走进北大操场，集合起来的同学正唱起《义勇军进行曲》，欢腾雄壮的声音震荡全场。同学们把讲台和讲桌抬出来了，想做临时的主席台，等待李平到场好开会。李平安置好两位受伤的同学，才大步走过去。这时，王秀峰走到陈丽身边，说："你才来呀！到处找你找不到，我还以为你先跑来布置会场了呢？"

歌声停止了。李平走到讲台上，他非常严肃又很平静地讲道："同学们，不要泄气，咱们并没有失败，相反，他们打人，正暴露了他们自己的丑恶面目。看看咱们那两位受伤的同学，这是铁证……"

很多人扭头向清华那位同学和倪芹张望，都露出愤懑不平的神情。李平又开始用那乐观的腔调说："同时，那些打人的同学，不过受了新学联里反动的家伙欺骗，会醒悟过来的。什么叫新学联？那不过是那些被法西斯收买的学生，故意同学联捣乱，拉些落后同学凑成新学联，来破坏咱们学生救亡运动罢了！少数盲目跟新学联跑的同学，有的受了'读书救国'思想的蒙蔽；有的为找个生活的出路，一时看不清大局，我们相信，这些同学会转变的。今天，日本帝国主义不但侵占了东北，罪恶的魔爪已经伸到华北和平津，在这样生死存亡的关头，这些同学难道就一点爱国心也没有？咱们要继续开会，咱们要发出宣言，筹委的席位，给这些同学留下，继续争取他们合并团结！'五四'的大旗永远握在咱们手里！同学们同意吗？同意的举手！"

年轻人的胳臂都举起来了，而且发出震天的呼吼："同意！"

正在李平跟学联负责同学们交换意见的当儿，十几个学生从红楼正门迅疾地走过来，一直奔向主席台。带头的是赵人杰。他十分激动，满面恼怒，直截了当地说道："我们同意合并，新学联半数以上的执委全来了！刘恭孝那一帮，完全是特务行为，我们不承认他们，李平，学联主席，怎样？你们欢迎吗？"

李平马上伸出手来，把赵人杰的手紧紧地握住，很果断地说：

"好，你向同学们宣布吧！"

赵人杰走上讲台，流露出惭愧的神情，咧了几下嘴，有些口吃起来说："同学们，我们决心来合并了！新学联有些人不像样啊！我们下定了最后的决心！"

"欢迎！绝对欢迎啊！"

人群欢腾得涌动起来，喊声冲上云霄。赵人杰被感动得嘴边绽出欣慰的笑。王秀峰一边呐喊，一边看着那兴奋起来的赵人杰，眼中漾出泪花，拉了一下挥手挺胸纵情高喊的陈丽，当陈丽站稳瞟着他时，他颤动着发酸的鼻翅，很感慨地说："想不到哇！真是想不到！"

赵人杰走向清华受伤的同学和倪芹，同他一齐来的十几个同学也全奔过来，跟受伤者一一握手，并很难过地说："对不起！这太不成话了！"

"没啥！欢迎你们！"

"咱们共同争取到胜利，就好哇！"倪芹热情地尖声喊。

王秀峰一滴热泪淌到脸颊，紧紧地靠在陈丽的右臂上，说："赵人杰还有良心哩！转变得好快！"

"不看是什么时候！敌人骑到脖颈上啦，但凡有点人味的人，就会变好的，岂止有良心哪！"

这时，李平正式宣布了新旧学联的合并，并宣读了合并宣言提纲筹委名单，最后提出迅速召开全市学代大会，联合全国大、中学校学生，广泛深入开展抗日救亡运动。"五四"的光辉在斗争中更进一步地发扬起来。歌声激荡着蔚蓝的天空，人们在五月的温暖的阳光照射下散会了。

陈丽跑向李平，抓住走在他身边的赵人杰的手，盯盯地看定赵人杰，激动地说："太好了，'五四'的光芒也从你身上反射出来了……"

"唉，惭愧，惭愧，恨我觉悟太晚！"

"你们那边开会请些什么人呢？"

"教授陶希圣去了，真是满嘴喷粪。还像个中国人吗？"

"人杰，必须揭露他们！"李平激动地说。

"当然，雪里埋不住死孩子呀！"

走出操场，人都分散了。李平、陈丽和王秀峰把清华受伤同学和倪芹送上洋车，也各自回宿舍去了。

陈丽跑回宿舍，洗过脸，脱下那双白胶鞋，就仰身躺在床上。她又疲倦又快乐，一闭眼就好像要张开翅膀飞翔。这时她突然想起，李平让她晚上去帮助印发宣言，可能干到很晚，趁这空还是睡一会儿吧！可是，王秀峰那善于思索的可爱的样子又浮现眼前，他干劲大起来，多么幸福呢！他要求入党，还没批准呢！他越积极越勇敢了，不光是那么埋头啃书本了，也就大有希望了。自己的眼光还不差，她暗自幸福地笑着，不知不觉睡去了。到傍晚，她才匆匆地去找李平。

第二天，一大早，她还蒙眬地睡着，有人敲起她的门，她被惊醒了。昨夜，午夜一点方睡，实在困，就懒洋洋地问："谁？什么事？"

"我，秀峰。"

她匆匆下了地，披上旗袍，把门钩打开。王秀峰欢喜得一边叫一边跳进门，说："嘿，你还睡大觉哇，看，这报纸的一角！"

"什么事？"陈丽一边扣纽扣，一边很未在意地问。

"来，看嘛！"

他们一齐肩并肩趴在书桌上。王秀峰欢喜异常地指点那报纸的一角，小声念道：

——读者的小意见：

昨天全市学生纪念"五四"，新学联学生逞凶打人，十分不该。更不该的是教授陶希圣事后在新学联会上讲话，还劝学生安心读书，说什么抗日是政府的事，政府会跟日本人交涉，日本会讲道理云云。试问，东北沦丧数年，学生在读谁的书？日本人会讲道理，为什么不归还我东北，竟又来进占我平津？陶教授出此谰言，是何居心？……

王秀峰抬头瞟了陈丽一眼，愤愤地说："你看，陶希圣，多气人，简直是个汉奸！"

"打人，是师大和志诚中学的CC分子背后鼓动的呢！"

"对呀，刘恭孝，听说是个CC！这帮小子，祸国殃民还不够，真罪该万死！"

"哦，你看，这个读者签的名多有意思，叫'走火'！"

"有意思，但没走火呀！揭得好！是谁呢？不想在个小报的一角，倒放出光来！"

"可能是赵人杰吧？你说，审查报的，是漏了呢，是故意留下的？"

这时，门房喊陈丽去接电话，陈丽回身跑出去了。不一会儿，欢天喜地地跑回来，一进屋就大声嚷道："李平来的电话！倪芹从女二中给他来电话了。志诚中学很多同学找她们联络，要求参加学联呢！他叫我到女二中去帮助一下，我就得去！……"

王秀峰笑得不知怎么好了，愣怔了一会儿，叹道："这都是意外！昨天在师大多坏，今天又多好。"

"党的领导对这些都估计到了！"

一九五九年四月三日于大连南山

荒山的女儿

一

马兰像春水中的游鱼那么欢跃。

天还未亮,初醒来,黑暗压迫着她惺忪的眼睛。骨架子似乎要散了,她瘫软地仰身躺着,各个关节在作痛。可是,一见窑洞窗上发白了,她一如每天的习惯,猛力伸一下懒腰,振奋地直举双臂,晃两晃,挣扎着坐起来。疲倦夺不去她的愉快,愉快却使她忘掉了疲倦。她窸窸窣窣地穿好衣服,便尖着嗓子喊:"亮天哩,快起床!"

随着她的喊叫同学们哼叫着醒来,严铁慢吞吞地翻起身子去抓衣服,一边还娇滴滴地呻吟,不由得脱口叫道:"唉哟,我骨头要断啦!"

"看你,还铁呢,连泥都不如!"马兰快嘴地奚落着,又尖声地喊,"起来吧,别猪羔子似的哼啦!"

全屋的哼声多半停止,代替的是一声向马兰的进攻。

"你这小母鸡,天天这么大早来咯嗒!"

马兰影子似的悄悄跑掉了,睡在床铺炕头的刘凤,半梦半醒地在转动她胖重的身子,模模糊糊地,先嘟哝了起来:"讨厌鬼,没吹起床号,她又先叫啦!累了几天,都不叫人好好睡!"

可是,就在这时,起床号嘀嘀嗒嗒地响了,人们全跳下床,折好被褥，而马兰已经把洗脸水打来了。刘凤坐起来，幽暗中显示出她棉花包似的隆肿的轮廓，懒懒地动作着。忽然，她厌烦地，仿佛同谁发气似的叫着："绑腿呢？真见鬼！"

"大妈妈，我替你找，别这么急歪！"

马兰跳上床，摸着黑，褥子底下，被头上，墙角，乱翻着；把刘凤东推一把，西拉一把，搞得刘凤哭笑不得的，半嗔怪半玩笑地骂道："去吧，别叫我生气啦！"

"哟哟，就在枕头底下，你看你，忘性这么大！"

"喔喔，别气我啦，去你的吧！"

提起饭桶，马兰高高兴兴地跑出窑洞。星光稀少了，天空像苍蓝色的破布，斜挂在四面青铁色的山头上。从黑魆魆的山壁，人们钻出来，钻进去，小老鼠似的，在坪台上来回窜着。山坳张开凶恶的大嘴，黑洞洞的，仿佛要把山川吞进去。哨子响了，窑洞中又纷纷跑出人来，争着到厨房打饭。吵叫，呼喊，高笑，戏骂，乱哄哄地搅成一团。可是，不一会儿，就平静了，一伙伙的小鸡似的，聚集在一起，匆忙地，喊喊喳喳地吃着饭。偶然，爽凉的风，怡怡地吹过来，已经到黎明的时候，黑暗一会儿比一会儿淡下去。

集合号响了，清脆抑扬的声音，震动了沉睡的山川，山川从沉睡中似乎就要醒来了，明天的星好像有无限的依恋，惊诧地向着大地眺望。人们一时慌乱了，杂七杂八地叫喊："带好碗筷呀！""镢头，拿好镢头！"马上，像急奔的瀑布，都跑下山去。

小摩托一般，马兰第一个先跑到山脚下的操场。她兴奋着，快乐着，迎接一天的劳作。她的手紧握扛在臂上的镢头。她青春的热血火烈地奔流着。队伍出动了，好似拉长的粗大铁链，迟迟地向山沟里移动，她好像这铁链的一环。激昂的歌唱的波流推卷着她，迈着轻健的步子前进，她的歌声如飞湍，在歌唱的波流中高高地旋转着。

忽然，仿佛吹来一阵粗狂的风暴，海啸似的歌声从后边追来，山谷震撼了，潺潺的溪流畏缩地抖动着。

"男生队来了，你瞧，他们发疯啦！"

"噢，快呀，别叫他们追上！"

马兰一回头，见刘凤苦着脸，一边走一边往嘴里塞馍馍，禁不住问："你看，又没吃完哪？"

"等她吃完，别人可又吃第二顿了！"严铁咯咯地笑。

已经大亮了，山沟上狭窄的天，湛蓝得仿佛要透明。

二

金红的太阳光照耀着远近的山头。马兰把镢头交给刘凤，开始休息。早晨的凉爽的风，吹得她的短短的头发在额前舞动。她脸庞涨得通红的，额角冒着一缕缕的热气。她睁大一双黑溜溜的眼睛，向着附近的山头眺望，每个山头一簇簇开荒的人和那舞动着的不时闪出白光的镢头，都引起她说不尽的欢喜。她从生下来，一次也未品味过什么叫劳动，不用说开垦这样贫瘠的荒山。可是，现在，竟成为人人赞美的开荒的能手了，她深深领会了劳动的愉快。她骄傲着她身体的健壮。她伸展着胳臂，敞开了棉衣的前襟，深深呼吸了两次，笑眯眯地不住地瞭望着刚刚升起的太阳。

她一歪脸，忽然瞥见刘凤落在所有开荒人的后边，胖重的身躯缓慢地动作着，镢头也举不高，迟笨地往下一刨，她禁不住跑过去，大声嚷道："大妈妈，我替你开一会儿吧！"

"机灵鬼，你又来了！"

她去拿刘凤手里的镢头，却被刘凤拒绝了。她硬去夺，刘凤躲避开，仍是吃力地喘吁吁地开垦着。她绕到刘凤的后面，企图抱住刘凤的胳臂，刘凤却往前奔跑几步，挤到一个男同学的身边，把镢头举得高高的，刚想往下刨，马兰竟追上来，拉住她的衣裳，她往后一闪，镢头刚好落在那男同学的脊背上，棉军衣立刻绽开个大裂缝，白花花的棉花冒了出来。那男同学噢的惊叫一声跳开来，刘凤也便闪了个大筋斗，倒在新开拓的山坡上，滚了两滚想站起来，竟为胖重的身子所坠住，总是蠢笨地滚动着，立不起身。所有的女同学，开荒的或休息的，都拍着手，哗笑着，欢跳着，对刘凤嘲弄起来。而且，男同学们，同时，也发狂了一般，哈哈哈哈，不住高声大笑了。刘凤终于爬起来，羞恼地寻找着马兰，想要狠狠打她几拳方解恨；可是，马兰这时已经跑到被砍了的男同学跟前，和蔼地抚慰着："殷生同志，你没受伤吗？真是对不起，晚上回去我们给你把衣服补上。"

"没有！"殷生略带沮丧地回答着，显然他脊背有些疼痛，轻轻皱紧眉头，脸红红的，嘴角流露出一丝苦笑。

"你这小怪物，惹了祸，又去讨好去了！"刘凤气愤地，涨红着脸，一边往下打身上的土，一边责难着马兰。

"都是我多事，我该打！"

由于并未发生大事，大家马上又开始开荒了。马兰把殷生的镢头拿起来，要替殷生开荒，殷生不肯，但仍旧未争过马兰，马兰就奋力挥舞着镢头在劳作了。正在休息的男同学王文昌，也跑来代替了刘凤。于是，一时的骚乱平静了，紧张的开垦的劳作进行着。太阳已经高高地升起，山头上一时比一时温暖。刘凤走到休息的女同学坐着的地方，迎头，严铁即说她一句："你们这两个宝贝，处处出洋相！"

"不怨我呀，她总要抢先！"

"哟，瞧你累得猪似的，她替替你，还夺了你的功吗？"

"尖尖嘴，砍了你的殷生啦，是不是？"

"笑话，殷生与我有什么关系，真歪！"

"哟，发现小铁的秘密哩！革命同志，公开说了吧，别像外边的小姐们，隐隐藏藏的！……"许多女同学，转向严铁进攻起来。

人们正吵得热烈，换班的时间到了，拿表的同志一呐喊，大家就什么都不顾地一齐猛跑过去，替换了前一班的人，继续紧张地开着荒。马兰同王文昌自然是没人来替换。他们开拓得也正十分兴奋。王文昌高大的个子，随着镢头的起落，腰身忽然弯曲忽然挺直地动作着。他的镢头挥得特别高，气力也特别大，总是充满了喜悦的神情，仿佛故意同身旁的马兰在竞赛似的。马兰并不示弱，她一直同王文昌一齐向山上连刨带锛着，没有落后一步。她脸涨得比红布还红，她圆圆的大眼睛也总闪烁着无比的勇敢和快乐。开荒的男女在山坡上向前推进，尘烟飞扬着，而换班休息的人们，正唱起激昂的歌曲。

"三个人一齐用镢头'抬'呀，效果大，来得快！"有个男同学在呼喊。

"别瞎发明啦，赶快正经干吧！"

"不信？试试看，别顽固！"

马兰夹在王文昌和另外一个男同志的中间，她显得低矮了些，一齐高举着镢头，往下猛力刨，一大块散发出湿润的土气的土块被翻转开来，于是，他们高呼道："抬呀！抬呀！"又继续着刨下去。马上，三个一伙，两个一帮，"抬"的空气散布在整个正在开荒的人群中，人们都大呼着："抬呀！抬呀！"大块大块的土块接连不断地被翻转开来。于是，到处呼喊起"啊哼！啊哼"的声音。劳动的快乐和积极精神达到最高度，镢头举得都更高，用的力量也更大，每个人都拼命往前奔着。

换着班"抬"的热潮继续着，几乎一上午，这热潮一时也未间断。

午饭后，马兰实在累了，她将棉衣铺展在山坡草地上，自己仰着身躺下去，微闭着眼睛，甜甜地休息着。她很清楚地感觉到她心房的跳动和匀整的呼吸。她欢乐而愉快的心情，把她引到过去大学生生活的回忆。她想着那时候身上穿的是丝缎的旗袍，脚上穿的是半高跟鞋，整天价嫣嫣婷婷的，知道什么叫劳动呢，连打一盆水喝一碗茶就得叫学校的老妈子，一天除去念书打打球，就是无味地闲着，三天身上发软，两天精神疲倦，真是活见鬼！虽然也参加着学生的救亡运动，有时也要跑路，可是哪次不是必得坐洋车呢？有时也在街头讲演，或者为救亡与革命运动去开大的小的会，可是，终于还是在知识分子学生中间打圈子呀！从未脱离城市小资产阶级的生活！到了延安，自己什么都在改变了，也能生产劳动了，虽然还未能同工农及工农妇女密切接近起来，可是这样的日子不久就快到了。她否定着她的过去，她旺盛的革命的热情在激励着她，凭她对现实生活斗争的认识。她知道唯有把自己完全投身在革命之中，才有真正的个人生命存在，不然的话摆在前面的就是没落和灭亡。她禁不住欣喜地微笑了。她保持着她在这次开荒运动中的积极作用，虽然她身体好些，有时也是非常疲劳，内心引起矛盾的芽子，对劳动厌倦，可是她总是坚决将这可恶的芽子摧毁，克制自己，振奋着干下去，也就渐渐习惯了。她不但鼓励别的女同志，而且也发现克服而改变了自己柔软无自信的心理，劳动得比较有信心了。她的满足的笑在脸上扩大起来，嘴张了，鼻子皱皱起来，眼也正要睁开了。可是，正在这时，坐在她旁边的刘凤忽然嘻嘻地笑起来，向旁边的女同志们高兴地喊："你们瞧，马兰怎么这么开心哪，闭着眼睛自己忽然笑了，多好玩，梦到心爱的人了吧？"

马兰立刻睁开眼睛，翻身起来去捉刘凤，可是刘凤尖笑着，扭着胖屁股跑了，刘凤跑，马兰旋风似的追，刚要追上了，刘凤却自动跌在草地上，蓦然摆出个不高兴的面孔，向马兰斥责似的喊："要怎么，你来吧！"

"追追你玩罢了，看你，倒认真起来！"

这时王文昌走过来，看看马兰和刘凤，皱了皱黑重的眉毛，他那严肃有力的眼睛里闪烁出笑来，还是他经常的一本正经的样子，高大的身体摇晃着，长长的下巴翘翘着，用很沉重的口气说："你们女同志，总是打打闹闹的！"

"你们男同志好，你看那个……"马兰把胳臂远远地伸出去，"连我们女人都不如哩,老是羞羞答答的,好红个脸!"

站在附近,正同严铁讲着什么的殷生,虽然未听清马兰讲的什么,可是知道仿佛是在说他自己,加上几双好奇的眼光正向着他看,他本来是很局促不安的样子,脸红红的,现在就更加局促不安起来,脸红得像红布。马兰仿佛得到了什么胜利,得意地高笑起来了,笑得全山谷都在响,忍不住弯下腰去了。刘凤也被感染得笑得在地下滚,两眼都淌出眼泪来。可是,王文昌并不笑,黧黑的面孔更加严肃起来,站在那里觉得很奇怪。这有什么好笑呢?殷生则受不住了,羞怯地背过脸去,望了望严铁走开了。弄得严铁非常莫名其妙,闪着一双水灵灵美丽的眼睛,脸也不发红了,以为又是奚落她和殷生,但却机灵地向着马兰和刘凤跑过来。

"你们两个怪物,又闹什么鬼!"

马兰笑得没劲了,在王文昌那铁一般庄严的态度下,感到自己笑得太无聊,这笑是从哪里来的呢? 自己也模糊了,不了解了。她又仿佛打什么仗失败了似的,想找地方逃脱,恰好严铁责骂着跑上来,她一下子振奋起来,也变得严肃了,高高兴兴地向王文昌挑战起来:"好,下午我们女同志跟你们比赛!"

"比吧,只要你们敢!"王文昌兴奋地笑了。

"怎么不敢?只要你们敢!"

三

"看你,怎么拿凉水往热锅里倒哇?"

马兰听到刘凤的警告,立刻把要倒下去的一瓢水收回来,疑问地望着刘凤,嘴角上浮动着一丝丝抱歉似的羞怯的微笑。

"水倒下去,下边烈火烧着,干锅不是就要炸坏了吗?"

刘凤蛮有经验地数落起来,她胖脸上发出红红的光辉,用一只善意的带笑的眼睛看着马兰。马兰会意而服从地把一瓢水又倒回石槽里，站在那里静静地等待刘凤的支配。蹲在灶坑口烧火的严铁把她美丽的眼睛眨一眨，毫不在意地给刘凤一句："这回可数着你啦，像个管家婆似的！"

"尖尖嘴，又有你，是不是？哼，不听我的，可就要闹岔子！马兰，你还是先倒一瓢温水再倒凉水，就没事啦！"刘凤调皮地瞪了严铁一眼。正在这时，老伙夫走进来了，刘凤赌气似的又接着说："你问问老伙夫，我说得对不对！"

"哟，这么说你一句，你就认真起来！"严铁扑哧笑了。

"看你们，两片嘴总是吵！"马兰按照刘凤的指点往锅里倒水，兴致勃勃的，不觉斥责起刘凤和严铁。

"唉哟，快吧，面还没使碱哪！"刘凤这样催促着谁。

"是呀，晌午就得往山上送馍馍哩！"

"咱们帮一天厨，总得起起模范，弄得像个样子才好。"马兰把锅添好水，走到两个揉面的同志跟前，笑着向她们说。可是，猛回头见到站在门口捋了黑胡子在笑的老伙夫，她挥着手，大声地喊："老师傅，你还得多多教我们，我们在家都没干过呢！"

"啊，是啦，是啦，没错！你们这些女人家，山上厨房里，都能行啊！……"老伙夫笑得非常开心，仿佛看到他所未见过的东西那么喜悦。"我这一辈子不白活呀，延安真厉害，人到延安全变啦！你们在外边可全是千金小姐，能下这些力吗？不能吧？……"

"可不是，含到嘴里怕化了，捧在掌上怕掉了，我们的小严铁不是天天紧叨念妈爸的！"刘凤报复似的看了一眼正在灶坑口旁站起来伸懒腰的严铁。

"讨厌，大妈妈！"严铁不高兴地尖声喊。

马兰也揉开面了，以她的臂力揉起来还是比较轻便的。可是，当她拿起碱水碗时，她被难住了，不能不回过头去，睁大一双黑黑的眼睛，向刘凤问："这大一块面，倒多少碱合适呀？"

"哟，多大一块呀？……"

帮另外同志刚兑过碱的刘凤随口问着,向马兰揉的面端详了一会儿,说:"唔,别倒太多了!……"

说着,她竟一把将马兰揉的面抓过,用力扯开,从马兰手里夺过碱水碗倒了几下,一边很有把握地说:"你看,就这么多不是就对了吗!"

于是,大家都紧张地揉开面了,马兰和几个女同学。短短的头发随着身子的向前扑动在不住地摇摆着,有时将眼睛盖住了,就立刻用手将头发往后捋了捋,脖子向后仰几仰,又继续用力地揉着面。刘凤东走西走的,指挥一下这个又说明一下那个,忙得有些喘了,涨红着脸坐在门槛上休息。马兰几个人也累得额头上冒出热汗,不时掏出手帕擦抹着,脸颊泛起霞光似的红潮,也都有些喘了。严铁烧着火,一直就没动,白白的面庞变成红光光的,越显得娇憨美丽了。笑眯眯站在那里的老伙夫,两只灯笼似的眼睛转来转去,看着每一个人的工作,忽然他注意到放了高高的笼屉的大锅,弥漫的蒸汽一直向上冲着,他马上惊慌地喊:"锅开了,快'状'馍馍吧!"

说着,老伙夫挽起胳臂,挥着满是粗大青血管的手,走到面板前,急切地说。

"来吧,我给你们切,你们'状'吧!"

"老师傅还是休息吧,这几天你太累了!"马兰抢着说。

"不碍事!赶快揭笼屉,别误事!"

老伙夫抓过两大块面就揉开了,因为用力很猛,身子向两边不住地摇晃着,面板也吱吱地响。然而,不一会儿,他十分熟练地将面揉成蛇似的一长条了,用刀接连不断地迅速地切起来。马兰几个人来来回回地取着馍往一屉屉的笼屉里摆,老伙夫像想起什么,向大家说:"谁去驮驮水吧,蒸完馍馍还要烧开水哩!"

"我去,我去!"

马兰跑到门外,找到一个年轻的伙夫把驴鞍架备好,他们一齐抬上水驮子去,她就快快活活地赶着驴下山去了。

延水急促地流着，由于好久不下雨了，水清得可以看到紫红色的沙底。马兰踩着水里一块青石块，用洋铁桶往木桶里倒着水，风不时吹动着她的头发，她轻快得不觉扯开尖锐的喉咙唱起来，一直到她赶驴向回走，她还是不住地唱着，她唱得那么愉快，一双黑而大的眼睛放射着不能抑制的欢喜的光辉，绯红的脸上处处都仿佛展开着从心中发出来的笑，她就越唱得高兴而自由自便了。可是，当她走到一座短墙跟前，猛地看到里边一个白发老太婆，一张平和慈祥的脸，跪在那里不停地刨着地，她立时好奇地站住了。她从墙外注目地望着，那老太婆不喘也不停歇，总是一股劲地安静地刨，一双不满三寸的小脚，脚插在刨开的土里。马兰想喊老太婆问什么，可是一看驴子已经走远了，她就飞奔着追去，顾不得问。她宽阔的肩膀扭动着，一会儿工夫就把驴追上了。她不再尖声唱了，只在嗓子里哼着一种不大清楚的低低的调子。她的心思转到那刨地的老太婆身上了。老太婆劳动了多少年呢？劳动就是她每一天的生活。看她，至少六十岁了，可是，她刨得像一点也不为难似的！……

驴上了山坡了。那陡立的山坡，又长又难上啊！大概因为驮得太重了，驴子上了一少半，歇了歇，马兰一哄喝，它就猛劲小跑起来。可是，驴太健壮，跑起来也太凶了，鞍架滑了几滑，就滑到驴屁股上。马兰着慌了，快步赶上去，她拉住穿水驮子的木棍，本想把水驮子往上推，可是驴一惊更猛跑开了，颠两颠连鞍架带水驮子一同滑下来掉在坡路上，两水桶水像小溪似的飞速地向坡路下流去了。驴自动站住，被甩在后边的马兰弄得毫无主意地呐喊起来："水桶摔掉啦！水桶摔掉啦！"

先是年轻的伙夫跑过来，迅速地跑下坡。老伙夫擦着两手面也跑来了。马兰脸红红的，看着那小溪似的流水已经渗在土里。年轻的伙夫没事似的，胖胖的脸上浮动着嬉笑，不管不顾地说："你看，水桶底也摔坏了一块！"

于是，老伙夫正拿起鞍架向驴背上放，他用力把鞍架放稳，这才像发现了什么，两只黑亮的眼睛愠怒地向年轻的伙夫盯着看，斥责似的问："怪不得！你怎不拴上前带呀？"

"前带坏了，慢慢往山上赶就滑不下来呀！"

"年轻人办事就这么不牢靠！"

刘凤和其他人全跑出来啦。刘凤张开一双满是面糊的手，弯着粗大的腰身，跟大家一样嘻嘻乱笑着，站在坪台上尖声喊起来："哟，我们小母鸡，可惹下祸啦！"

马兰向他们望了望，满怀烦恼和不快，但并没说什么。她失去了活泼，她感到羞耻，可是当老伙夫叫年轻伙夫代她去驮水时，她振奋起来，坚决地拒绝了，瞪起了一双大眼睛，几乎是愤怒似的大声喊道："不，我自己去，我一定能干好的！"

"哟，又显本事了！"严铁在刘凤背后伸出头来高声叫。

可是，马兰什么也没说。当换来另一副水驮，她把要跟她一同去的年轻伙夫也推回去，她独自赶着驴下山去了。她从羞辱与不快中冲出来，迈着坚定的步伐，活活泼泼地摇动着宽阔的肩背，赶着驴向大路走去。

四

马兰爬上了陡立的山崖，她站在山坡的边缘上，看着正从险峻的小路攀登的其他的同志，不觉快快活活地拍着手呼叫："快呀！快呀！多么有意思！"

然而，比她先上来的大队长和王文昌走到她跟前，大队长先哈哈地笑起来，站直着身躯，一只手指着山崖的小路，高扬起湖南腔，说："看呀，刘凤同志站在那里喘哩！"

刘凤的确十分吃力地攀登着，脸涨得像熟透的西红柿，又红又亮，在最陡的一个坎上，几乎是爬着走上去；走在她前边的殷生上了坡，她也跟着上了坡。她大张了嘴喘着，蹲下去，白了一眼马兰，抱怨地说："走这样的路，都是你！……"

"哟哟，你也同意呀！不的就要绕大弯哪！"马兰不平起来。

休息了一会儿，他们向山顶端走去。

翻过山，到了他们所开垦的田地里。绿葱葱的草与苗遮盖起那大片的坡地，暖风轻轻地吹动着，地边上一簇簇紫色和黄色野花的香气随风扑过来。马兰第一个快乐得跳起来。嬉着笑脸，高高兴兴地喊："呀！咱们开的荒真正地长出苗来啦！多好玩，几个月的工夫！"

马兰跑到地里去了。她看着滋长得密密的草和苗，她内心充满了天真的想头。她也开拓了荒地了，她也播下去许多种子了，她从前万万想不到的，现在却干了许多了！不是革命，能吗？不用说亲手做，就是看也许还看不到哩！她欢笑的脸洋溢着说不尽的喜悦，像小鸟一样蹦跳着向坡下小跑开了。

折下一枝花，马兰惊异地向后边走上来的同志打招呼："你们瞧，这一片花多好哇！好像牵牛花！"

刘凤走过来时，撇了撇嘴，把马兰手里的花抢过来，用右手指点着马兰，嘲笑地说："哟哟，别丢我的人啦，连个打碗花也不认识！"说着刘凤指着谷地，对马兰诘问："你说，那是苗还是草哇？"

未等马兰回答，刘凤立刻从地里拔下一根来，追逼着问："你说说，这是草是苗？"

马兰沉吟了一会儿，像小学生答复严厉的教员的问题似的，从牙缝间龇出一个字："苗！"

"我说嘛，准考住你啦！"

刘凤又去问王文昌，他们笑了笑，迟疑着，未说什么。她转过头去问殷生，殷生的脸倏地红起来，羞怯地望了望刘凤，嘴角上挂着嘲讽似的微笑，竟讪讪地走开了。刘凤很不好意思地眨了一下眼，嗔怪地努了努嘴说："呀，还摆开架子了！"

可是，大队长这时却提议着说："地是快该锄草啦！种这一行我还不大懂，刘凤同志你说快了吧？"

"不是规定了后天吗？我看是时候啦！听家里人说'谷锄一根针'，现在比针长多哩！"刘凤一边说，眼睛仍是不高兴地看殷生。

"时间是差不多啦，我们家都是这时候锄草嘛！"王文昌补充了一句。

马兰瞪着两只大眼睛，好奇地看着大家。她眼睛里放出热情的辉光，心想快锄草了，又该获得一项新的知识了。比起刘凤来，她实在缺乏很多实际知识，虽然她自知比刘凤文化不知高好多，政治认识上也似乎强些，可是实在还是不如刘凤的！她心里仍翻转着草与苗的问题，到底哪是草哪是苗呢？她不觉疑问地望着刘凤。但这时大家移动开脚步，不约而同顺着山走向一条山梁去了。一路上谈论着农业的事，大队长和刘凤谈得最多，王文昌不时也夹上几句他在家中所看见的事情。马兰和殷生知道的很少，只是欣悦地倾听着，说不上话去。越谈得高兴，大队长的湖南口音就越来得重，声音也越高了。

他欢喜得满脸都在笑着，左眼角上枪伤的疤痕也更亮起来。

"这次，你们知识分子同志也开荒啦！不容易！"大队长看了一眼马兰和刘凤，"春天，见你们干得凶，我们大队部就更加油，不如女同志还成啊！"

"她们还不是干个新鲜，长年地干，你瞧瞧！"王文昌突然插进一句。

"你可不能这么说！"马兰抗拒起来，"只要为了革命，样样也全要干的！克服革命和抗日的困难嘛，什么干不得！"

"漂亮话谁不会说，你看你们严铁就病下啦！"王文昌反驳。

"哟哟，冷冷热热的，病了又是问题啦！"刘凤激动地说着，像报复似的嘲笑地指了殷生，接着说："你们殷生呢？正开荒时他就病过两次，能说是开荒开的吗？"

殷生不满地转了转眼睛，没说什么。

"这咱们不讲，念过书的女子是人，庄稼户的女人也是人，人能干的事咱们就能干。为什么不成呢？漂亮话？荒可开出来了呢！延安老百姓，五六十岁的老太婆还挖地呢，咱们就挖不得呀！……"

"是的，我们这些女同志正是很可钦佩的，谁拿过镬头，恐怕摸也未摸过呢。现在，的确是不容易！"

"哈哈，连见也没见过哩！"马兰得意地尖声笑起来。

这样，一路走他们一路谈说着，翻过山梁，就从一条宽一些的山路下山了。给马兰印象最深的，是大队长后来谈起他家庭。全家租人家几亩地种，穷得没办法，母亲也整天在稻田里，小孩闹了就用绳拴好背在背上，一年到头，没个闲的时候。马兰感到她自己确实太空虚了，嘴上讲起道理一大堆，用手去做样样都隔膜。一个劳动妇女，口里说不出，两手做出来的有多么多呀！做一个共产党员，是为无产阶级和人民大众谋解放的，不走进工农群众中去怎么行呢？若想与工农真正打成一片，没有劳动的知识和能力怎么行呢？于是，她对即将来到的锄草劳动的热情更高更热烈了。要比开荒时更加油，更卖力气，一切很快都会熟悉起来的，开荒知识懂了许多了，锄草知识也将要懂到不少了！走到女生队的山脚下，大队长和王文昌也同殷生一起上山看望严铁。可是严铁病好了些，她下午就下了床了。见这些人来看她，她十分愉快地迎到门口。她瘦了些，脸上泛着霞光一样的红潮，虚弱得显着更娇媚了，一双水灵灵美丽的眼睛好似大了些。当大家问候她时，她只轻轻地说："病两天就好啦！小小的病，有什么！"

可是，这时马兰已经快活地跑过去抱住她，高高兴兴地说："你好得这么快呀？能下床啦！可好可好！"

"哟，可别叫她逞强啦，再凉着可不是玩的！"刘凤仿佛在提醒着马兰。

"是呀，你怎么不经人允许就下床啦？快上去，刚好点，病再犯了多不好！"

马兰往床上推着严铁，严铁也就柔柔顺顺地上床去了。她拉过被子盖在脚上，跟来看她的同志亲切地谈着。

在大家准备走的时候，马兰向严铁说："你还没吃吧，我去给你买挂面！"

马兰独自先跑下山去。当她回转来的时候，太阳已经快落山了。她迎着五月的暖风，回忆未开荒之前的荒山和今天所见到的新生的幼苗，她越发理解而欣羡着劳动的伟大。看看手里的挂面，她切盼着严铁的病快快复原！

前哨上的勇士

陈彦同志是这次保卫边区、保卫党中央,前哨上的勇士。

国民党第五十三师,在进攻边区的准备中,首先侵占了郁县的陈家洼、张家洼和峪口三个村子,糟蹋老百姓的庄稼,又乱砍老百姓的大树小树,修筑工事。一家老百姓,价值几十万元钱的十几棵大柏树,他们全给砍了拉走了。咱们上边去交涉还没结果,外边进来的商人和边境上的老百姓都纷纷传开了,说是国民党从河防调下大军,不打日本,要打边区,来开始搞内战了,听到这个消息,每个人都气愤得了不得。

六月二十一那天,上级派三个侦察员到峪口去侦察,不要越过边区境界一步,看看他们的动静到底怎样。侦察员们一大早就去了。还好,他们都住在碉堡上,我们就悄悄打听消息察看地形、道路,向老百姓调查:老百姓看到侦察员们可是兴奋极了,他们要求快来保护他们,说是反动派军队把他们可糟蹋坏了。吃的用的随便拿走,男人整天拉去修碉堡修工事,地锄不上都荒了,麦熟了不能收,男人白天不在,他们的什么班排连长都来了,胡作非为的,女人哪个能得好?眼下又硬要给他们送三千根木椽,送不到就要双倍罚款,这不是要老百姓的命吗?侦察员们听了,哪个不气愤!陈彦同志第一个就气得眼红了,愤愤地骂起来:"这同日本人在前方对付中国老百姓差多少哇?他妈的,不打日本鬼,作恶捣乱、欺压老百姓倒蛮有威风!"

当侦察员们出了村子要走的时候,他们从碉堡上跑下来一群人,好像要进攻的样子。侦察员们躲藏在村边上一条沟里，静静地等候他们。

陈彦同志两只眼睛怒火迸发地监视着对方，这时他似乎什么都忘了，只集中力量迎接快要到来的战斗。

陈彦同志在队伍里常常谈到国民党内大地主大资产阶级的代表们，打着个三民主义的招牌，到处搞法西斯主义的勾当，厚着个脸皮不知耻！我们抗日抗了这么多年，不给我们发一文钱、一颗子弹，我们靠夺敌人的武器打敌人，是我们人人不怕死个个拼命换来的，没吃没穿，毛主席朱总司令号召我们开荒种地，开工厂织布做鞋，我们自己动手自己解决问题，他们倒越来越不像话了，总是枪口对内。今年我们轰轰烈烈地干着农业生产（陈彦同志也是一个一天开到二三亩地的劳动英雄），正在锄草的紧要关头，他们来了，苗子长得那么好，草锄不了，国民党内的反动派所做的不是法西斯匪类的破坏行为是什么呢？

侦察员们在沟里蹲着，敌人大概没有看清。一直向这方向走来，快走到跟前了，陈彦同志奋不顾身地第一个跳出沟去，大喊一声："站住！"

这时，他们开枪了，陈彦同志挂了花，他晃了晃，仍鼓起精神勇猛地扑过去。他快抓住打他那个奴才的枪了。另外一个家伙向他打了一枪，他肚子上受了重伤，马上跌倒下去。可是，他仍支持着，立刻向打他的那个奴才还了三枪，把那家伙的背打伤了，他才躺下去，还竭力愤愤地喊："同志们，快捉活的！"

对方还在打枪，侦察员们把打陈彦同志的那个家伙捉住了。另外的，跑的跑，有一个大喊道："我们是新兵，逼着来的，别打，我投你们！"

他拖着枪跑过来了。

这时，打陈彦同志那的个家伙挣扎着，吓得面无人色，侦察员们缴了他的枪，就把他松开了。陈彦同志受的伤很厉害，用绷带给他包扎伤口,可是血总是不断地流。正忙乱着,打陈彦的那个家伙趁空逃走了。因为他们的碉堡离得太近了,旁边庙里又驻了一个连,侦察员们没有去追他,放了两枪,把那家伙的左胳膊打得立刻垂了下来,东倒西歪地跑了。侦察员们扶起了陈彦同志,要背他,他却硬要自己走。走到山跟下,他就不能走了,脸白得像一张白纸!一个侦察员将他背起来,向山上爬,走了不几步,他就无力地说了:"放下我,我不成啦!"

"哪里,不碍事!"侦察员心慌了,然而还安慰他。

"真的,我上不来气了!"

听着不对,将他放在山坡上,他两只眼睛已经紧往上翻,还在含含糊糊地讲:

"同志们,咱们抗日,国民党还丧心病狂地来打咱们,要提高警觉性啊,别吃了他们的亏!要勇敢地保卫边区,保卫我们光荣的共产党,保卫我们伟大的领袖毛主席,做一个革命的英雄,坚决奋斗到底!……"

陈彦同志死了,一个革命的英雄,为保卫边区而牺牲了!侦察员们都忍不住淌下眼泪,甚至哭出了声音。然而,陈彦同志充满愤怒的脸上,渐渐出现了安详的微笑,表示他为坚决保卫边区,保卫党,保卫毛主席而死,是万分光荣的,死了也是充满愉快,他的死,更鼓励着同志们勇敢坚决地去战斗,胜利一定属于我们!

陈彦同志死时所讲的话,就是他革命的遗嘱哇!他不提他家庭,不提他自己的私事,临死所挂念的是抗日,是保卫边区和党,保卫毛主席,他是一个模范的共产党员,一个革命的英雄主义者!

是的,陈彦同志的确是一个了不得的英雄,打起仗来,做起事来,他真是完全不顾自己,胆大敢为。一次在边区边境上,他带着马德胜和刘继成两个同志,从周家涧到槐树岔,他们在路上遇到一个"善人",那人笑容满面的,亲亲热热地问这问那,说着说着,就把陈彦同志三个人拉到他家去了。"善人"可殷勤极了,先拿油茶来招待他们，接着说："诸位光临敝府真难得，咱们包饺子吃吧，你们等等，我去买肉！"

他一溜，急速地走了。陈彦同志笑了笑，对马刘两同志说："咱们走吧，事情不妙！"

"怎么，吃一顿还不好吗？"马刘两同志不大同意地回问。

"同志，当三年兵要会看'三国'才行，加强警惕性。不然，就危险哪！咱们跟他不认识，他这么无道理地乱殷勤胡拉拢，一定不怀好意！吃他的饺子？不吃他的亏就是好的！"

他们立刻走了。果然，走了不远，就碰上那个"善人"领着六个武装人员来了。恰好他们两下隔一道沟。你叫我过去，我叫你过来，可是谁都不动，陈彦同志急了，他坚决地说："咱八路军怕死？老马老刘，你们拿手榴弹准备着，我过去，搞不好你们就动手，别顾及我，我这一条命算什么！"

他几步跑过沟去，勇敢坚决地站在"善人"和那六个武装人员面前。一个军官问他："你身上带着枪？"

"是的，带着枪，怎么样？"陈彦同志大声喊。

"给我看看！"

"你的也给我看看！"

那个军官脸都吓白了，他立刻把话收回去，颤抖着说："看看护照！"

陈彦同志把护照递过去，他们看完，悄悄走了，一边走一边回头，怕得不得了的样子，可是，陈彦同志站在那里，毫不畏惧地看着他们走远了，才转回来，他跟马刘两个同志严肃地说："怎么样？这就是一顿肉饺子呀！'善人'？正是恶人，反革命的阴险分子！"

陈彦同志是这样英勇，他牺牲自己的精神是大可敬佩的。

他一九三七年参加八路军。不久，他家就给他娶个老婆，可是他结婚后，在家住一宿就归队了。一九三八年上级派他到冀中去接兵，打从他们宁武县来回经过了好几次，离他家不过十里，他都没有回家去看看，我们这一代人谁顾得了自己的个人利益和私事，谁不要在抗日战争上做个英雄，陈彦同志实在是呱呱叫的模范哩！

陈彦同志从抗日开始用他的手榴弹用他的枪不知杀死了多少日本鬼子，每次冲锋他几乎都是走在前面的，他是我们的贺龙投弹手，总是冲锋陷阵的能手之一。他实在是我们中间的英雄，无产阶级的英雄！但，这样一个中华民族的抗日有功的青年英雄，竟被国民党反动派杀死了，这是多么可痛心的事！这不就是替日本法西斯消灭中国的抗日力量的行为吗？

可是，告诉他们知道吧，陈彦同志并没有死！我们共产党八路军和中国人民中间，正有成千百万的陈彦同志那样勇敢的英雄锻炼着，在成群地成长着，正在向日本法西斯与国内反动派搏斗。他们不必妄想，他们是讨不到什么便宜的！"临崖勒马收缰晚，船到江心补漏迟。"他们还是摸摸脑袋，好好想想为妙哇！

是的，为整个民族大义，为了争取他们仍然团结抗日，对陈彦同志的死，我们按捺着难忍的愤怒沉默好久了，反动派如果不醒悟，真要来进攻边区，那么，好，我们就要不客气，把他们一个个脑袋全打开花！我们要为陈彦同志复仇！

有我们的毛主席，有我们的党，有我们八路军，最后胜利一定是我们的！法西斯和法西斯的徒子徒孙们只有死亡，坟墓就是他们的老家。

罗兴秀的惨死

反动派的军队,是八月三号那天晚上,到平泉把五乡副乡长给拉走的。

五乡乡长哥哥张兴发被他们残杀之后,五乡的工作多半是副乡长罗兴秀代理做了。罗兴秀眼看反动派惨无人道的杀人行为,是万分愤怒的。本来他是过去的保长,对革命认识很不够,不太积极的,可是,人谁都有个耳风,有两只眼睛,什么全可以听得到看得见的,近二年来,边区外边老百姓不像话的苦难生活,他是听得到的,边区的一天天富足,一天天有办法,尤其今年的扩大农业生产,丰衣足食,八路军的积极生产,对他们的影响是很大的,他的工作马上积极起来。对革命认识自然大大提高了!从张兴发的被杀,他看到反动派的军队若打进边区,只有老百姓的死路,是没有什么活路可寻的。他的工作更积极了!那几天紧张的时候,他真是忙得热火朝天!不管给军队动员什么,他都亲自去跑,跑得满头大汗,他一点也不抱怨,反倒更欢喜。瞧吧,动员电杆子,本来讲第二天要,可是当天下午就凑足了数,给送到了,他们都说,打仗的时候消息不灵通怎么成,这是要紧的事,所以就提前完成任务了!你说借锅借缸借什么工具,没有不快快送到的;政府动员他们给军队蒸馍,想不到完全提前完成,而且超过原订的数目!这是这次鄜县在紧张军事动员中的特点,无论哪一区哪一乡,政府工作人员同老百姓,都是同样的热烈和积极!咱边区老百姓爱护咱边区和共产党八路军,真是爱护到极点了,这次可真算一次最好的考验！罗兴秀也是同样啊！他会这样积极，老实说，还想不到哩！可是，也就因为这吧，就入了反动派的眼了，他们就来搞鬼了！其实，他们用恐怖手段，就可以吓住边区老百姓吗？他们妄想了，他们血淋淋屠杀人民的手谁都看到的，他们把人民杀倒了吗？把革命者杀完了吗？他们自己是知道的，他们更加引起人民的仇恨，加快了他们自己的快快灭亡就是啦！

那天夜里，据罗兴秀的哥哥说是这样——反动派的军队的活动，早使罗兴秀感到不妙，几天来晚上都不敢在自己房里"伸"，跑到他哥哥窑里去躲，他住的房子就在他哥哥住的窑坡坡下边，他不敢回去了，可是，钻进咱边区的坏蛋罗根福，首先把情形打听好，三号夜里就带了反动派的军队来了！

不巧，他们闯到罗兴秀的哥哥窑里，罗兴秀并不在，他们赶紧把罗兴秀的哥哥从被窝拉出来，口里给塞满破布，马上匆匆忙忙给架走！据他哥哥说，进屋架他的仅仅六七个人，可是一出村，影影绰绰的，东出来一个，西出来一个，赶到他们把他架过洛河，到了国民党反动派的区域，已经聚集二三十个人啦！一都是穿黄军衣全武装的反动派军队！他们把他反剪着绑在一棵大柳树上，就用木棍和皮鞭子乱打他，逼问他把罗兴秀藏到哪里去了！其实，罗兴秀带他女儿，跟他堂兄的妈妈，就住在三座窑的左边的一个窑里，他们搞错了，一来竟冲到中间的窑里，也就不管不顾地把他哥哥抓出来了！他们狠命地乱打罗兴秀的哥哥，他哥哥嘴里塞满破布，叫不能叫，喊也喊不出来，人只是愤怒地摇着头，表示他什么都不知道，因此，他们越打越凶！罗兴秀的哥哥是五十多岁的人啦，怎能受得了！后来被打得他一动都不能动了，他们才歇手，于是，那个死王八蛋罗根福，又冒出来高招儿啦！

"一定在他家里，没错，走！回去搜！"

"搜！不给他个厉害，还了得！"

那些龟孙子，杂七杂八，一窝蜂似的，跑过洛河去了！

半夜的冷风，把罗兴秀的哥哥吹醒，他身上被鞭打的伤痕剧烈地疼痛着，手腕和胳臂也被吊得特别痛，可是他睁开眼睛一看，满天是冷惨惨的星辰，忽然觉得只剩他一个人孤零零地吊在柳树上，他很惊异，愤怒的心里立刻涌上个问题——这帮匪徒都跑到哪里去啦?

但是，就在这时，反动派的军队已经又冲到平泉村，打开了罗兴秀住的窑!

罗兴秀三个人这天睡得也太死啦，他哥哥被架走，三个人竟没一个听到动静!

自然，罗兴秀这一回被惊醒啦，他心里也完全明白是怎么一回事，他吓得不觉马上钻到炕脚底下去，蒙在被里，连动都不敢动! 他堂兄的妈妈，那七八十岁的老太太也被惊醒，老婆婆毫无主意地坐起来，他女儿，一个十五岁的小女孩子在被窝里抖成一团，她还当她是做梦哩! 可是，匪徒们擦亮了火柴，把灯点上了，指着老婆婆狠狠地问："罗兴秀在你家里，快交出来!"

说着枪口对准了老婆婆的鼻梁，一双双凶恶的眼睛在幽暗的麻油灯光中闪烁。

"没，没……"

老太太正吞吞吐吐地回答，该死的坏蛋罗根福竟揭开罗兴秀女儿的被子，凶凶地叫道："这不是木匠的丫头，那个小臭卖的!"

于是，一群人都转向这个小姑娘来了，小姑娘吓得呜呜地哭起来。

罗兴秀生恐女儿受委屈，知道躲也躲不过了，立刻从炕脚底站起来，一边提裤子，一边愤怒地叫："要怎样吧? 罗根福，我知道你这坏蛋种!"

可是，未等他说完，他们已经七手八脚地把他拉到地下了，几乎摔个跟头，许多拳头落在他的背上、肩上和头上。他的女儿更尖声地哭叫着，老太太跪在炕上，也顾不得自己，光着半个上身，苦苦地告饶。可是，罗兴秀却发了火了，他立时很镇定，愤恨地叫道："我犯了什么罪？你们说！干啥不他妈说明白，上来就打人！"

"打你？还要你的命哩！"一声粗暴的吼叫。

"带他走！不必废话！"一声无情的命令。

罗兴秀被带走了，在黑暗的夜里，他被捆缚紧紧的，一步一个前失，为一群强盗推拥着，不情愿地往前走。走下山坡坡，他女儿还疯狂一样地哭叫，老婆婆颤颤巍巍地走出窑来，凄惨地喊："大人们，老爷们，饶命吧！放了他吧！"

罗兴秀就这么着，再也没有回来，他哥哥在柳树上一直吊到天明，才被老乡们发现，偷偷解救下来。他逃回家，说看见弟弟罗兴秀被一群二三十个人拉下山去了。黑夜里，看得并不太真切，可是他弟弟叫骂的声音，他是明明白白地听到的。

"我木匠犯了什么罪？你们这群土匪！"

接着是打，是罗根福那个狗日的在骂。

"当了副乡长？看看你老子们的厉害！"

罗兴秀从小就是个木匠，在这一带的乡庄揽零星的活做，谁不认识他呢？眼下四十来岁的人啦，自己搞了三四十亩地，木匠活是不大做了，人还能干，可以办事，前几年做了保长，这时他见识还浅，吃上两口饱饭啦，就想往上巴结，当了保长，自然更想往上巴结啦！这为了边区，当初他还不大自在哩，跟外边的人还有些眉来眼去的，鬼鬼祟祟，人们可以一个时间不大信任他！可是，近二年来他变了，与以前可是大不相同啦，他对咱边区，共产党和八路军爱护得真像自己生命一般！我说过了，那是咱边区的好生活，毛主席的好政策，新民主主义使他变化的！他被选上当副乡长，并不是马马虎虎搞上的呀，是有来历的！他当副乡长之后，办事是非常积极的，尤其正乡长张兴和哥哥被杀，一些人吓跑了，又赶上边区紧急动员，他的工作就更出色。咱是听上面说的。真的，不怕不识货，就怕货比货，咱边区抗战以来的好办法，同外边国民党反动派的欺压人民，剥削人民，跟那些数不尽的坑人勾当一比，把个罗兴秀的旧脑筋变新了，他就一心一意地来为边区、共产党和八路军办事了！

罗兴秀被反动派拉走，几天就传遍了各乡各村，哪个不着急，哪个不担心哪？今天一个消息，明天一个传闻，罗兴秀被拉去以后的真实情况到底传来啦！什么事情可以瞒过老百姓呢？老百姓同老百姓是利害相关的，是老老实实地站在一起的，咱们边区和外边的老百姓，什么事情全是相通的呀，只要外边有一点动静，老百姓就给咱们送信来了！外边老百姓确实拿咱边区当天堂！爱护共产党八路军同咱边区老百姓是一样的呀！

你猜怎样？是你猜得到的，也是你猜不到的！

没问题，罗兴秀是要受严刑拷打！但是，你说他们怎样？他们把罗兴秀锁骨的肉用刀子穿透，用铁丝穿起来，将他高高地吊在屋梁上，使他痛得死去活来，血不断地往下滴！从古到今，从中国到外国，有这样惨无人道的事吗？吊够了，他们才将他放下来审问。他们逼问他是不是共产党员！见他们的鬼，谁都知道罗兴秀不是共产党员哪！他们逼问他八路军有多少军队，罗兴秀怎么知道呢？他们逼问他为什么卖死命给共产党八路军办事呀？这一下子，罗兴秀可火了，他激昂地说："边区，边区待老百姓好哇，我干啥不好好办事？我是边区的老百姓，是边区的老百姓就有罪吗？"

"胡说！"

审问他的是个营长，立刻拍起桌子来了。

"你他妈浑蛋，你要命不要？"

"怎么？边区是抗日的呀！全国不都是抗日吗？"

"他妈的，共产党八路军算把你们惯坏啦！'奸党''奸军'搞得你们这些下贱货全不听指挥啦！"

"共产党八路军是仁义的，全国找不到！"

"来人！"

那个营长厉声呼叫，几个凶恶的马弁跑进了屋。在那个营长的指导下，他们将罗兴秀胸前和背后的肉拿刀子给挖开，任罗兴秀怎样惨叫,那几个马弁像没听见似的,鲜红的血搞了他们一手,他们仿佛完全熟练了,丝毫不在乎,又拿大把的盐往肉里按!同志,这是谁能受得了的呀?他们自己能受得了吗?没心肝的,吃人的野兽们!他们就是这样在犯罪,他们就是这样对待中国的老百姓,他们还能算人吗?罗兴秀吃不住了,咬牙切齿地叫骂:"我抗日有罪,你们就一枪把我打死吧!你们让我受这活罪,你们也不得好死!……"

一个嘴巴子重重地打在他的脸上,他更火了,他咬紧牙根,忍住痛,又骂:"没本事打日本,有本事欺压我们老百姓!……"

嘴巴子更打得凶了,罗兴秀痛苦得只是咬牙,再也说不出话来。就这么着他又被吊起来,锁骨的疼痛是怎么也难忍的,盐浸着伤口的滋味是谁都难于吃得消的,罗兴秀咬紧牙关耐着,有时不免也要惨叫,大部分时间全是昏迷不醒的,人像死了一样!守立的兵,看着罗兴秀血肉模糊的样子,不觉鼻子一酸,涌上了眼泪!人生在国民党反动派的天地下,比下十八层地狱有啥区别呀!

过去我也听说过,国民党反动派抓住咱们的人上什么电刑,人不死,也弄得疯疯癫癫的,再不能办事了,成了废人了!对付女人,用烙铁烙乳房,用烧红的铁丝探阴户,这是人能受得了的吗?他们自己的妈妈老婆可以受得了吗?叫他们来受受看!国民党反动派办好事没办法,残害共产党和老百姓,亘古以来没有的发明可多着,过去他们给人上大挂,现在竟来吊锁骨了!同志,这叫人吗?简直是鬼,是野兽哇!

罗兴秀被他们吊了一天一夜,他们把他送到团部去。东峪子卖菜的老刘,在半路上还遇到他,说人是完了,一天多的工夫,瘦得像骷髅,两个颧骨高高地突出着,腮帮子塌成洼洼了,两只眼睛昏暗无光的,只向老刘苦苦看一看,就低垂下去。带到团部会有好吗?同志,他什么也不说,他只说:"我抗日有罪,你们就把我枪毙吧!"

可是,他们未枪毙他,把他活埋了!同志,他们把他活埋了!国民党反动派用日本法西斯所用的手段来对付老百姓!

战士的秋收

一

斜陡的山坡上,糜子地闪动着一大片金黄的光辉。成群的战士,遮掩在大檐的桦皮帽子下,白衬衫一晃一晃的,挥舞着镰刀,大把大把地收割着。每个人都收割得又快又细致,落掉一棵很小的穗,也赶快回身把它割下。干枯的糜子叶随风摆动着,擦出不断的沙沙的响声,太阳的光辉越来越热了,晒得每个战士,都一边工作一边滴落着黄豆大的汗珠。然而,大家仍不停地工作着,仿佛并没想到要休息。

排长发出命令,终于休息下来。用手巾揩着汗,都聚拢到一起,坐在一棵杜梨树的树荫下。"羊腿"、烟斗和旱烟管都拿出来了,各人抽着烟,这才笑眯眯地谈起话来。都说今年的糜子比去年的强多了,不但穗子长得大,又很少瞎谷子。于是,就都不由自主地笑了。

战士们休息了一会儿,有的不等命令,自动去收割,有的则哼起歌曲来,有的唱着河北梆子、山西梆子,大多数都站起来了。这时,太阳的光辉好似并不怎么热了似的。

工作又开始了,战士们高喊:"突击呀!""竞赛呀!"收割比前一次来得更迅速,也更紧张。

金黄的糜子地,有一半裸露出褐色的地皮。战士们都走上了更陡的高坡,舞动着的镰刀不时闪耀起闪亮的白光。这时,从底下水卫沟的场院里，走上来十几个另外的战士。他们把收割好的糜子紧拢在一起，用绳子捆缚好，立即背上肩，走下坡去，每个人像背一座小黄土山似的，在陡崖的小路上移动着，渐渐地消失了。原来，他们的镰刀不够用，连里的战士分了工，大部分担任收割，小部分则担任背运、打场，以及其他的零碎工作。工作着，一直到天渐渐晚了，这一片糜子地和另一片糜子地完全收完了，才停止。

收割、背运以及打场的战士们集合在一起，踏着苍茫的暮色，急促地向连部的路上走去。经过他们的苞谷地，这里的几个战士已经将撇下的苞谷装满了每个担子，大家就各人担起自己的一担，飞快地走了。本来，上级的命令，叫先收苞谷，然后收糜子。可是，他们这一连的糜子种得比较早，不赶快收，糜子粒会被风给吹落了，为了避免每一粒糜子的损失，他们连部决定先收糜子；在收糜子中间，另派几个战士，随带着收苞谷。收下的苞谷，就可以让割糜子的同志回家时顺便担回到连上了。从水卫沟到连部这一段六七里长的路上，全连担苞谷担子的，割柳条的，背木板的，成群成伙，陆陆续续向前走着。几颗大的星，已经在天空闪烁着，路迷蒙在冥冥的夜色中，只有小桥下的汾川河，在低唱着一曲曲快活的歌曲。

连部，一排整天陷于沉寂的窑洞，立刻活跃而热闹起来。仓促地吃过晚饭，点名号响了，战士们集合起来，由奋斗剧团派来帮助文化娱乐工作的年轻的同志领导唱歌，那雄壮的抗日的歌声，就在夜的黑暗中激荡起来了："一支枪，三颗手榴弹，什么时候说干就什么时候干……"三遍四遍地练习着，战士们像并不怎么疲劳似的，歌声越来越激昂。一天工作到这时才算结束。回窑洞，烧起地炕，灶口喷出明晃晃的火光，一班人围集在那里抽起烟来；枪架上的枪支，墙壁上的桦皮帽，桦皮饭盒，刺刀鞘，和许多零零星星的东西，时隐时现着，四下里充满着和谐的沉默。灯点起来了，挂在墙角旁的两列"识字本"以及"日记本"也都闪露出来。有的上边写着"奖品""甲等""乙等"……显出学习期间的种种成绩。可是，战士们都很疲劳了，除了在沉默中休息，再没力气去学习。他们只是警惕着，别把过去学的忘记呀！

窑洞全黑暗下来，大家睡下了。只有在山底下猪圈边放哨的同志，荷了枪在星夜下徘徊。防备狼跑来偷猪吃，像在前方防备敌人的突然袭击一样用心。夜越深了，换了几次哨了，山野里传出几声鸡叫，黎明就快来到了。

二

一个夜里，沉甸甸的乌云密集起来。空气比往日特别潮湿，夜里暗得山与天都不能分辨。冷风不时向窑洞前扑，秋雨就随着淅淅沥沥地落下来。雨，整夜都未停止，哨兵反穿着羊皮袄，仍是轮流着在雨里放哨。这样的时候，狼是最会来投机的，保卫生产的警惕性也就更得加强。第二天，天一亮，雨便停止了，沉重的乌云浮动着，云隙间露出一条条一块块的蓝天。战士们踏着泥泞的路，还是去进行收割。然而，不到晌午，乌云又连接在一起了，蒙蒙的细雨不断头地下起来。战士们冒着雨跑回连部，浑身全打湿了，都斥骂着这不作美的天。下午，雨越下得大了，不能去收割，每班就搬来他们不久前收割的一部分沤好的小麻，开始了剥麻。

接连下了两天雨。战士们虽然也曾趁着雨停了、云稍稍薄了些的时间去收割，但总都给雨浇回来。于是，秋收的工作间断了。

雨终于停下来。晴朗的早晨，战士们一起床，就集合在一起去架正在修筑的厨房的梁柱。呼喊着，哗笑着，几十个人一会儿工夫即将梁柱架起来。然后，赶紧跑向水卫沟场院去看糜子。大家所担心的一件事，真的发生了。那在场院四周围成一个大环形的糜子垛，全被雨打得透湿了。一翻看，有几处已经生出一寸长的嫩绿芽子。年轻的连长，首先痛心起来。他涨红了脸，批评一些不经心的同志："本来叫一捆一捆地捆好，立着放，竟这样散着堆在一起！一下雨，里边怎么会不发热呢？怎么会不生芽呢？"排长班长们，战士们，都没有什么话好说，马上搬运着打湿的糜子，一捆一捆地捆缚好，纷纷地，将堆着的糜子全立起来。最后，发现生芽子的总共不过一小抱，大家也就放心了，庆幸这损失还不算大呀！回想去年的糜子，遭了早霜，大部分只长壳子不长米，收获得太少了，劳动力几乎大半浪费了，是多么气人呢！糜子散发出浓重的香气。打出来的糜子堆在场院的中心。五六战士，听了副指导员的命令，同副指导员一起来扬场了。不一会儿工夫将糜子全扬出来，那充实而肥得发亮的糜子粒，使人人都喜欢得发笑了。今年的劳作成绩很好，遇上了丰收哇！

这一天，除了一小部分人被派到山上割软糜子，大部分去割苞谷。横在水卫沟口的小梢林一样的苞谷地，乱响起嘎嘎的割刈声。战士们向前突进着，一大片苞谷渐渐都割倒了。有几个战士蹲在割倒的苞谷堆上撇着未撇下来的苞谷棒子，剥苞谷皮，东一堆西一堆的苞谷棒子在地上闪出光来。指导员在远处捡回因疏忽而失落的苞谷，又检查苞谷秆上的苞谷棒子是否撇干净了。傍晚，副团长来视察秋收情况，他迈着小步，很稳重地在地里巡视着，问问这问问那，战士们的工作也就更加紧张了。

第二天，冒着大雾，战士们往水卫沟去打场。除了脚下的路，山与川完全看不见了，白茫茫的，人们好似是在烟云里游动。走到半路，雾忽然如大地上的幔帐一样，一齐向天空升起。新鲜的，碧绿里间杂着红黄色的山川裸露出来。只剩山沟间和山坡上的一片片残雾还在迟钝地浮动着，太阳照耀着早晨的土地。炮兵队骑马去刈草的战士奔驰过去，其他单位进行秋收的战士也陆陆续续来了。这一连的战士已经走到他们自己的场院。

修理着连枷，铺展着糜子，打场的工作开始了。先是几个人随便地试着连枷，一会儿工夫，四十几个人聚拢在一起，排成两行，在铺满糜子的场院上不断地打起来。连枷一起一落的，不停地有节奏地飞舞着，噼噼啪啪地响着，糜子跳动着，人们"嘿嘿嘿嘿"地喊叫着，有人大声叫"前进",四十几个人就向前进,打一阵前进几步;从这一头打到那一头了,又有人高喊"后退",于是就一步一步退下来。忽然,队伍向左转了,连枷更飞舞得紧,拍打的声音更沉重。夹在左边一排中间的去年的劳动英雄李春,石磙子一般的身躯特别用力地弹动着,笑得圆圆的脸上小鼻子下打起许许多多皱纹,望天吼似的仰着脖颈,不住地大叫着:"加油!加油!打垮它!打垮它!"其他的人都跟着吼叫起来,吼叫的口号也就更多样了:"从左边迂回,迂回!""包抄吧!包抄吧!""消灭它!消灭它!"连枷在空中带起的风声,在糜子上的拍打声,加上这粗狂的不断的吼叫声,弄得打场的空气越发欢快了。四十几个人旋转得急速起来,那仿佛是跳着什么狂欢舞,而不是在打场。连长,副连长,指导员,副指导员,都轮流参加着,排长们也参加了,只见连枷在飞舞,四十几个人在旋转,一会儿前进,一会儿后退,再也看不清谁在哪一排或者哪一行了。在翻转已经打过的糜子的战士,工作也一时比一时迅速,跟着舞蹈着的人群和连枷在移动。几乎有一个多钟头,如进行激烈的战斗似的,才算打完了这一场。大家散了,各自去休息。李春还独自在打,一边斥责似的大声叫:"怎么,都被打垮了?"然而,连长同他说:"这一场打完啦,等打下一场吧!"他才笑了笑,最后猛力用连枷打击了一下,做个鬼脸,天真地跑到糜草堆上仰天躺下了。刮起了凉爽的微风。远处山头上其他连队在收割的战士的身影忽隐忽现。炮队的战士在附近割着苞谷和谷草。马群在草地里咀嚼着,游动着,嘶鸣着。过了一会儿,开始搬走打完的糜子,又铺展上未打的糜子,来打第二场了。这一天,差不多整天都在打场。打了四五场天就晚了。拿起推子、木锨、木耙子和扫帚,大家一起把夹带糠皮、尘土和乱叶乱草的糜子,向着场院的中心,推、抛、搂、扫,不一会儿,堆起个大堆子,四外的地也同时扫得平光光的了。这时,天很黑了,不知不觉中,已经闪出了明亮的星。

回到连上,一个消息才传开——上级下命令,明天各部队全去帮助老百姓秋收。除了喝开水，不准收受老百姓任何报酬，不准在老百姓家吃饭。战士们很同意，也很感动，因为他们自己，几年之前都是各地的老百姓，他们深知老百姓的甘苦。这一夜，他们也许有人会想起在敌人凌辱下的自己的家乡来。

三

　　这一天，仿佛是个专门收割的日子。从金盆湾到金家庄，从金家庄到去马房的大路旁，在谷地、糜子地、苞谷地、豆地和稻田里，处处都是三三五五的战士同老百姓在一起收割。就是那较远的山坡上，也移动着收割的人们的身影。天有点阴，秋风蕴含着湿润的寒意，轻轻地吹动着。大家都沉默地工作着，一上午工夫，许多庄稼全割倒了。

　　这一连是帮助金家沟的老百姓和难民。下到冰冷的水里去割稻子，爬上高高的山坡割豆子，都任凭老百姓的意思，说怎么做就怎么做。川里一家老百姓的苞谷地受了一些灾害，昨夜下山的野猪群的蹄印，清清楚楚错乱地印在地里，吃过的苞谷棒子东一个西一个抛得到处都是。老百姓愤愤地骂着，可是又欣喜着，这一大片地，由于战士的帮助，一天就可以收完了，这会少受多少损失呀！在附近，另一家糜子地里，是李春和他们班长张还朝等三个人在帮助收割。李春同收割连队自己的糜子一样积极，大把大把地猛力割刈着。他们的班长张还朝更是用力，他用镰刀像飞一样快。从春耕到锄草，这个班长做庄户活技术的精巧和熟练，是老百姓最佩服的，老百姓也没有一个赶得上他的，拿锄草来说，他比谁锄得都干净，都快。这一片糜子地也正是他们来帮着锄了草的。那时候，这片地的主人病得三个月起不了床，糜子地的草长得比庄稼都高了、都多了，他们连上就动员起来，一上午工夫把草锄完了。不然，这片地会变成一片荒芜的草地呀！他们每个人都不放弃一棵糜子，迅速地割刈着。张还朝的割法也不同，

093

他从右边先向前割过去，割了很远才从左边折回来，他已经割了半亩地大的一片了，李春和另外一个战士还保守着横着走的割法，显得就有些笨拙而缓慢。有个别老百姓，自己割刈得却十分慢，许多糜子还剩下了。连长来了，温和地批评那老百姓："怎不割干净呀？不能浪费的！""咱赶不上队伍的人那么能啊！"老百姓自己嘲笑自己似的笑了，一边用镰刀指点张还朝，说："瞧瞧，真成！"张还朝直起腰身了，黧黑的脸上冒着汗气，他用毛巾揩了揩，就流露出他那惯常的微笑。健壮的身躯略略在地里转了转，又继续割了。到集合号响的时候，已经是下午四点钟了，这一片有十来亩大的糜子地，他们也就恰好刚刚割完。到金家庄去集合，一连人从许多不同的方向往那里奔跑。

稻田的香气在汾川河的两岸飘浮着，绿油油的稻子，一大片一大片荡动着。远远的是白得发出明亮的光辉的芦苇，它遮掩着川野和洼地，芦花随着川风招展，衬托得这阴暗的天，仿佛稍稍晴朗了。远山坡的小桦树林叶子落光了，山巅上的红叶却更红了，一片片的黄叶也更黄了。秋天，这是山林里的秋天。

为了避免成熟的稻子被风吹落，连部决定提前收割。战士们挽起裤脚，下到冰冷的水田里，泥泞没到脚颈，五六个一组，开始割刈。割下的稻子都一堆堆放在田埂上。沿着水田和汾川河之间，为了防备那一段小堤的倒塌，插起一长排短短的木柱，仿佛战壕前的电网柱一样。这一片稻田的修筑是颇不容易的。春天，上级下命令，各连都要种稻田，三分之一的收获归连队自用。于是，他们就来开拓这一片为荒草和芦苇绞接得结结实实的水地。锄头是砍不下去的。那时水上还常常结起薄薄的冰屑。大家对这工作有些踌躇，那莽壮的刘来明却第一个不顾一切地下到水里开垦起来，他并且喊出了口号："不怕土地硬，不怕水如冰！"刘来明如黑熊一样强壮的身躯动作着，用力地掘着、笑着、叫着。他是劳动英雄，他劳动的积极性是都不能不承认的。然而，无论怎样奋勇和努力，成绩不大。这一片坚固的水地，不是用简单的工具所能战胜的。连部计划的结果，跟老百姓借了十来条牛，用牛踏了七八天，草根和芦苇根绞着的泥，才松得有一尺来深了，再用锄头开，那才能成功。在这收割的时候，感到以前的劳作是多么甜蜜的呀。只可惜今天刘来明并未来收割，他今天轮到留在家里磨面，正在连队里的磨道上转呢！

伙夫在汾川河里洗着白菜，几只鸭子在水面上游来游去。碧绿水草长满在河边的浅水里。河清澈得如玻璃一样，油绿色的乱头发似的烂草和苔藓，在水里流动着；扔进去的白菜叶、萝卜缨和其他各种各样的东西，都显得特别新鲜。偶然，也有三五成群的小鱼，在那低矮的小桥下游动。这儿的确是陕北的小江南哪，它把江南和北方结合在一起了。

四

收谷子了，为使工作进行得更迅速，更合理，只分一半人到山顶的平坝子上去割刈，其余的人，一部分在场院打糜子，一部分则留在连部窑洞前的坪台上打苞谷和稻子。过了总有三四天的工夫，忽然又下起雨来，天特别冷，刮着寒冷的东北风。去年的经验，这里的天气转化是非常快的，而且跟老百姓打问，老百姓也说天大概要变了。专门负责领导菜蔬生产的副指导员跟连上商量的结果，等雨一停下，就赶紧收菜，不叫秋菜再冻了，像去年一样，受到相当大的损失。菜一受冻到来年春天，就放不住了。

雨只下一天就停了。天晴得一朵云也没有，寒冷的东北风仍是刮着。收菜的工作，分几组在进行。一组挖白菜，一组挖萝卜，一组挖蔓菁。在那大片大片的鲜绿色的菜地里，战士们不休息地工作着，直到天空布满了闪烁的繁星，才停止，要一星期才可以收完的菜，他们用两天半的工夫就收完了。恰好在收菜的第二天晚上落了小霜，第三天晚上就下了大霜了。萝卜和蔓菁赶着收赶着挖窖窖起来，白菜则以苞谷秆掩盖好，全未受到冻。同割糜子之前所收获的洋芋和南瓜加在一起，他们所收的冬菜，足够两连人吃的。丰富的收获使每个人都欣喜了！

　　提起他们这一年的菜蔬的生产，首先要提到四班班长尹乐义。他领导着护菜小组，从春天一直到炎夏，每天把整个的精力全放在种菜的劳作和计划上。他利用在家当农民时的种菜经验，又跟本地老百姓打问这里的气候和水土的特点，斟酌着工作进行的步骤。主要的是得多上底粪。他们跑到金盆湾街上，把老百姓遗弃的秽土，全担来了，以补助粪肥的缺乏。各种菜蔬的籽种或芽子种下去了。幼苗出来的时候，黄瓜、白菜和水萝卜长得很颓萎，秧是软的，叶是黄的，而老鸦又三只五只，时时飞着来吃，损失了好多，还有一部分黄瓜未出苗。老百姓说这里不能种黄瓜，从来长不好。可是，他们并不灰心，补种了一些，他们就小心翼翼地照顾着，打老鸦、灌水、上粪。苗子长出来只一两个叶，这时不能浇水和上粪，随它长，长到五六寸高，叶子也多了，便得猛浇水，猛上粪；于是，黄瓜猛长起来了，又新鲜，又繁盛，结出的果实有一二尺长。这一工作得特别归功于派去看黄瓜地的吕四。他有肺病，可是他仍然三天四天地守在地里，不怕雨淋，不怕肚饿，埋头细心地工作着，他们把老百姓的成见给打破了！尹乐义亲自看管的菜蔬也都丰收了，特别是西瓜和甜瓜。每天往水卫沟去的时候，他们即随身带两担大粪，存在地里，以免急用时临时瞎抓，浪费连上的人力。夏天，他们连午觉都不睡，修理着菜蔬，捉虫子，打甜瓜尖，打西瓜杈，压西瓜秧。他们爱护连队的庄园如爱护自己家里的庄园一样，每天勤勉地工作着。收获的时候，他们的成绩便传开了。连上，每两个战士两天可以吃到一个西瓜；甜瓜是每天可以吃的；在锄草时每天每个战士可以携带两根黄瓜，除了给上级和老百姓送一些礼之外，他们又卖了一部分，拿卖的钱买了十六只羊两口大猪和战士们每天抽的黄烟。尹乐义的名字也随着这成绩传开了。但是，更使人敬佩的，是在这样繁忙的工作中，他还教导他所领导的两个战士——白银雪和高秀占每人认识了三百个字。尹乐义并不是什么奇特的人物，他只不过是个典型的老实而朴素的中国农民——矮矮的个子，略小的面孔，一见人先和蔼地笑笑，动作也显得慢吞吞的，老是沉默着，显得很拘谨。

冬菜的种植也是经过好多困难的。最初，没钱买够种四十亩地的籽种。据老百姓说种这些地得二十斤籽种，他们没办法，只能买五斤。于是，他们采用点窝窝的种法，不乱撒，一个窝窝里下两三颗籽，五斤籽种恰恰把四十亩地种满了。苗子长出时，有些萎靡不振，老百姓说这里"地气"冷，冬菜从来长不好哇！他们并未因此而灰心，根据他们的经验，一定得上足了粪肥，他们就整天在这上面下功夫。不久，白菜、萝卜、蔓菁，都蓬蓬勃勃地长起来了。他们又第二次打破了老百姓的成见，他们又成功了。萝卜长得比迫击炮弹还大，白菜有二尺多高，蔓菁如铁砧一般，而收的南瓜不是像大鼓一样大吗？洋芋不是许多都赶上土碗那么壮吗？

除了打谷子，又分派人去收割晚熟的小麻、小豆和荞麦。秋收的工作很快便要结束了。

五

扬起的谷子落下来，尘土如一片烟云随风飘走了，杂草在空中飞舞一会儿，宛如杂乱的败叶渐渐落到地上；可是，这时，扬场的战士又甩动木锨，风轻轻地刮着，尘土不断地往远处飘，扬出来的金黄的谷子撒成一大片，一个战士扫着上边的草叶和土块，一个战士把它往一起扫拢，渐渐地，谷子仿佛黄金一般堆积起来了。场院的四周堆满着糜子草、谷草、小麻、荞麦和大麻。水卫沟远处的山腰里，烧木炭窑的黑烟在滚着，近处的浅草里和小树旁，野鸡嘎嘎地鸣叫着，有时竟被惊吓了似的，鼓着笨重的翅膀飞走了。成群的老鸦，呀呀地叫着，向着收获了的谷物转动着一双强盗似的眼睛，总是不离开场院的左右。天上忽然布起了铅色的灰云，灰云越来越重了，竟渐渐地下起小雨来。

忍耐着雨浇，战士们还是工作着。雨越来越大了，排长下令收工。大家抱着大捆的谷草把打出来的谷子掩盖好，又用散乱的糜子草把所有的糠皮掩盖好。场院收拾得干干净净的。大家冒着雨跑回连部。近几天，因为发下了羊毛，差不多每个空闲时间，战士们都争取着捻毛线——不论是在山上割庄稼，在场院打场，或者在连上做什么工作，甚至走在路上。因为冬天快到了，毛鞋、毛袜子和手套，总得赶快织呀！今天，这样下雨的日子，他们每个班，蹲在炕上的，站在地下的，每个人都在捻毛线。

有病的吕四，这时正在通讯班用铁锉锉着铁丝，给同志们制造织毛线用的钩针。他沉默地低着头坐在炕沿边，耐心地锉着。他是全连最敬爱的一个模范战士。他虽然没有开荒、锄草、割刈的体力，他的劳动却比开荒锄草更重要，更惊人。全连的桌椅板凳、水桶、洗脸洗澡盆、尿桶，以及这次秋收的用具——木锨、木叉、木耙、木推子，哪一件不是他用心做出来的呢？他本来不过是个庄稼人，又当过两年煤矿矿工，从未做过也没学过木匠活。但是，他把这一工作勇敢地担任起来了。他不知道经过多少困难，多少试验的失败，但是他不灰心，他去问木匠，去问老乡，拿老乡的工具来看，来模仿，不分昼夜地工作着，思索着，研究着，他终于成功了。不但会做了，而且做得很灵巧，不但能做木匠活了，而且也会修理木匠的工具——如接起断了的锯，锉已经钝了的锯之类。不久以前，在大家正忙于秋收的时候，他又造好了一个巨大的粮食仓子。雨越下越大了，吕四和所有战士的工作仍旧在进行着。吕四稍微灰暗的脸上，多少表现出一些病人的样子。嘴巴闭得紧紧的，注意力全放在工作上。肺病是煤矿里生的根，前方战斗中发的芽吧？同病痛的斗争与同敌人的斗争一样要紧，然而，不打垮敌人，怎么会有治好病的良好条件呢？

雨停了。第二天，天也晴了。再过三天，便要开始冬季的整训。

连的干部和营的干部一起去检查秋收。在水卫沟,过去的老百姓遗留下来的烂窑洞里,贮藏着他们这一连丰富的收获。赤金色的谷子、稻子、小麻子、大麻子、苞谷,统共合起来有五十石哪!一年来的农业生产,不,二年来的农业生产,战士们认识了这样的劳作对于他们自己和整个军队和整个边区以及抗日的关系,认识了自力更生的重要,认识了共产党八路军的伟大。在这一次秋收中,没有一个说怪话出怨言或者怠工的,这又是多么大的收获呀!在生产中出现了许多劳动英雄和模范战士,而这些劳动英雄和模范战士,不过是积极中更积极的,吃苦之中最吃苦的。他们还有着许多别的收获呢!在前方,他们本是只有几支烂枪的游击队,后来却用缴获的日本的三八式和歪把子轻机枪武装起来了!并且还有迫击炮,山炮!他们最初在这里露营,吃野菜,现在却住着温暖而漂亮的窑洞了!他们已一年多未吃到野菜的苦味了!他们收获着,几乎每天都在收获着!而且这样收获着的不止这一连哪,或好些,或坏些,哪一连都在完成自己的收获,都在创造自己的成绩!今天收获的是谷物菜蔬和牲畜,然而,明天,谁都知道明天将要收获的是什么!明天将要收获的是无数的在敌人血手里的土地,城市和乡村!是中华民族的自由和解放,是人民的民主的幸福生活!在这响晴的日子里,在这丰收的秋天,谁会不这么想呢?谁会不因此快乐,而鼓舞呢?这个秋收正是为着那个伟大的收获呀!

一九四二年十一月十九日夜于金盆湾

李位和其他五个劳动英雄

信心是在实践中巩固起来的，伟绩也是从实践中创造出来的。

开始开荒的时候，有人开到一亩，起很大的惊奇和钦佩；如果说开到一亩五分，那便要怀疑丈量的正确性了；多至于一亩八分和一亩九分，有人就认为一定是在那里吹嘘。可是，用旅部所规定的尺码，团部派下人拿绳子去量，数目字是非常准确的。一亩八分六厘五和一亩八分二厘的纪录的确是被创造出来了！

任凭开地数目怎样大，开荒的指战员们是不会服气的，何况大多数是集体开，显不出个人成绩。为了测验用镢头开荒个人劳动力的效能，为了更准确地考测个人一天开荒的最高成绩，于是，每天能开一亩地的劳动英雄自动报名参加开荒大竞赛，他们被组织起来了。在四月十日，天一见亮的时候，一百七十五个劳动英雄的竞赛在拖长有十里路的荒山上举行起来。地是事先量好的，每个人一亩半，如果开多了，可以向山坡上边的空地一直开上去。连长、指导员给担水，团部杀了四口大猪，一天三顿饭全是有肉吃，团长亲自讲话，并说开到二亩以上的，每人奖一双鞋。营与营，连与连，个人与个人，哪个不争胜利呢？哪个不争光荣呢？一上山，那情绪就高涨到极点了！二营同志提出了不开二亩不下山的口号，三营接着就提出："他们开二亩，我们就一定二亩半。"

然而，团长和其他干部，听说别的团有开二亩半的了，自然是不大相信，可是《解放日报》也已登出一人一天开到二亩的消息，不过，一个人一天开到二亩半，却实在还不能相信。所以，对劳动英雄们所提出的竞赛口号，不过看成是因为大家太兴奋了，在彼此乱争而已，精神固然好，事实上恐怕不易做到！

当上山检查的时候，还不到十一点钟，有开到六七分地的，也就使人十分满意了。听到曾经是开到一亩八分地以上的钟长久和李四，已经开到一亩地，团长、记者和干部们全跑过去。照相，记每分钟镢头刨的次数，欢欣的赞美以及热情的鼓励，包围了二位劳动英雄。陈团长和所有的人都兴高采烈地大声向每个参加竞赛的劳动英雄传达这消息，鼓动大家快快加油，赶上去。这时，前边，三营教导员，笑眯眯地从山坡下跑上来，喘吁吁地说："李位快挖到一亩五分了！……"

"在哪里？"陈团长急急地问。

"下边……"

李位，黄黑的脸上还有一些麻子，很老实的样子，正在斜斜的山坡上开垦。的确，他挖得离一亩半的标准很近了。他不慌不忙地刨着，镢头下去和抬起的速度总是一样快，用表测验的结果，每分钟共挖四十八次。陈团长先鼓励他，叫他努力挖到二亩八分，他自己则说二亩六分是有把握的。是，他的成绩又传开了。大家顺着山梁上的路，往二营挖地的山坡去检查。走在半路，二营教导员传来条子，说是二营已经有三个挖到一亩多了。大家多么兴奋哪，几乎是跑步，急急翻过山去。

四十个劳动英雄之一，同时是他们连上公认的模范班长赵占奎，正猛力地，高举镢头向下刨着，很稳重地将一尺多长七八寸阔的大土块翻转过来，有时竟挖起二尺多长的大块子。他的速度很慢，一分钟只挖二十三下左右。听说三营有挖到一亩五分的，他并不慌张，只是更加用力，土块挖得更大了，而他也就更沉默了。一双沉毅严肃的眼睛紧盯在土地上，长了密密短髭的嘴闭得更紧，紫黑的脸庞充着血，汗珠在圆圆的额头上闪亮着。鼓励他要挖二亩半，他只略望一望，不作声，一直是不停地挖。

午饭的时候，传来李位已经挖到一亩八分的消息，陈团长和所有的人全预料有挖到三亩的希望。劳动英雄们太辛苦了，陈团长恐怕大家肚子饿，立刻命令伙夫煮几锅稀饭，下午休息时间送上山来吃。消息一传出去，大家挖得更紧张起来。到吃稀饭时李位已经挖到二亩九分多，使每个人都惊奇而激动了，遍山传播着这个惊人的消息！

收工了，丈量的结果，李位不但超过了三亩，而且超过了三亩五分，他挖到了三亩六分七厘。其他五个劳动英雄——赵占奎、李四、张玉仑、韩沾银、钟长久，也都挖到三亩以上。老百姓六七天才可做到的，他们一天内就完成了！他们远远地超过了从前用镢头开荒的纪录，他们创造了别人不能相信，他们自己也想不到的伟绩！然而，被开垦出来的土地却是铁的证据，谁还能否认明摆着的事实呢？他们自己笑眯眯的，对这意外的收获很满意，别人也都有说不出的惊奇和赞扬。

李位，是三营全营的模范班长，因为他是雇农出身，非常老实，初当班长时没经验，又不善于讲话，工作有很多困难。但久了，也就摸到门路了。几年来，未曾骂过战士，也没发过脾气，上级批评他的缺点和错误，他从不悲观失望，也没发过牢骚，他是去年生产中的甲等劳动英雄。他会播谷子种，会选柳条编筐，今年生产前全连编了八十多个筐子，其中有一半以上是他一人抽空编出来的。他还经常帮助战士修工具。生产中战士疲劳了，他代战士放哨。秋收时，他极关心粮食和菜蔬，如果谁随便糟蹋了或者浪费了，他一定要提出批评。而且，经常向上级提意见，防止连队上一切食用的浪费。但是他从未同连上任何人吵过嘴。今年领导全班开荒，因为他自己的积极努力，以身作则，除头两天平均只开了八分，每天全班平均总在一亩以上，成了全连的模范班，他班里未损坏一件工具，他经常向战士说明生产意义，每晚都不拘形式地座谈一天开荒的优缺点，三四天还开一次讨论会，全班同志情绪都很好，没一个说怪话的。他还用自己的钱买了一瓶酒，哪个战士手痛了，夜里就用酒来揉；白天热了，不叫战士随便脱衣服，晚上经常照顾战士盖好被，不使身子露在外边，因此他班上没有过一个病员。他对今年开荒生产以及部队自给自足非常有信心。他确信上级有好计划，下边努力干，没有办不成的事。他说："政治上了解清楚，生产上便了解清楚了。今年生产是光荣的——自给自足，减轻老百姓及政府负担，我们有多大力量便出多大力量。"在挖地时，哪个赶不上了，他就替哪个多挖两镢头，叫那人赶上。他是一个真正从群众中选出的全营模范班长，自然也是一个模范的共产党员！他所英勇创造出来的伟绩并不是偶然的！

赵占奎，在他工作中的几个实例子里，便可以看到他们连上的指战员，为什么公认他是全连模范班长。队伍打窑洞时，他病了，大家不叫他劳动。但是，在月光下，他独自偷着去打窑洞；第二天星期日，他叫战士擦枪，自己偷偷将快完成的窑洞挖好了！今年开荒，对于一天挖五分地，有的战士信心不高。起始第一天，他即猛力挖到七八分，以后竟达到一亩以上，把一班人，甚至全连人都鼓舞起来，开荒太累了，夜间他也曾代替战士放哨。有一次，别人不小心，镢头砍伤了他的手，大家叫他不必挖地了，他却仍继续干，直到手痛得拿不住镢头了，才停止。如果饭煮少了，他就先叫战士吃，他认为在前方打仗，两三天吃不到饭，是常有的事，在生产中少吃点不算什么！他是编筐的能手，一天就可以编出六个，全连上的筐子很多是他编的。他还有许多很正确的见解：他说边区老百姓不怕军队，是非常好的，这才证明军民完全是一家人；有哪里的老百姓不怕军队呢？他对自给自足的生产，非常有信心。他说只要自己动手，没有克服不了的困难。今年只要天下雨，营上的自给自足是完全有把握的。而且他还毅然地表示，自供自给是党中央提出的号召，下边当然要坚决执行。他有肚子痛的老病，常常妨碍他的劳作。这次竞赛，在吃过稀饭之后，他的肚子又痛起来，没大力气挖地了，但是他仍是努力坚持下去，创出了三亩二分一厘的成绩。

李四，不但是去年的劳动英雄，也是光荣的贺龙投弹手。他生成一副健壮的体格，成天总是欢欢喜喜的，对于劳动生产，他一向是一把好手。他叔叔被日本鬼子杀死了，他加入了八路军，总想多打仗多杀几个日本鬼才解恨。他坚定不移地相信，他们机关排长所提出的号召每人要种二十亩地，他不但完全可以完成，而且一定要超过，使今年的自给自足可以达到完全有把握。

张玉仑，是一个思想意识很好的战士。在今年生产准备中，他连夜编筐子；因为没有拾粪工具，他便用手去拾。他学习好，就是在开荒时，也在手心上写两个生字，来进行学习。他是四十个劳动英雄之一。他是一个很好的党员，几年来的生产中一直是非常积极的。

韩沾银，是一九三八年入伍的。他经历了许多有名战争，是一个为大家称扬的模范班长。能团结一班人生产学习，每次出勤务，班上个个都抢着去做。而且，他们全认识到边区老百姓少，生产力差，军队不自己解决困难是不成的。尤其前方的八路军一面打仗还生产，在后方的自然更应当努力生产，有什么理由不生产呢？他是四十个劳动英雄之一；他觉得党及上级给他的这个任务，是非常光荣的，所以他自动地积极担负起来。今年打六石细粮，他是有非常大的信心的。不但完成六石，他还打算用力多开一些地，一定要多打一石粮。

钟长久，是经常开到一亩半地的能手。也是去年的劳动英雄，他曾经因为听说别的团有开一亩八分的，就坚决突击到一亩八分六厘五。他说在家要生产，在队伍上更要生产了！何况，生产是上级的号召，是为革命生产，意义更大了，怎能不努力干呢？他把连队看成是自己的家，生产得越多越好。他矮矮的身体是非常健壮的，背炭能背一百多斤！他为人忠厚老实，从未犯过错误，无论给他什么任务，他都可以坚定地做到。

他们六个人几乎全是一样，当上山竞赛的时候，最大的希望也不过是二亩半地，开到三亩和三亩半以上，他们真是想也未想到。然而，实践的过程中，使他们创造了这样惊人的伟绩。他们的信心更足了，认为遇到好挖的地，经常保持二亩以上是没问题的，就是不好挖的地，也总不会在一亩地以下的！他们相信，这也一定会鼓励所有在开荒的指战员，今后挖地就会更有把握，也更会挖多了！

他们一致的意见，以为挖地要用大镢头，镢头要够二斤半到三斤重，镢口七八寸宽，用着才得手；镢若小了，轻了，便使不上力量。他们所挖的地，全是草根朝天的，没有一个漏掉一镢或者打埋伏。

他们没有一个不是好班长，好战士，生产中的劳动英雄。他们所创造出这样巨大的成绩并不是偶然的，是他们发挥高度的革命积极性和劳动热情的结果。边区每一个革命者劳动者，都应当向他们学习，向他们看齐！

一九四三年四月十四日

重 创 造

一、崔排长

每天收工以后,崔排长同工人们在一起,不是打篮球就去跳绳。他细长的个子,跳来跑去,人虽说三十多岁了,却像个青年一样。

午饭的时候,他独自留在工房里,为不会修理机子的学徒们修理机子。他忽而爬到机子底下去,忽而坐到机子上试织,脑额绷得紧紧的,又光又亮。直到机子修理灵活了,他才歇手,在工房里走一转,检查这个机子有没有毛病,那一块布织得质量好不好,才悄悄走出去。

崔排长领导大光纺织厂一百二十来个工人,每天积极地工作着,下了工便一起玩耍,从没有皱过眉头。

二、"搭连"杠

是一九四三年,纺织厂还在绥德的时候,有一天,崔排长可是整整地皱了一天眉头。

因为供给部罗政委来,一见织出单经单纬的土布,不用向天空照,就看得见粗得难看的孔孔。他没加思索,便站直了强壮的身躯,张开大嘴,爽直地说:"这还成,做了衣服穿上可糟糕,战士用不上半个月就穿坏了,不骂你们才有鬼!"

他说:"要想办法改进,这种布吃不开!"

于是,工厂决定了织土经土纬的"搭连"(斜纹布)。

先在木机上试织,成功了,又在铁机上试织,比木机子织得更好,布又厚又密。全厂改织"搭连"了。但是,问题又来了,木机子三天出一块布,铁机子两天出一块布,比织平布慢得多了(平布一天能出一块到两块)。光有质量没有数量也是不成功啊!崔排长提出机子上要加"搭连"杠,比用跨杆快得多了。

可是,加"搭连"杠要用两个齿轮,全绥德很难找到好铜匠,只有一家手艺比较高些,崔排长出样子找木匠刻好,请他倒好砂模,便开始倒铜齿轮。第一次失败了,没倒成,铜匠就有点不愿意倒的样子。崔排长说了不少好话,又倒第二次,第二次也失败了,又来倒第三次。这一次,不知怎么没加小心,铜液烫了一个铜匠的脚,把脚烫得马上肿起大泡来,铜工哼呀哼呀地叫着,那个铜匠便甩下脸子来,大发脾气:"不搞了!搞你这点事,把我的工人脚都烫坏了,一满划不来!"

崔排长赶忙去抚慰被烫的铜工,含着笑对铜匠说:"别发脾气,铜工脚烫坏了,我们花钱治。咱们军民一家人嘛,若说花钱,不花钱请你帮忙,你还会拒绝吗?咱八路军困难,上万的人等着织布穿衣服。"

铜匠不耐烦地斜视着崔排长,没话可说了,半天,才吞吞吐吐地说:"倒不成嘛!"

"好,再倒一次看,倒不成咱们再想办法!"

第四次,铜齿轮倒成功了。他把倒好的铜齿轮拿回来锯好齿子,马上就往机子上装"搭连"杠。杠加上了,开始试机,经线却张不开脚(即经线不能上下移动)!把"搭连"杠拆下来另上,还是经线张不开脚,他忙着、思索、考虑,上了几回,还是不成功。他在家织布见过"搭连"杠只是未上过,也没织过,怎么个窍门解不开了!然而，他不灰心，一整天在搞，到吃晚饭了，才发现——大杠（弯杠）也要直的纹环，有一个"搭连"杠上要直着，织起来经线才能张开脚。崔排长胜利的微笑浮在嘴角上，跑着去吃晚饭了。

以后，织起"搭连"来，跟平布一样，也是每天出一块到两块，质量与数量平衡了。

三、向张大嫂学习

工厂搬到甘谷驿，开工的时候，是一九四四年了。

忽然，王旅长把刘厂长、崔排长和三个工人叫到延安，王旅长拿出几丈单经单纬土纱织的窄布，笑吟吟地叫他们猜这是哪里来的布，他们看见那布又平又亮，都惊愕得异口同声地说："外边来的吧？"

王旅长低了头，嘴张开来又合上，暗自在发笑。

"这是咱们供给部张大嫂自己纺的纱，自己织的布，瞧瞧你们工厂的出品，还不如个家庭妇女织的，那还成！赶快照张大嫂的布样子去织！"

的确，工厂最近用的纱，是从马头关来的河东的纱，又粗又不均匀，织出的单经单纬的土布更粗，供给部何部长已经叫他们改机子，织"搭连"布，到现在还没着手搞。听了王旅长的指示，刘厂长首先说："何部长叫完全改织斜纹布嘛！"

王旅长马上挥着一只手，站起来，亲热地走到刘厂长跟前，说："那划不来，大布不受老百姓欢迎，'搭连'布陕北老百姓不认识。改造一次机子花费大不说，定价太高了，老百姓不愿买，定价太低又蚀本。咱们要做买卖，就要群众化，按老百姓习惯去做，织窄布，质量还要好！"

崔排长站起来，庄重地说："报告旅长，我提议，全厂改织四丈八的小布！"

王旅长望望他，笑了，问："你有把握吗？"

"有！"

于是崔排长先回厂了。

他领导工人们挑选线子，轮了一轴，拴上机子，他自己便织起来。织了一段，叫学徒的织，织好之后，除了边缘不齐，没有张大嫂织的那么平，那么亮，但基本上还算好。过了两天，王旅长同厂长一起来了，一看织得并不错，叫全厂改织"四八"小布，于是再也不织单经单纬的大布了。以后，用张大嫂的纱来织单经单纬的"四八"小布，简直同张大嫂自己织的一样平，一样亮，一样齐了。

四、绞丝冷布

崔排长提出绞丝冷布，还没开始搞，旅《战声报》上就把消息登出来了。可是，他在家乡只见到过一次织这种冷布的，光知道是用一批线缯。其他的问题全很模糊，简直没有什么印象，他终究勇敢地开始试织。

先造好个八股纱的线缯，缯眼也精细地做好了。轮了三周（四丈多）洋纱，拴在一架铁机子上，搬到个僻静的小跨屋里，在四月十五日那天，试织起来。可是，机子一踏动，线子就绞头，马上断了！但，机子一点毛病也没有，他很纳闷，又慢慢地织，还是绞头，还是断！他望望围在窗外看的组长和工人们，急得头上冒出汗来，心想这次可要栽筋斗，在众人面前出丑！然而，他决心一定要搞成，这不光是自己丢人不丢人的事，最重要的是公家的利益和边区的需要！有些积极的工人向他提意见："缯掌脚掌轻一些！"

"用一根棍拴着缯，底下杆跨着！"

他都采纳了，试过了，仍然绞头，仍然断，四月十五日的一整天，便如此结束了。

第二天是星期日，工人休息了。崔排长还是在他的小跨屋工作着，失败了又思索，又找毛病在哪里，但，总是织不成。第三天换木机子来试,又没织成。崔排长可急坏了,大概是第五天上,他急得病倒了,不能试织下去了。

当他病好了的时候,也又去试织。工人们单个的,三五个一伙的,总不断地来看他。那些没信心又调皮的家伙,多暗地议论起来:"排长净瞎闹,这回算搞不成啦!""轮那三周洋纱,也都白损失了!"

但,大多数是同情崔排长的,尤其组长们,还是热心地提着意见:"把上边用弓子吊上!""大杠绞环弄个跳杆。"

崔排长照他们的意见试验了,还是不成功。可是,这中间,崔排长悟出一个道理——一定是缯的过,缯掏得不对。于是,他开始另做线缯,十二股纱,不要缯眼。掏过缯,又拴上机子试织,不大绞头了,断的也比较少了。基本上算成功了。但,仍然不灵活,绞头、断线还常常发生。搞了有三个星期了,崔排长苦闷得饭都吃不下,眼睛灰暗得没有一点光彩,额头前出现了细的皱纹。可是,最后,他用六股纱做线缯,织起来不但不绞头,不断线,而且机子动作得非常灵活,才算完全成功了!当他眼睛里闪烁着愉快的光芒,出现在工人们面前时,个个看出他带来了胜利的消息,都欢腾地庆贺他,赞许他,有的爽直地说:"倒是排长能行,埋头苦干,就干出名堂来了!……"

晚饭后,他又同青年们去打球,同小女工跳绳,恢复往日的愉快和活泼了。

五、花布

一九四四年崔排长还致力设计花布。

他几乎天天为花布的花样绞着脑筋,想出一个样子来,经厂长、政委批准,他就亲自教轮线,亲自教掏缯的掏缯,哪个工人不会上机子,他帮助上机子。有时他也找外边织过布的工人,一同想花布的样子,一同研究设计,到现在织成的花布已经有七十多种了!最初,王旅长和许多人不相信是他们织的。现在,他们已经能织土经土纬的花布了。崔排长并且改造了织毡子的楼子，做成织花布的楼子，用八批缯，织起来不必换梭子，速度也加快了，织出来的花布名叫"自来格"。

六、被选举出席边区群英大会

全旅劳动英雄选举出席边区的代表时，在候选名单上，人人都特别注意寻找崔排长的名字——崔来志。因为他给劳动英雄们的印象太深了。丰衣足食的边区，正推进卫生运动，需要冷布，他搞出的绞丝冷布，结实耐用，团结合作社常常一天要两次派人到工厂催货，绞丝冷布不够销，天天有人来买！花布的销售也特别快，因为老百姓已经都不满足一般的色布了，他们要求着新样的花布，给孩子和女人们做衣服。全旅人人都穿上了斜纹布的棉衣了。"四八"布听说也特别受群众欢迎，不像以前粗得露孔孔的大布，只好在商店里摆着，这都不能不说是崔排长的功劳！崔排长的努力虽然说不上是了不起的创造或发明，却不能不说是"重创造"！因为他抗战前在外边当工人的时候，除了天天坐在机子上织布，谋得一份糊口的工钱，确实没想到有今天！这些东西他见了，却没有去留心研究，今天重创造出来，多么不容易，对部队和边区贡献是不算小的！

因此，崔排长被大家选举为三五九旅出席边区劳动英雄大会的代表之一。

一九四四年十二月稿

锄　草

陈宋尧团长兴致勃勃地挥舞着锄头，跟大家一起锄草，快乐的情绪使他健壮的身躯失去了平衡，他浑身的筋肉仿佛都在紧张地搐动着，他锄草的动作也越发加快起来。

"老百姓还没来呀？苗子这么稠，没办法下手哩！"陈团长直了直腰，问询着。

"是嘛，都不会锄，这还成！"

同志们前前后后地，错错落落地拉成一长排，各自用力地拉动自己的锄头，细细听去，窸窸窣窣发出好似蝗虫吃庄稼的声响。

太阳出来了，天也渐渐暖了，同志们多半将披着的棉军衣挂在树上或抛在地下，紧张的工作仍然继续着。

同志们围在空地上正吃早饭，老乡荷了锄头匆匆走来。他高高的个子，黑褐色的健康面庞，穿着一件蓝短袄。陈团长走到他跟前。

"老乡，你看这座山上的苗子长得好吗？"

"至少能打两斗细粮啊，团长！"

陈团长欢喜得下巴向上翘着，意味深长地望着老乡的眼睛，似自语又似问询地说："真的呀？那可好！……"

同志们聚在一起了，老乡用锄头比画着，讲解起锄草的方法。

"不要怕，苗子稠，看准了马上动手，连草带苗一齐搂，要稳，锄到要留下的苗跟前就慢着来。留苗要留成梅花形，别太远，别太近，棵子离开个八九寸一尺，就好！"

"怎么叫梅花形啊？"有的同志急急地问。

"唉唉，就是这样！"老乡拿锄头在地下画着梅花的五个瓣，一边说："这不是，棵棵离开像梅瓣那样，好锄又好长，山地，苗子错落一点才好……"

"横着锄，这么多人怎么锄哇？我们来不惯！"

"人太多了，分成三起，一起一个打头的，说了不如做，说也说不明白，做做瞧吧！"

同志们散开来，司令部的是一队，政治处的是一队，生产班的是一队，都在自己的一片田地上工作起来了。首先，老乡在司令部的一队里领头锄开了。他的锄在稠密的苗与草之间迅速动作着，有时也迟疑地看一看，才左一锄右一锄，不时锄头搂得还拐个弯，或者在留下的苗旁边抵一下，留下的苗子真是五棵组成个梅花形，整齐又好看，他迅速地向左边移动着，同志们也都跟着移动，锄到地边了，他就直起身来，向右边看着喊："紧那头那个打头啦，往那边移！"

教练了一会儿，老乡又去教政治处的了，等他都教完了，陈团长荷了锄头向他打招呼："老乡，走哇，到连上去看看，你都给教一下！"

"能成？……"老乡迟疑而客气起来。

"好好！我们军队要向老百姓学习呀！"

陈团长呐喊似的说着，高兴而愉快地同老乡匆匆走下山去了。

站在杜梨树荫下，陈团长笑眯眯地看着正在锄草的十一连指战员们，一边向老乡问询着："怎么样，他们比团部锄得好一些吧？"

"好，他们锄得好，也有人像不会锄！"

老乡迈开大步走过去了，跟大家一起锄着，一边向不会锄的战士说明着。陈团长也参加在队伍里边，迅速地锄着，甚至比一些战士来得更敏捷，于是，指战员们的情绪更高涨了，一张张面孔闪着红光露着微笑，锄头的速度更加快了。

"李位呀，你看这一亩地能打多少粮？"陈团长伛偻着身子，一边锄，一边大声问。

"斗半没问题！"李位挺了挺腰，转了转他的像有些散光的眼睛，老老实实地回答。

"可好说，二斗半细粮，准打上了！这比团部的苗还好得很哩！"老乡拄着锄头，擦擦额头上的汗，很稳重地说。"我老汉四十大多了，在这里过了也有几年啦，生荒地的收成，可没比的！"

"是呀，同志们可要好好干，锄草等于绣花，大家都记住了吧？"陈团长直起腰来问。

"记住啦！"指战员们一齐欢狂地答着。

"光说靠天吃饭可不成哩！草锄好了才有收成，锄不好别说二斗半，一斗也管保收不上！"陈团长严肃起来了，以批评的口吻继续说，"那些说靠天吃饭的，思想就不对，可要好好反省反省！草锄好了，粮食丰收了，丰衣足食那还愁！丰衣足食，是党中央毛主席朱总司令的号召，大家要好好干！草锄不好，那就什么也不要想！李位呀，你说对不对？"

"对嘛，同志们听了团长昨天的讲话，都鼓起劲来啦！"一片地快锄完了，李位停下来答。

"锄草是今年农业生产的中心环节，中心的中心，可要牢牢实实地记住，这是旅长的指示！……"

老乡听得发呆了。但他富有经验的眼睛里含蕴着温和的笑，对陈团长的话，似乎表示完全懂得和同意似的。

陈团长走到李位跟前，悄悄地同他说："劳动英雄，可要坚持英雄到底！好好起模范作用，领导大家！……"

指战员们已经把一片地锄完了，都围拢到陈团长的跟前来，纷纷喊叫着："团长，你放心，我们一定好好干！"

"丰衣足食嘛！……"

"是呀，这是为了自己，也是为了大家！"

陈团长喜欢得翘着下巴，眯起欢笑的眼睛。他整天是愉快和喜悦的，整天都为工作和劳动占去了每一分钟的时间！整天都在高高兴兴地为生产的胜利而奋斗着！指战员们个个为他所鼓舞，个个也都增强了劳动的信心！

"团长，我们大家保险！……"

"团长这样关心，还不是为了我们吗！"

陈团长仍是笑着，那老乡也不由得咧开大嘴笑了。

在另一座高山上，树林被风吹得沙沙地响。陈团长同三营机枪排的干部们坐着谈话，一个年轻的通讯员，跑着送来一帽兜青杏，陈团长拿起一个，擦了擦，就吃开了，立刻酸得嘴歪歪起来，一张一合的，半天才苦笑着说："呀，真酸！真酸！"然而，他头转向机枪排长了："你们平均一个人三十亩地，那就好哇！把草锄好了，能打多少粮啊！除去吃，还剩一半哩！这一半的粮，买猪买羊，可要大大地丰衣足食啦，你这机枪排有把握变成全旅的模范排！记住，草要锄好！什么都有办法！"

"是嘛，草锄不好怎么成！"高个子的机枪排长未讲话，自己便满心欢喜地笑了。"那钟长久，李四，见旁的人锄得不经心伤了苗，他们就马上提出批评……"

"是呀，这些劳动英雄，要好好鼓励，硬是叫他们英雄到底，你这排长还不光荣吗？要坚决做个模范排长！"

排长的笑更忍不住了，他两只有些毛病的眼睛直盯盯地望着陈团长，脸一直红到脖子根上了，陈团长也笑着，看着那变得不好意思的排长。

"营长，教导员，你们还要多多去检查！"陈团长装好一斗烟，说到这里便划了火在抽，用力抽了一会儿，才继续说："动手干，以身作则，是好的，但是不好好检查呀，可不成！"

说着，陈团长站起来，把烟斗放在军衣兜里，拿起锄头，同大家一起走到地里去。远远地就向那老乡问："老乡，他们锄得怎样？成吗？"

"噢，可以！"老乡停下锄，偏过身来答。

走到跟前了，那一班一班的战士，斜斜的，一个错后一个，好似摆开的阵式，左边走到头，又向右边转，成群的锄头一进一退地迅速工作着，陈团长立刻也参加进去，有时遇到苗近旁的草就用手去拔。直到休息了，他才也站住，笑着看望每一个走到他跟前的指战员。

　　"同志们，要向劳动英雄们看齐！"陈团长拄着自己的锄头，仰着头，那尖尖的下巴翘得更高了，快乐的燕子似的提高了声音说："做了劳动英雄，毛主席朱总司令还要亲自发给奖章啊！还有比这个光荣的吗？可是，草要锄好，草锄不好就一切都要垮台了！"

　　陈团长讲得越兴奋，也就越有力量，声音越高，当他讲完的时候，高个子排长首先答应道："团长，我们全排，每个人都要争取做劳动英雄！"

　　"是的，团长这样干，我们一定要争光荣！"战士们全大声呼喊起来，"我们一定要做劳动英雄！"

　　锄草又开始了。陈团长同老乡走下山，一同往回团部的路上走，老乡嘴角上跟陈团长一样，也自自然然露出笑意。日头已经快落了，天又凉爽起来，陈团长拉开嗓子唱起湖南山歌来，快乐的声音在山谷里回旋着，山谷仿佛也在歌唱起来，老乡大声地唱起陕北小调来。

　　山歌的声音在山谷里回旋得响响的。

忘我的陈宗尧

一九四六年一月底，吉林军区部队都驻在永吉县岔路河附近。刚下过大雪，白茫茫的平原上很少行人。北风吹刮得特别紧，到屋外站一站，风刮得脸丝丝作痛。我住在一个商人家里，玻璃窗上结了很厚的霜，外边什么都看不清。一个早晨，有人告诉我，刘鹏同志来了。我同刘鹏同志是中学同学，又在八路军一二〇师三五九旅共同工作过三年，他是一九四四年秋天随以三五九旅为主所编成的南下纵队南下的，所以我马上就去看他。一别将近二年，南下纵队经历过那么多激烈的战斗，我迫切地想见到他，同他谈谈。他住的是一家农民的房子，双抄纸糊的窗户，房子特别暗。炕上放着一张旧得发黑的饭桌，上边放了两本书和几张信纸。房主人领着她的姑娘在外屋暖阁里做活，屋子里没有别的人，我们就丝毫没有拘束地畅谈开了。他谈到他们从延安出发，路经山西、河南、湖北、湖南，直达广东，又弯转来到了安徽，而他们又化装来到东北。我们谈得很多，也很热烈。可是，很快我们就谈到七一八团团长陈宗尧同志的壮烈牺牲。我随陈宗尧同志在七一八团工作将近三年，受到他深刻的影响，我们也结成深厚的革命友谊。他的牺牲给我的刺激是很大的，我哭过，当我第一次听到这样不幸的消息时，像我九岁那年失去了母亲一样，天真而又痛心地哭着。因此，我见到刘鹏同志，不能不急切地问到这件事。刘鹏同志很了解我与陈宗尧同志的友谊，谈起来他也很悲痛、惋惜，有些难过。他在南下纵队，后来到陈宗尧支队做了参谋长。罗章同志，是一位同陈宗尧一样坚决的革命英雄，做了政治委员。这是南下纵队多么坚强的主力呀！陈宗尧和罗章都是南下纵队王震司令员的战友，从创立湘、赣红军时起，直到抗日战争，他们从南方战到北方，又从北方战到南方，将近二十年了。所以，陈宗尧支队长的牺牲，使王震司令员失去了一位有力助手，对党对人民都是极大的损失。刘鹏同志详细谈着陈宗尧支队长牺牲的经过，我有时问着一些细节，有时眼圈发红，谈到最悲愤的时候，痛苦使我沉默了。屋子里没有火，比较冷些，可是，我们都不感到冷了。

一九四四年夏，国民党反动派在日本帝国主义的攻势下，几乎是毫无抵抗地在败退，短短两个月的时间丢弃了七十二座城市，湖南省和湖北省很大地区为日本帝国主义唾手而得，造成整个南方和全国的危机局面，是抗日战争中最可耻的一页。于是，中共中央毛泽东主席和八路军朱德总司令，派遣了南下纵队，来挽救南方的局面，巩固和加强全国人民的抗日力量。早已背叛人民和站在人民头上的国民党反动派，打着抗日旗号，见到日本帝国主义"皇军"就逃跑，对于这支南下纵队却集中了十来倍兵力，进行堵截和追击。然而，这支人民的钢铁的队伍，在严寒的冬天，抢渡了黄河，到了春天，又机警巧妙地暗渡了长江，一直向湖南和江西进发。他们的指挥员和战斗员，很多都是湘、赣苏区红军子弟兵，他们和当地人民有血肉的联系。在人民的援助下，他们的力量是无敌的，国民党反动派军队的包围，一时得不到任何好处，有时还遭到歼灭性的打击。于是，敌人更凶恶了，集中了二十几倍的兵力来包围、堵截和追击。于是，也就给南下纵队带来更大的困难。稍微不小心，一分钟的麻痹和怠惰，都会造成严重的损失。南下纵队进军到湘、鄂、赣边境的时候，敌人的包围和追击越来越紧了，甚至以一个营为单位来行军都很困难。在错杂的山地里，依靠当地人民的帮助，寻找着偏僻的小路，机警而灵巧地绕着敌人走。积极走向湖南和江西一带，创造人民抗日根据地。大军坚定不移地行进着，最困难的时候，他们分散开，以连为单位来行军，连王震司令员自己，也只用一个警卫排来卫护，缩小目标，避免着不必要的损失。越困难，指战员们信心越强，也越坚决振奋，每一个人的心如钢铁一般结合在一起。

一个早晨，忽然下起大雾来了。山川被遮盖着，天被遮盖着，一步以外几乎就看不见人，白蒙蒙的，简直没法分辨方向。王震司令员率领着纵队参谋处副处长陈实，纵队副官处长马寒冰和他的警卫员们，走上一个山头，刚刚快要下山的时候，发现了敌人，退上来，又左右探索着，仍是有敌人。他们立刻警觉，前边被敌人堵截了。退上山，叫小司号员吹号，调集警卫排。可是，警卫排没有来。雾又大，找不准方向。吹了三次号，警卫排还是没有来。警卫排跟王司令员失去了联络。随着号声，敌人向这个山头攻击了。王司令员的老警卫员熊繁洛，是红军小鬼出身，长得很高大、健壮，战斗的经验多极了，在这样的情况下，他立刻请示王司令员，将其他四个警卫员布置开，三个抵抗着进攻的敌人，他叫一个去探索刚刚走上来的山路。敌人枪打得很紧，王司令员指挥他们向敌人火力最猛的地方集中火力射击。不知道哪里飞来了一颗子弹，陈实副处长被打伤了腿，王司令员派人把他抬到隐蔽的地方去，然后命令继续抗击。敌人枪声刚刚沉寂了些，探索山路的警卫员回来了，来的路上也有了敌人。这座山四面都被敌人包围了！王司令员在行军辛劳中，显得消瘦了，两只黑黑的眼睛闪耀着敏锐的光辉，茂密的胡子围满两腮和下巴，紧闭着嘴。他听到警卫员的报告，蹙蹙眉头，思索了一下，马上发出坚定而明确的命令。他叫熊繁洛带领三个警卫员，集中火力，向射击得最猛的敌人反击，机动灵活地向四方移动着监视敌人，看时机也可以主动向敌人进攻一下。但是，不准浪费子弹。任务是迷惑山下的敌人，使敌人闹不清山上有多大力量。他们有四支匣子枪和两支冲锋式，子弹也都足，是可以完成这样任务的。王司令员身边只留下一个警卫员和小司号员。当熊繁洛和三个警卫员集中起来对付敌人的时候，他掏出怀表，命令小司号员吹起他的番号，每隔一分钟吹一回，不许停止。小司号员立刻体会了这个紧急而严重的任务,这是最危急的关头,一分钟一秒钟都是宝贵的,他涨红了小脸,号吹得特别响,声音也特别清脆。王司令员镇定地来回踱着,每当小司号员号声停止了,他看看表,又命令——再吹!号声,枪声,弥漫的白蒙蒙的大雾,雾中山头上影影绰绰的树影和巨石,构成这时最紧张的气氛。大雾使王司令员同警卫排偶然失去联络,陷入敌人的重围,王司令员集中他千百次指挥作战的经验,由于国民党军队的胆小怕死,由于他的勇敢机智,他的布置完全迷惑了敌人。敌人既不知山头上是什么人,也摸不清山头上有多大的部队。山头上的反击,有时紧,有时又很沉寂,而号声又吹得那么急。敌人是吃过南下纵队的苦头的,越是这样他们就越害怕、越犹豫,只能试探,不敢猛攻。雾是这么大,敌人曾经因此受过好多歼灭性的打击。就这样,山头上的警卫员们和山底下的敌人顽强地相持着。

陈宗尧支队长带领二营第五连,正走向这个山脚。山头上隐隐的号声早就刺动了他。他命令全连跑步前进。清脆的号音很清楚了,他的机警,使他完全清楚了。他立刻命令他的通讯班长带领两个通讯员跑步去侦察。号音越急切,他也就越紧张。二营张营长和五连顾连长俞指导员全过来了。陈宗尧支队长闪动一双黄眼睛,紧闭着刀刃似的嘴唇,看看张营长,坚强而自信地问道:"你们听出这号音吗?"

"听出来了!"

"一定有紧急情况,把部队散开!"

顾连长和俞指导员去指挥部队,通讯班长和两个通讯员跑回来了。他们从雾影中刚刚看到陈支队长的衣形,就高声喊叫:"报告,那座山叫敌人包围了!"

三长五短两长的号音,更刺动着陈宗尧支队长。这是南下纵队的生命,这是他重大的责任。敌人对王司令员进行任何袭击,都是他所不容许的。他集合了张营长和顾连长、俞指导员,眼睛似乎要爆出火星，斩钉截铁地命令道："保卫我们的司令员！向敌人冲锋！不冲垮敌人硬是不下火线！机关枪排配备在两翼！我们大家宣誓，要为党付出一切。"

张营长、顾连长和俞指导员，都明白了任务的紧急，也了解了命令的分量，他们都是身经百战的革命战士，立刻指挥全连冲锋了！当部队跑步前进时，他们高喊："这是我们最光荣的任务，共产党员要带头，只有前进，不能后退！"

"光荣的战斗英雄，冲啊！"

"毛泽东的战士们，保持光荣到底！"

陈宗尧支队长也在高喊："南泥湾的劳动英雄们，今天硬是要当光荣的战斗英雄！"

"不冲垮敌人硬是不下火线！在毛泽东的旗帜下，光荣到底！"

紧前边，手榴弹已经连续爆炸了，机关枪开始了点发；雾还是那么大，战士们呐喊的声音，越去越远，敌人似乎也开枪了，敌人的机枪不断响着，枪声越来越远，手榴弹的爆炸声越来越密，冲锋已经挫败了敌人。这是最紧张的关头，有一秒钟的迟疑，好的时机就会被敌人抓去，有利的局面就会失掉，党的任务就会完不成，王司令员就会陷于绝境！因为面对着的是十几倍以上的敌人，不能叫敌人有一秒钟思索的工夫，只有更猛烈地冲进，敌人才会完蛋。陈宗尧支队长在他临时的指挥所，一个高坡的侧面，带领他的警卫员王凤贵和通讯班，马上冲出去，飞跑着，高声呼喊："同志们冲啊！胜利硬是属于我们！"

"同志们，为党为人民立功的时机到了！"

王凤贵和通讯班也跟他呐喊。张营长、顾连长和俞指导员，听到他的呼喊，在百倍的勇敢中又增进了百倍的勇敢，像海上飓风一般，扫入敌人的阵地。已经动摇正在后退的敌人，他们完全瓦解了。部队在兴奋地追击敌人的时候，敌人一排轻机枪子弹，射中了陈宗尧支队长。他最初还硬挺着，还在呼喊，可是，气力不足了，腹部剧烈地疼痛起来，右手满是鲜血了。王凤贵扶住他，他昏沉沉地坐在地上，仍然喊着："冲啊！冲啊！"

支队长受伤的消息传到了部队，战士们把对陈宗尧队长的热爱变成对敌人的愤恨，都闪现起为陈支队长复仇的思想，毫无顾忌地更向敌人勇猛追击下去了！

山头上，王司令员配合山下的冲锋，把火力完全集中在敌人力量最强的一面，号音改作冲锋号了，也更加鼓动了山下部队的斗志。冲锋排由赵排长带领着，这时，也冲上山来了。原来，上山时，他们同王司令员距离不到十步，正走之间，有敌人岔过来了。警卫排赵排长很晓得他任务的重大，他避免暴露自己，设法绕道向山上冲。可是，敌人越来越多，他们越绕不过去。当他听到山顶上吹起王司令员的番号时，吹得那么紧急，他知道情况不好，急得黄豆大的汗珠冒了满头满脸，带领全排舍命向上冲，也无效果，当陈宗尧支队长指挥全连冲锋时，敌人一动摇，他就抓紧时机，把四挺轻机和全排火力展开了，做了有力的配合。他冲上山头，向王司令员敬了礼，首先请求愿受党的严重处分。王司令员没说什么，因为赵排长是南泥湾部队生产著名的劳动英雄，他了解他对党对革命的无限忠诚，失去联系不是有意的，他倒是很关心地问山下是哪个部队打垮了敌人，赵排长报告是二营五连，听说陈宗尧支队长在亲自指挥。王司令员脸上隐现着满意的微笑，眼睛里闪烁着强烈的自信的光辉。为了掌握时间，早早到达预定的目的地，他们又继续前进了。

山下，张营长命令吹起集合号，把追击敌人的战士全调回来了。从俘虏口里他们才知道所进攻的是敌人一个团。他们打垮了两个营，另外一个营逃跑了，可是半路上又叫罗章政治委员率领的一个连打了一下，也垮了有一大半。他们活活俘虏了敌人一个整连，缴获的枪就数不清了。有的战士追击出去三里路才返转来。他们回来都探听陈宗尧支队长的伤势，他们关心他超过了关心自己。陈宗尧支队长伤势很重，但是，由于他特别振奋，昏迷一阵过后，还很清醒。救护班包扎好他的伤处，一个排保护着，将他抬走了。他临行时，还命令张营长，要好好照顾伤员，牺牲了的指战员要留人掩埋好，不准马虎。对待俘虏，要严守俘虏政策。张营长告诉他罗政委那个连到达了，他才放心，静静地躺在担架上，可是，他马上又昏迷过去了。大雾已经渐渐上升，南方碧绿的山川和水田闪露出来，多少快乐的小鸟在树林里唱出各种各样美丽的调子。大雾变成了白云，稻田里刮过来扑鼻的香风，溪水潺潺地流着，辽远的群山呈现出黯淡的紫色，山头都隐没在片片的灰云里。南方的山野显得特别美好。正是为了保卫这样美好的祖国的河山，多少英雄烈士不惜付出了他们的鲜血和生命。

夜里，陈宗尧支队长比较清醒了，他们宿营在一个湖南的山城黄岸市。他独自住在一所安静的小房子里。这样的房子——湖南的村屋，又洁静又整齐，他一别十年了，感到特别亲切。可是，他的伤势非常重，腹部已经红肿了，好似子弹没出来，好似伤了肠子，支队的卫生所不能判断，也无法医疗，已经派通讯员到纵队司令部和卫生部报告去了。医生和看护看守着他，给他换药、消毒、吃药，用冷水手巾敷额头。下半夜，陈宗尧支队长的伤势越发重了，昏迷了几次又醒来。纵队卫生部潘部长亲自赶来了，经过他的诊断，也觉得有危险，决定用一切力量来急救防止腹膜发炎。潘部长用简单的手术，把伤口里的子弹很慎重而又巧妙地夹出来了。天亮，陈宗尧支队长十分清醒了。他看见潘部长，才警觉到伤势的沉重。他一直在昏迷中，纵然清醒过来，对受伤并不在乎，就是痛，他也不哼一声。潘部长的来，刺动了他，他们是一同在湘、赣苏区长大的老战友，他从纵队赶来医治自己，事情就不简单了。他不怕死，却更愿意活下去。他看看潘部长和站在后边的高大的罗政委，轻声而很安静地问道："我很危险吗？"

潘部长亲切地笑了，安慰他说："不碍事，你要静养，别瞎想！"

可是潘部长声音里马上带些哽咽了，陈宗尧支队长苦笑了，说：

"你不要骗我吧!"

罗政委难过地搐动着厚嘴唇,白白的大脸盘涨红了,半天才说出来:"宗尧,你要静养!"

陈宗尧支队长又有些昏迷,但他仍用很不清楚的口吻问道:"王司令员在哪里?……"

"他下午就会来看你!"

陈宗尧似乎听到了,模糊不清地嘟囔着什么,他完全昏迷过去了。

晌午,陈宗尧支队长的伤势已经达到最严重的阶段,潘部长断定急剧的腹膜炎和肠子的溃烂,使他的伤势已经没法救治。罗政委站在他跟前,用手帕拭着眼泪,悲哀地咧着大嘴,蹙起眉头,躬下身子,轻轻地问:"宗尧,你有什么遗言吗?"

陈宗尧支队长眼泪唰地落下来了。他热切地要看到革命的胜利,却从此看不见了!他舍不得每一个忠诚亲爱的战友,却不能不永久割舍了!可是,他立时镇定了,恳切地向罗政委说:"请告诉全体指战员,要同敌人战斗到底!全支队的共产党员,要做群众的先锋和模范!"

"好。"

"请报告王司令员,要他保重!他同王首道政委,是全纵队的首脑,他们都要保重!中央交给南下纵队的任务,硬是得依靠他们来完成!"

"好。"

陈宗尧支队长轻轻叹了一口气,悲哀至极地搐动着嘴唇,半天,才又说出来:"请报告毛主席和朱总司令,我没有完成他们给我的光荣任务!我对不起党,我对不起党对我的培养!"

罗政委探下身去,十分亲切地,郑重地说:"宗尧,你是光荣的,你是党的英雄,你是毛泽东、朱德最亲爱最忠诚的战士!"

陈宗尧支队长似乎得到了最大的安慰,嘴边浮出了愉快的微笑。

罗政委又轻轻问他："对你爱人和孩子们，没什么遗言吗？"

陈宗尧支队长眼睛闪亮一下，看了看罗政委。他爱人田英杰，是个温柔忠实的女同志，她会为党奋斗到底的。他的两个女孩，在共产党和毛主席的养育下，在革命辉煌胜利的前途里，她们将百倍地幸福，前途是没有限量的。他对这一切有着坚定的信心，不用再留任何遗言了。他的眉眼更加舒展开了，嘴边的微笑，变作了胜利的欢笑。他安静而缓慢地停止了呼吸。光荣的党的红旗覆盖到他身上了。

陈宗尧支队长是湖南省荣陵县人，从小给人家当长工，又很早失去了父母，他姐姐照顾他，对他特别好，他也就特别爱护这位温和而热情的姐姐。当长工经常要挨打受气，他不能忍耐，就想跑到城里的军阀部队去报名。可是没等报名，他在那兵营门口，看到一个军官不知为什么狠狠地打一个小兵的嘴巴。他灰心了，当兵也要挨打，他打消了当兵的念头，重又跑回乡下。过了半年，红军游击队打了过来，帽子上镶个大红星，地主土豪都吓跑了。他当兵的念头还没完全停止。打听一下红军不打人，又说是老百姓的队伍，他就报名参加了。他的班长很好，给他很多帮助和教育，他渐渐把红军游击队当成自己的家。革命的斗争是很剧烈紧张的，因为他多少识些字，曾被派到一个镇上当列宁小学的校长。但他无论如何干不来，就又回到游击队了。他政治觉悟一天天提高，在游击队里加入了中国共产党，不久，转到主力兵团了。由于他勇敢坚决，从战士升到班长、排长、连长、指导员，后来一直升为红军四十九团政委、五十团团长和红军独立师师长。抗战时，他又担任了三五九旅七一八团团长，无论在前方抗日，或者在陕甘宁边区南泥湾进行部队生产，他都以身作则，带领部队，建立了不少功勋，他自己也成为陕甘宁边区部队生产的劳动英雄。他关心每个指战员，他也被每个指战员所爱戴。

陈宗尧支队长的牺牲，使他的警卫员王凤贵陷于极大的痛苦，他躲到一间空屋子里，独自伤心地默默流着泪。他原来是个无家可归的流浪儿，长征路上为陈宗尧收留下来。他除了记得自己的姓名，岁数和生日都记不清了。开始做"小鬼"，后来当通讯员，非常机灵老实，在华北抗日，一直给陈宗尧当警卫员。失去了陈宗尧，他像失去了可爱的母亲，他天真地痛哭着，完全没法压制自己的感情。张营长和五连顾连长，都是陈宗尧的老战友，俞指导员是他的老警卫员，都简直不能自制地痛苦起来。消息传开来了，全支队的指战员都感到极大的悲痛。

　　王震司令员来了。他刚开过纵队军政委员会，就马上赶来。给他送报告的通讯员走的是小路，没遇上。他一来就向黄岸市镇街里走动的战士们问讯陈支队长的伤势情况。当走进陈宗尧同志住的院子，他才明白了一切！他望着红色的棺材，两只眼睛都不能转动，浓密的胡子翘翘着。他沉静而缓慢地走向棺木。两个战士将尚未钉起的棺盖打开了。他伸手轻轻揭开覆盖着的红旗，陈宗尧同志愉快地微笑着的面孔呈现出来。嘴仍如平常一样闭得紧紧的，向外突突着，浅黄色的眼毛齐齐地遮住了下眼皮，上额是两道深刻有力的皱纹，两腮是褐黄色的柔软的胡子，嘴边的笑容特别刺动了王司令员，他还如生的一般！王司令员马上轻轻将红旗的一角放下了。他头一阵昏晕，急剧的痛苦飞速地通过了他的全身。他在延安跑马摔过，脑子受过震动，这样巨大的痛苦是难于支持的，他昏迷过去了。当他醒来时，他禁不住放开了悲声。这比从他自己身上活活割一块肉还痛苦！这样的损失，如何来弥补呢！陈宗尧从打参加游击队起，就是著名的勇敢的战斗员，他同刘转连率领的红军四十九团，什么地方敌人最顽强，只要四十九团一到，准会把敌人摧垮。长征时，五十团是开路先锋。他的独立师也同样地坚强。抗日战争开始，他带领老红军一个连，在河北平山，又转到山西灵邱，一边同敌人打游击，一边进行群众运动，把一个连壮大成三五九旅的七一八团。一九四一年，国民党反动派围困进攻陕甘宁边区，封锁延安，部队调到后方来了，一方面同可恶的国民党反动派的围困军队对峙,一方面又要克服困难,在南泥湾进行部队生产,他亲自动手,坚持着开荒劳动,奠定和巩固了全部队生产劳动的思想意志。南下,他的支队几次打击了日本帝国主义的袭击,歼灭了国民党反动派围攻的军队。陈宗尧同志英雄的事迹和对党对革命的功绩,是数也数不完的。王震司令员思念着他,也思念着这些事迹,在一个钟头内他打开棺材盖看了陈宗尧同志五次,每次一见到陈宗尧同志的遗容,痛苦都剧烈地震动他。纵队副官处长马寒冰虽然也一样痛苦,可是他明白这时候的责任。他向王震司令员请求:"司令员,棺木钉上吧!宗尧同志临终要大家转告你,要你保重。党中央也不会允许你这样的!"

　　王司令员稍稍安静了,低头在沉思。他又最后看了一眼陈宗尧同志的遗容,下令将棺木钉上了。他带领全体干部,在黄岸市镇外的山坡上为陈宗尧同志找一块最美的墓地。他亲自挖了第一锹土,直等墓穴挖好了,棺木稳稳地放进去,他又亲自埋了第一锹土。土埋好了,他率领干部们在坟墓周围转了一圈,表示对陈宗尧烈士的敬意。来参加的连队,开始了默悼,司号员吹起哀念的号声。最后,王震司令员向全体指战员报告:陈宗尧烈士是中国共产党的模范党员,人民的英雄,号召大家老老实实向他学习,并继承他的遗志,同日本帝国主义和国民党反动派斗争到底!国民党反动派在民族危难深重的关头,不抗日,想投降,他们最终要走上汉奸卖国贼的道路!若想解放中华民族,解放中国人民,必须同蒋介石这个反动头子王八蛋斗争到底!全军誓为陈宗尧烈士复仇,向罪恶滔天的蒋介石国民党反动派讨还血债!誓为党中央所给的光荣任务奋斗到底!全体指战员怀着沉重的而又是钢铁一般坚强的心情,激愤地呼喊着口号。

　　回镇的路上,每个指战员闪耀起一个共同的思想——陈宗尧烈士是永垂不朽的!

　　正是一九四五年夏天,拂晓,满天仍是明亮的星光,红旗在黎明前暗黑的天空招展,部队又出发了,向着绿苍苍的山野,勇敢而刚毅地走去。任何敌人和困难,都是阻止不住他们的。他们有共产党,他们有毛泽东,他们有全国人民,他们有陈宗尧烈士一样坚强的意志!

一九五一年六月十二日于松花江畔

宋振甲的心愿

一、经历

宋振甲搬到刘家沟，已经二十多年了。在关里家吃劳金，混不上饭，听说关东州好混，便领着老婆跑过来，他扑奔的是乡亲胡瑞。胡瑞也是个穷人，恰恰他们来的时候，胡瑞老婆死了，家里正没人，他们便住下了。胡瑞下关东，三年开外了，住的是两间趴趴房，墙缝子的风飕飕的，除了锅碗瓢盆，炕上铺的炕席都出了窟窿。宋振甲二十五六岁了，心里有个数，顺嘴便问出来："这几年过得好吗？"

胡瑞是个爽快不屈的人，比宋振甲大几岁，嘴上长起浓重的黑髭，听到这么一问，仿佛刺到了他的痛处，眉毛一扬，转转大眼珠子，自嘲地笑了笑，才夹针带刺地回答道："你瞧吧，过得可怪好！四条腿是桌子，带毛的是耗子，吃圆桌面，有锅盖。这年头，关内关外一个屌样，头顶着人家的，脚踩着人家的，巴掌大的地方，咱们也别想伸腿。住这间熊种趴趴房，还是刘家大院的。房子不修，房租少一个可不成。老弟，你们来了，也别扫兴，咱们穷人凭两只手，顶多磨起三寸茧子，怎么也闹个饱肚皮，穷帮穷呗，我帮你们找事做。眼下快铲头遍地啦，你去铲地，你屋里的薅草，混个吃喝，难不着。

这一番议论，把个宋振甲愣住了。他本来老实，平常三棒子打不出一声哼来。他想他问错了，加上他老婆偷偷用埋怨的眼光瞅瞅他，他更后悔了，立刻，黄黄的圆脸涨红了，眯缝着无神的眼睛，耷拉下头去。可是，当胡瑞议论完，他倒从心里高兴了，能混上饭吃，这比什么都强。

从此宋振甲两口子，便跟胡瑞一起出去卖零工，做月工，左不过老在刘家大院的庄稼地上打转转。山地水太硬了，开头感到不惯，总闹肚子，冬天冷得手脚没处放，引起想家；三四年半死不活的日子勉强混过去了。闹得刚刚有些起色，便租刘家大院两垧地种，虽说租子出得多，过得刚供嘴，宋振甲两口子便忙着张罗为胡瑞再说个人。怎么知道，伪满洲国成立不几年就碰上个大贱年，糠秕羼榆树叶还吃不上溜来。到刘家大院买点糠秕，得一手交钱，一手取糠，大门口都不叫进。加上宋振甲媳妇生下个小子，胡瑞说人的想头便不能不打消了。从此，越过越困难，一年不如一年，有今天没明天，加上抓劳工要"出荷"，弄得四口人，遇上好年成也不能不饿肚皮。一天，是大冷的冬天，胡瑞从外边回来，脸色不是脸色，激愤得皱着黑眉毛，跟宋振甲夫妇说："不好了，村上抓劳工抓得紧。说不上哪一天抓到屯子里来，咱们死挨着不是办法。我要回关里家了，看看那边活得活不得，比去给鬼子当劳工总要强上百倍。说走就走，别等着等上祸来。我今晚上就动身。你们两口子带着小顺在这里混吧，租到地，明年租地来种，租不着就卖工夫，反正总不会饿死。也许看你们人口少劳工派不到头上。唉，你们扑奔我一回，也十多年了。房子还是坏房子，肚子还是空肚子，地没置上一垄，穷人穷命，咱们就穷挣吧！好歹你们生下个小顺，这是个根哪，不论怎样，别毁了孩子。"

说着，他便将站在地上望着他的小顺抱起来。孩子已经六岁了，为了好养活在脖颈上留了个小辫，如往常孩子顺势用两只脏手抱住他的脖子，嘻嘻地望他那双大眼睛，天真地撒起娇来。但，孩子忽然惊奇了，小眼睛怪然地看看爸爸妈妈喊道："胡二大爷哭了，流眼泪！"

胡瑞很少流泪，也很少说这些伤心话。这么一来，宋振甲不由得也哭了，脸煞白的，耷拉着眼皮，说不出一句话来。他屋里的本来早在抹眼泪,听孩子这么一喊,简直抽搭起来,鼻涕一把泪一把,哭出了声。宋振甲两口子知道胡瑞的脾气,他这么说这么决定,就别想转过弯来。也是赶上了这种年头,日本鬼子和汉奸地主逼死人,胳膊拧不过大腿,亲人骨肉拆散的有多少!三个人哭了一回,倒是胡瑞硬邦些,轻轻放下那脸也变冷了的孩子,说:"咱都别难过,我到关里家,弄好了给你们信,你们都搬去。关外等哪年有了天日,我再回来。世道不会不变,两座山见不了面,两个人总能见面……"

吃过晚饭,宋振甲老婆给他包好十个杂面饼子,到刚一眼擦黑,他便起身走了。除去一个细细的破铺盖卷,他没有其他什么可带。外边正下着初冬的轻雪,冷风飕飕地刮着,灰茫茫的天空,连个乌鸦都不见。宋振甲夫妇望着他走远了的倔强的身影,正在难过,小顺忽然喊:"我要胡二大爷,不叫他走!"两口子禁不住又哭了。一宿他们也没睡,念叨胡瑞的好处,哭一阵,不觉天亮了。牵肠挂肚,一天也没断念叨胡瑞,加上小顺又时时要胡二大爷,所以他们一天都红肿着眼睛。下午,轻雪又落起来,更增加他们牵挂胡瑞的分量。

胡瑞走了没半个月,宋振甲就被抓劳工了。一直去了半年,害得地也没种上。他老婆领了小顺,东家洗洗,西家浆浆,春天给人家搂茬子,夏天薅草,反正没饿死就算万幸。等宋振甲回来,满脸是黄胡子,瘦得眼睛像两只黑窟窿,脚也弄瘸了,一头躺到炕上,四个月人事不省。他老婆哭天抹泪,穷得拉着小顺去要饭。宋振甲的病熬过来了。一家人无论怎么困难,倒也有了活气。来年春天,租了一垧地种,今天要户口捐,明天要狗皮,简直使穷人喘不过气来。刘家大院刘汉臣是屯长,他排行老五,没儿子没姑娘,人家都叫他"五绝后"。屯公所里用他小舅子白兴做文书,外号叫白大巴掌。一有点大事小情,五绝后发了号令,白大巴掌就在全屯家家户户跑破门。好姑娘好媳妇不知被他污辱了多少。他们实在邪乎,非打即骂,说抓就押,谁敢出个大气。宋振甲家最怕他们了。胡瑞在的时候,惧着胡瑞的强硬,他们还少来几趟。胡瑞走了,他们就总欺侮上门来,特别是白大巴掌，一有点跷蹬不开的事，一定找到宋振甲。这年秋天，宋振甲脸上有些血色了，看着一垧长得不算坏的庄稼，感到特别喜悦。虽说租子太大，半年里，一家人勉强可以糊口。可是就在这时白大巴掌突然找到他出劳工。这是怎么也排不到他头上的，为什么又找到他呢？背后一打听，还是排到五绝后的二侄子了，他们就叫白兴给找个不出钱的替身，白大巴掌敲诈了几个小户，便硬按到宋振甲头上了。两口子半句不吭，哭哭啼啼，准备去就是了。只托人问一声脚瘸了还能去吗？说是能去，就完全绝望了。两口子哭得死去活来。小顺大了，也跟着哭。这次真像生离死别一样，宋振甲老婆日日夜夜为他缝补衣服和被子，好似预料了什么恶果，痛心地做着。这样悲苦的遭遇不是一次了，经历的满是多了，只有叫眼泪往肚子里流，好似被处死刑的人，等待那末日的来临。

二、怀疑

恰恰是宋振甲出劳工要走的前两天，一家人哭得愁眉肿眼的。他老婆挣扎着忙忙东忙忙西，小顺拉住他的大襟啼哭，他自己也兀自痴呆呆的，全家没一点活气。

忽然，他们的邻居姜贵拉开门走进来。姜贵是个二十五岁的小伙子，红扑扑的大脸盘，笑得挤挤着眼睛，一进门便快活地放开大嗓门说："宋大叔，你们知道不？伪满洲国倒台子啦！"宋振甲好似没听懂，白了白眼睛，呆头呆脑的，没说什么。

"什么？"倒是他老婆，十分惊异地追问。

"大婶，你看，你们不信，镇子上都闹翻啦！说是苏联红军黑压压地打下来，日本鬼子呛不住了，投降了！警察所已经被大家伙砸得稀烂！人都像疯了似的，拥到村公所去，非要交出王警尉不可。刘家大院炮手都上了炮台，五绝后也不敢出来了！……"

宋振甲听入耳了，不相信似的问："真的？"

"那谁还糊弄你们,听说赵村长也跑了,镇子上可乱絮啦。"一家人跟姜贵跑出去,村上人三三五五,紧张地跑来跑去。小孩子们成堆成伙的,连吵带嚷,引得小顺,一溜烟跑过去了。宋振甲乐得闭不上嘴,想跟熟人说句话,人们都慌慌张张的,没机会。跑到村头上,倒是姜贵媳妇,忙得两只胳膊像车轴似的,仰着鲜红的圆脸,笑嘻嘻地跑上来,高声喊道:"宋大叔,这回可不用去劳工了,多好!"

宋振甲正高兴,被这话一激,反倒溢出眼泪,倒是他老婆,乐呵呵地回答道:"哟,贵媳妇老是这么响快!有这样日子,真是修来的!"

这时,村公所的人,已经缕缕行行地往回走,王警尉自然没找到,不知是谁说了一句:"一定藏在五绝后家!"人们不约而同地望着村外泥坯大院套,一个炮台眼伸出一大台杆,两个炮台眼伸出快枪嘴,静静的,被几棵大榆树遮盖着。有人叹口气。人们半天的热劲松下去,有的往回家走。宋振甲也回身想要走,仿佛记起一件重大的事,看看他老婆,问:"小顺呢?小顺这孩子钻哪儿去了?"

女人也似乎醒悟过来,也问:"可是呀,小顺呢?"

"哎哟,大叔大婶哟,看你们,小顺不是在那里!"

姜贵媳妇说着伸起粗壮的胳膊,指向不远的一棵柳树旁,小顺正和一帮孩子在那里连蹦带跳唱哩。

——小日本,

一溜烟;

"满洲国",

不两天。

宋振甲笑了,满意地说:"这回可好了!"

回到家里,一家人乐得什么似的,特别心盛。宋振甲不免念叨起胡瑞了,走了三年了,到如今也没有个消息,他老婆也惦记地说:"人还不知有没有了呢!"

然而,没过几天,事情有了变化。说是五绝后刘汉臣跑了一趟县城,回来变成国民党员,是"中央"派来的啦,又大摇大摆地满村满镇走。刘家大院的大门大开着,正招大排,按户出钱出枪,青年小伙子都得编练上。白兴好久不见影,现在又家家户户跑破门,一句话不来就打嘴巴。说是五绝后当团总,赵村长又回来当了村长。日本鬼子投降了,刘家沟却仍是刘家大院的天下。

宋振甲大排钱出不起,愁得抬不起头。他老婆急得发脾气,打小顺。小顺哭咧咧的,像个避猫鼠。

一天,姜贵被硬拉去编大排,他不去,拌两句嘴,还叫白兴打个大嘴巴。他们走后姜贵媳妇气得蹲在门槛上,破口大骂:"死绝后,你们老刘家真是断子绝孙!白兴兔崽子,你老娘早晚跟你算账!"

宋振甲老婆正到门外倒水,听到了,站住问:"贵媳妇,又怎么了?"

"白兴那兔崽子,硬将小顺大哥给拉走了。"

"唉,刚刚不出劳工,又是大排,这年头叫穷人可怎么办呢!"全村子陷于苦恼。刘家大院压得家家户户出不来气。宋振甲对伪满洲国倒台不倒台,也失去了兴趣,反正什么时候都是穷人受苦,含着眼泪过吧,怎样业巴,也不会有个兴发的日子。

然而,出乎宋振甲意料,忽的一天,开来一队八路军,区上村里全住满了。宋振甲家是住了半班人。从此五绝后的大排,再不提了,白兴的影子也不见了。军队开走之后,说区上还有共产党,组织了区公安队,国民党的牌子全搞掉了。虽然五绝后刘汉臣曾经派白兴出来放空气,说大排还要编练,共产党待不长,国民党倒不了,"中央军"马上来,但没几天五绝后被区里抓走的消息传遍全村,人人都吐吐舌头,松一口气,五绝后刘汉臣也有这一天,是万万想不到的。全村子都清爽得多了!

一天,姜贵从区上带回消息,说是配给所的掌柜梁大麻子被斗了。他乖乖的,一声不敢吱,罚他五百万他也认可了。又是谁传来消息,县城也在斗汉奸。共产党一来,穷人都可以出一口气了。

闹哄哄的，各种消息在村子里流传。说是八路军同"中央军"在长春跟前打上了。不久又说在四平打上了。已经从冬天过了春天，正是夏天，说八路军从四平撤走了，嚷着"中央军"不久就过来接收。穷人们又沉闷起来，谁也不敢哼气。白兴又出头活动了，他声称刘汉臣几天就放回来，共产党投降了，国民党是"中央"，五绝后谁也斗不了。

全村子闷在葫芦里，乱七八糟的传言，整得人心都没底。

一天，是锄完二遍草以后，区上来了工作队，刘家沟也分来一小队，五个人，大家都叫它"工作班"。领头的是个中年人，黑脸盘，见人便温和地笑笑，好说两句玩笑的话，但很严肃，两只眼睛总像发问什么望着人。都说他是关里家人，一口山东话，所以，刘家沟的关里人都高兴。

他们都住村公所，只有一个女的住在姜贵家。

来了后，问长问短，只见他们各家串，谈东谈西，总问穷人受压迫被虐待的事，总问谁家是地主，有多少地，对人都很和气。那个女的，长得又黑又壮，一来即跟姜贵媳妇弄得火热，成了好朋友了。她们常常到宋振甲家，宋振甲老婆高兴极了。尤其她那双又黑又大的眼睛，跟胡瑞的眼睛相仿佛，引得宋振甲一家想起那位忠实、热烈而又倔强的乡亲，她们的关系更接近了。然而，宋振甲，不声不响，女的倒怪好的，就是城里人，他存戒心，加上她的名字叫什么高旋，不像个女人名字，他更存戒心。他不近不远，当高旋到他家唠扯家常的时候，偶然也搭两句话，但总是淡淡的，一点也不热烈。

一天，扯起五绝后刘汉臣家那些损阴丧德的事。他听他老婆数叨，头一次他出劳工的时候，她和小顺在家，吃吃不上，穿穿不上，五绝后派什么钱，她给不上，冷冬数九的，穿了单裤，带小顺去求情，二里路，冻得腿都发麻了，走都走不动。哪承想，跟他院伙计吵翻了，他听到吵闹，出来，把眼珠子一瞪，歪个脖子，拧着两撇胡，骂吵吵地走过来："你这个臭娘儿们，倒闹上门来，别不知足。你们欠的,你丈夫出劳工顶啦!胡瑞那小子欠的呢?他跑了,就得朝你们家要!"他老婆吓得腿软了,下了跪哭哭啼啼地求恩典,五绝后却理也不理,一脚把她踢个前趴,甩甩袖子回屋去了。小顺哇的一声哭出来。刘家大院的人,一群恶犬似的,将她母子俩赶出院子,回家后冻得两天起不来炕。宋振甲被刺动了,愤愤地向高旋说:"他家的事,刘家沟的人谁不知道,三天说不尽,三大车也装不完。"

高旋很亲热地问他,他沉思着,一宗一宗地说。他跟高旋有一两天,都谈得称心。工作队长王德武还来同他谈一次。是山东老乡,谈得就更亲近。

开斗争会了。人缕缕行行地来。都是头一次,沉沉闷闷,莫名其妙,多一半是凑热闹的。

宋振甲坐在人群里,看着那一片黑乎乎的脑袋,实在摸不到底,不知这斗争会怎么个斗法,真是开天辟地新鲜事,又兴奋,又纳闷,可是不敢有什么明白表示。

忽然,工作队两个背大枪的同志和姜贵几个人推拉着五绝后刘汉臣来了。一时全场轰动起来。男女小孩,向前挤的前挤,跷脚望,有人尖着嗓子叫,坐着的站起来,未站起来的也被挤得不能不站起来。会场闹乱了。工作队和姜贵一些积极分子,叫大家静下来时,一个老鸹窝似的脑袋,才呈露在一张高桌的前边。当那双饱经世故而又残酷的眼睛,向大家略略一望时,嘴角现出极度轻蔑的微笑。群众都倒抽一口冷气,押了近两个月,五绝后的气魄威风还这么大,许许多多人心更没底了。会场立时变得又沉闷又安静。斗个什么呢?斗得了吗?人们有顾虑,有的甚至想——算了吧!

姜贵被推到高桌后边,站住了,说是当主席。讲了没三句,就请王德武讲。王德武讲得很爽快尖锐,咒骂地主汉奸,倒也痛快淋漓,说明土改斗争,也十分清楚,有时带上几句很幽默又通俗,对农民心劲的话,农民都笑了,许多热爱他的眼光望着他,暂时似乎把低头站在那里的五绝后忘了。当他鼓着放亮的黑脸盘,带笑地从高桌旁走开时,有人拍起掌来。

又静了一会儿。

姜贵重新站在高桌后,笨吃吃的,叫大家讲对五绝后刘汉臣的意见。半天没人讲。高旋跑来在他耳边讲些什么,他欢喜起来,放大嗓门呼叫:"宋大叔在哪里?讲你的!"

宋振甲站起来,进不得,退不得,讲不得,又瞒不得,黄脸憋得通红,吞吞吐吐,站了半天,终于哆哆嗦嗦坐下了。全场的眼光都注意他。可是没等姜贵再说什么,站在积极分子一堆的牛小鼠,笑嘻嘻地举起手,先说:"我有意见!"不等姜贵加什么可否,便讲开了:"五绝后是咱村一霸,没人不知,无人不晓。咱们今天要斗他,谁不痛快。让他看看谁站得长,谁耐得久,太岁头上动土,好不容易!今天,共产党一来,穷人的天下啦,他过去梦也梦不到。看他那个熊样,还发威风不?这回可吓住了,尿啦!咱们穷人一条肠子,他小子还敢炸毛!他钱大,咱人多。他的势力长,咱们势力有共产党。我,我是跟他恼透了的!"

这段话里有刺。姜贵明白,但也不摸底,没说什么。宋振甲听着更刺耳朵,话里有话,是讲给大家听的,谁都明镜一样,谁都不敢言语。远远瞭望的白兴满意了,在一棵柳树后边,听了老久,他知道牛小鼠这回成功了。这群穷光蛋不怕他姐夫刘汉臣他不信。但风头不顺,避远一点,有小鼠够了。他走下一段陡坎,溜了。这时群众更没人讲话了。牛小鼠是跳二神的,好吃油嘴,刘家大院常常走出走进,天天在白兴屁股后头滴溜转。他敢讲这一套话,定为有根。有话的也立时将嘴封住了。只几个不知时务的青年和女人,到头不到脑地说了几句,当姜贵老婆认真说了些五绝后的罪恶,不觉扯上白兴,有人替她泄气了,说:"拉倒吧!什么大不了的事。"她也竟自没劲了。王德武是窥查出这中间有问题的。但也不好勉强群众。高旋急得暴跳。但,会也不能不就此结束。有人还吞吞吐吐要保出五绝后,王德武不得不亲自出头严厉拒绝了。一场斗争,没斗起来,很无趣地散会了。

从此，全村两三天很沉闷，好似无事一样。

工作队的人都深入了更多的贫雇中农家庭，进行说服教育，组织积极分子，搞通群众的思想，鼓动群众的信心。但在会后，宋振甲消沉了，多年的根哪，穷人想斗富人，真是癞蛤蟆想吃天鹅肉。当天就提醒他老婆："少说话！这不是玩的。"

"嗯哪！"

他老婆也似乎跟他同心，他就满意了。

第二天，小顺出出进进，到姜贵家跑了两趟，高旋送他回家，样子像小顺跟她讲了什么，她很乐，夸小顺聪明。可是，高旋一走，宋振甲就狠狠地教训小顺。

"闭住你的嘴，不准出去乱讲。"

小顺孩子大了，努努嘴，不同意地说："不嘛！"

宋振甲为这两年来的变化弄昏了，怀疑变为恐惧，对心爱的孩子更严厉，咬紧牙关，变脸地申斥道："不听话，小心打断你的腿！"

倒是他老婆，女人家想得没那么多，替孩子撑腰，说："你这是干什么哟，什么大不了的事！"

三、矛盾

过了五天光景，宋振甲内心又有些活动，首先刺入他的眼睛的，是姜贵一帮小伙子，一个夜间，把白兴抓到了，这可给人们去了一大块病，又加上刘家大院五绝后的枪，也起出三只大的，两只小的，姜贵几个人全背上了。说这都是五绝后亲口讲的，庄稼百姓倒真有了权势。按着村里原来的名"牌"，凡是没有地和地少的农民，都分组开会诉苦提材料。宋振甲那"牌"的组，高旋来主持，女人们提得特别多，伪满"康德"十一年交不上"出荷"，村公所的马文书和白兴把六家的磨杆给砍断了。因为这屯搞不好，大正月天还冷，白兴叫家家户户妇女排队跪街，大多穿的是单裤，冻得嘀嘀哆哆打牙板骨，脸煞白，谁都不敢吱一声。说着说着就联系上五绝后了。"出荷"布都到了他家，发放到老百姓手里，一个人二寸，一家人做块擦脸手巾都不够。"配给"油，一两的提斗打半两，后来听说提斗底垫一层粗高粱秆；拿回家倒在热锅里滋滋崩水星，一点油味也没有，才知道里边掺了高粱汤。心明镜似的，谁敢说个"不"字。七嘴八舌，一说开了，情绪越来越高。有的又说领一盒洋火，盒子里垫的是一卷破报纸，上边只放一层洋火，最多不到二十根，简直坑死人。说得大家动气了，姜贵愤愤地说："那时候老百姓还能活！东西'配给'得不全，'出荷'粮可得拿双份的。算盘子儿在财主手里，他们怎么拨拉怎样是。警察特务兴农合作社的人住他们家，吃他们家，他们说了算，老百姓不是白瞪眼，敢说话的，拉到风眼里去，弄个半死不活，敢怎样。"

宋振甲触动心事了，本来闷头静静坐着，这时，睁大眼睛，望望大家和高旋，伤心地说："咳，胳膊拧不过大腿，人家有钱有势，大粮户，穷棒子就得干受气。'康德'十一年上种他家坰半地，打了三石多苞米，一石五斗黄豆，苞米出了一半'荷'，黄豆连租子带'出荷'全拿走了。剩下的连地租子都不够，还得交他五斗苞米，一家人哭天抹泪，跟谁说去，将就着过吧，辛辛苦苦干了一年，稀粥都喝不上溜来。"

宋振甲说着叹口气，有几个农民接连都说出差不多同样的事。他老婆把出劳工摔坏脚长大病和她自己带小顺挨饿要饭的苦情，又悲悲切切说了一遍。姜贵媳妇哼一声，看看高旋，亲热地说："高大姐，他们刘家大院，可邪乎，骑穷人脖颈上拉屎撒尿，哪个敢出声！穷人跟他们仇口可大啦，这笔冤账，一辈子也算不清。"

高旋早已满意这个会开得比较成功，一双大眼睛闪烁着表示出满心的欢喜，嘴角流露着笑意。

高旋开完会，回到姜贵家，一进门，王德武正坐在炕沿边等候她。看高旋兴奋的样子，他郑重地微笑一下，站起来问："啊，你们开得很好?"

"是呀,宋振甲又谈了不少材料,大家可齐心啦。"

"怪不得你们散会这么晚。"

接着,王德武十分安静地,把他那一组的情况也略谈了谈。特别是牛小鼠,在众人的激励下,很激奋地讲出他老婆被白兴逼病了,不久就致死的事。据说牛小鼠的老婆,是个很标致的女人,白兴看上眼了,像个馋猫似的,跑破人家的门。这是半年前的事了,白兴老着脸要同人家睡觉,牛小鼠老婆死也不干,白兴弄得下不来台,就翻脸了。狠狠打牛小鼠老婆两个嘴巴,照小肚子踢两脚,把人踢倒在地上,便骂骂吵吵地走了。从此,牛小鼠老婆便病了,不到两个月,就死了。站在当地,听得很有兴趣的姜贵老婆,这时插嘴说:"那个小骚货呀!外号叫'细腰',可是我们屯子的迷人精啊。白兴那兔崽子,他也去闻骚啦。人家跟五绝后有一手,若是伪满,他白兴可敢!"

高旋瞅瞅王德武略思索一下,瞪大眼睛问:"牛小鼠不是不好吗?他还成?"

"唉,他也是穷人。现在,咱们对谁也不能泼冷水。"

王德武说完,微笑地看看高旋,高旋马上领会了,也笑了。转过脸对姜贵媳妇说:"你们妇女,要好好斗斗白兴!"

第三天上午,便开起跟五绝后刘汉臣和白兴的斗争大会。一大早,孩子们和青年都到了村公所集合,就打起锣鼓来。接着女人和老年人也陆陆续续来了。工作队给做了个大红旗,竖在村公所的大门口。宋振甲看着怪兴奋的,他不觉奇妙地暗自笑了笑。尤其看到他的小顺,孩子好高了,挂个木刀,站在一群儿童中间,吵吵叫叫,鼓着脸唱歌子,他的心,真不知是多么敞亮。今天的事,会如何进行,得出什么结果,他还模糊。可是,他切切实实感到一点,就是今天的气势大不同了,他从来就没见过。忽然有人高声喊:"走哇!"人群便浩浩荡荡地动起来。说是到刘汉臣大院去开斗争会。人们真是走得有劲，宋振甲也有劲，对的，去算账去。快走到村边了，是谁放了一枪，那清脆的震动心肺的响声，使人群为之一怔，不知出了什么事，都站住了。宋振甲也站住了。立时，都觉悟到是自己人放的，就又走动起来。有谁嚷道："不要放枪，放枪干什么！"大群人走得更有劲，更气势，宋振甲不觉想——咱们真是要造反哩！走到村外，泥坯大院套是人人熟悉的，炮台眼伸出的大抬杆是人人熟悉的，人们忽然好似忘记了今日的气势，记起五绝后刘汉臣这个大院套旧日的威风，不约而同地全迟疑起来，站住了。这可真是出乎王德武的意料，他不知如何是好了，出了一头冷汗，一把抓住走在他前头的，他亲自掌握的积极分子孙宝财，激动地问："怎么？是怎么整的？"

孙宝财是个四十来岁的壮年人，黄眼珠，一脸黄胡楂子，被王德武一问，脸红了，立刻愤怒地向着群众，破着嗓子喊："大家都尿啦？有仇不报啦？"

一帮青年，由姜贵领头，开始走动了，一边大声喊："谁不干，就没种！"这时，小孩子们领会了大人的意思，已成群首先跑进大门去了。可是，立刻又被两只凶猛的黑狗给吓出来。两只狗连叫带咬，追出大门外，正凶猛地向前扑，见大群的人急速走过来了，且咬且退，立时松劲。见人群拥进大院，越来越多，便都夹着尾巴，趴到大墙根下了。宋振甲也一样迟疑了一下，看着大院套心想——动得吗？可不是好玩的！发生了小小的矛盾。但一经进入大院套大门，他心便定了，干吧，不干还成！他兴冲冲地向前走，瘸脚就颠得越厉害，恰好走到两只狗跟前，一只龇起牙来呼呼地想咬，他马上站住，伸出短烟袋杆预备要打，狗便自动把长长的下巴伸入两只前腿里，不动了。他想起，几次来五绝后家送租粮，是叫这两只狗扑过的，一次将棉裤咬开花了。他的愤恨便更加炽烈，斗吧，不斗还成！他挤进人群，走到前边去了。满院子黑压压的是人。这么多的人都来跟五绝后算账，他宋振甲更要算。斗争会开始了。不知什么时候，早已将五绝后刘汉臣和白兴押来了，像两个吊死鬼立在正房的房门外。五绝后头剃得光光的了，不时偷偷地斜眼望望群众。斗争开始后，群众一讲开了，一个接着一个，越讲越有劲。有的妇女讲急了，鼻涕一把，泪一把，尖着声音骂："五绝后，你这辈子绝后，下辈子还绝后，绝后八辈子呀！"五绝后低着头，翻白眼。人们的控诉，一个接着一个，有的是宋振甲知道的事，有的是他不知道，总之，五绝后刘汉臣家的肮脏事，这一天大部分都讲出来了。宋振甲听了，更增加几分愤怒，到他讲话时，出乎大家意料，竟越过坐在前边的几个人，跑到五绝后面前，用烟袋锅子指点五绝后的鼻子，颤着声音问："你这狼心狗肺的，还叫穷人活吗？我一家子，差点都叫你祸害死！"刘汉臣有点不服似的，蔑视地望一望，用鼻子哼了哼。可是，群众已经由姜贵领头呐喊起来："有冤的报冤有仇的报仇，向五绝后讨还血债！"刘汉臣立时把头低下去，不再吱声了。斗争会像野火燎原一般，越来越凶猛，实在出乎五绝后刘汉臣意料，他也闹蒙了，到后来软得像个避猫鼠似的，头也不敢抬一抬。这时，主席孙宝财忽然大声问："大家对白兴有什么意见？就是那个白大巴掌！"

白兴本来有点鼠迷了，听这么一说，吓得一激灵。全村没挨过他打的人没几个。今天，这些穷人都生龙活虎似的，敢跟他姐夫刘汉臣斗一斗了，可不是好玩的。他脸煞白。第一个是牛小鼠站起来，许多青年就鼓励他，叫他说。白兴更慌了，心想，连牛小鼠也变态度了。这时，牛小鼠晃着小脑袋，半吞半吐的，想谈又不好谈似的。有人骂他了："他妈真没种，你老婆叫他活活逼死，到这时候了，还怕他！"牛小鼠被这么一激，急了，穿过去就骂："你这兔崽子，我媳妇病死，都是你那两脚踢的！"姜贵媳妇早气红了眼睛，站起来喊："小鼠有志气，踢他白兴！"全会场都喊叫开啦："踢！踢！"立刻几个挨过白兴揍的小伙子，跑上来，内中也有姜贵，他喊："他妈的，平时你最好揍人，今天你也尝尝！"这么一哄，牛小鼠先动脚了，别人的拳也上来，一时，白兴被打得蹲下去。场子上到处是喊打声，骂声，人们都闹动起来，乱了。五绝后刘汉臣不安地往离白兴远处躲了躲。白兴被几个小伙子围住，打倒下了，只两只脚在外边蹬踏。这事实在出乎王德武的意料，他一边喊："别打！"一边过来拉。高旋也急得上来拉了。宋振甲正看得高兴，围住的小伙子已被拉开，白兴煞白的脸又露出来，弄得土灰灰的，哭丧着脸自动乖乖地站起来。于是人们开始对白兴控诉，另几家被他污辱过女人的，都愤恨地提出来。控诉之中，很自然地又转向五绝后刘汉臣，他霸占了几家妇女和牛小鼠媳妇的事，提出来了。群众有人提议："戴帽子，叫两个丑家伙游屯！"人们又哄起来，闹嚷嚷地，真的游起屯来。散乱的人群，还打着锣，走到白兴家附近。不知谁传说他被插了招子去枪毙，他老婆披头散发的，哭嚷着赶过来，等有人跟她说明是游屯，这才用大襟擦擦眼泪，怪害臊地躲开了。人们晚饭都没吃，一直闹到掌灯。五绝后刘汉臣的家被封了，白兴伪满跑腿欺压百姓，也置了二三十垧地算是个小地主，人人恨他，也把他家封了。这样，会才散了。热闹了一天的村庄，才稍稍静下来。然而，回到工作队，孙宝财很懊丧地对王德武说："封也白封了，什么都倒腾走了，连一床好被也没有啦！两家一样！"

姜贵更气，骂起来："大财主奸头日脑的，咱们算计不过他们！"

王德武只微微一笑，很沉着地对大家说："可是，大家要查好他两家的土地，将地照要出来。牲口也照料好，别再弄坏了！"

宋振甲特别高兴，万想不到有今天。散会，他感到对"工作班"的人特别亲热，便也跟了来。活了半辈子啦，这是头一遭。过去，一肚子苦楚无处讲，这回算全倒出来了。将来怎样，他未想，眼前的事，确实使他从心眼往外乐。听了王德武的话，大家没说什么，又拉扯几句，渐渐都走散。回家一进门，他老婆正跟姜贵媳妇欢天喜地地唠扯斗争会的事，小顺也夹在中间嚷嚷："这回五绝后和白兴可瘪了茄子啦！"

宋振甲笑眯眯地听着，心满意足地抽着烟。

从此，刘家沟的事情更变了。工作队领导着建立起农民会。孙宝财被选为主任，姜贵被推作武装委员，宋振甲也当小组长了。农民会领头，又清算了几家中小地主。除了一两家有些恶霸行为，斗了斗，别的都没斗，只要提出条件找上门去一算账，便都认可了。有的还自动献地。等到分过房子和牲口，工作队便转移到别的村子去了，只留下高旋一个女队员在这里工作。村子顿时显得空落落的。庄稼长得快熟了，青苞米可以煮着吃了。

宋振甲分了原来住的房子，又和姜贵家，跟一个姓王的雇工，共同分了头半大母牛。因为宋振甲给人家喂过牛，懂门道，又有小顺，可以放牛，牛便放在他家。三口人可喜坏了，整天为这头牛忙得脚不沾地。总在合计，母牛明年便可以生牛犊子了，"母牛养母牛，三年五个头"，再有三年，三家都有牛使唤了。过去做驴做马的日子，到现在算熬出头来了。来了共产党八路军，穷人可实在翻身了。

秋收过去了，全村分土地的事，跟斗争时一样热闹。每天丈地、算账，闹得可红火了，当宋振甲在他分到土地上钉木橛子时，他真是说不出的快乐。他回想，为了自己能置一块土地，不受别人的窝囊气，他跟胡瑞不知道合计多少次了。可是，他们一直没有弄成功，总是要在五绝后刘汉臣的土地上打转转，在人家眼皮底下过生活。这回可好了，分到土地了。他一转念，这么一斗争就分了他家土地，能保得住吗？他想起跟五绝后家租一块地种的困难，不答应附带帮他家锄草打场做零工，是办不到的，分了他的地，他肯干休吗？五绝后刘汉臣，虽然押到区上去了，也还会出来呀！白兴不是斗完就放了吗？刘汉臣家收租种时如狼似虎的行为，他想也未想，就懈松了，用斧头钉橛子的劲也不大了，甚至少钉了两下子。丈地的，钉橛子的，人们都在旷野里忙活着。小顺拉了高旋的制服衣襟，活蹦乱跳的，跟她走过来，一边高喊："爹，咱们分的地好吗？"宋振甲笑着站起来，高旋闪起大眼睛，亲热地问他："好吗？"

"好，这块地可好啦？不是跟五绝后沾亲带故，谁也租不到，租子顶大啦！"

宋振甲的矛盾是一时的。此后，一直到冬天，他无日不为来年春耕奔忙和劳作。大雪已经下起来，怕母牛没吃的，他同姜贵和雇工老王，经常拉个小爬犁，到山沟里砍柴。砍几天，拉到镇里卖几天，再买谷草给母牛吃。怕半大小母牛受累，他瘸个脚，来回都不坐爬犁，走得如何吃力，他都走，有时滑个筋斗，他拍拉一下身上的雪仍是走。砍柴时，他并不比姜贵和老王砍得少。回来，他因为太乏了，腿又瘸，总是落在后边。有时大黑天了，对面不见人，满天是星斗，他才走到家。一夜哼哼呀呀睡不好，还得起来去喂两遍牛。可是，天不亮他就起来了，早早吃过饭，就又去砍柴。过去给人家干，不下辛苦不行，今天给自己干，还能不更下辛苦。他平日总想，这回干好了，日子也就有个过头了。穷人的都闹好了，多好！

一冬村子很安静。白兴也不常出来了。宋振甲也很安静，想得很少。

一直到春天青苗长起来了，传说五绝后刘汉臣被区上放回来，有一天小顺拿着红缨枪，红头涨脸地跑回来，说他就眼看见五绝后站在大门口卖呆。都说刘汉臣搞国民党反动派的事，没得到实际证据，他拉大排，硬说是为了防备土匪，他又反省了，提出保证好好生产，改造自己，就将他放了，交当地群众管制。宋振甲一时不摸底细，内心有些不安，看着那茁壮的青苗，简直十分痛苦，费了一冬半春的力气，不会白费吧？

恰好这时，区上调高旋回去开会。临走时，大家都到姜贵家送她。她特别同孙宝财谈，要好好警惕，派人监视刘汉臣，孙宝财闪动黄眼珠子，满口答应，没问题，到这时候，他还敢怎样！姜贵媳妇也说，他敢炸毛，大家就齐心对付他。宋振甲低了头，一声未响。他老婆倒没一点心事，亲亲热热同高旋说东说西，叫她早早回来，小顺在高旋身前身后打转转，叫高阿姨别走，很舍不得的样子。高旋走时，后边跟了三四十人，她脸上闪起愉快的光辉。到屯头，她站住叫大家回去，可是小顺和儿童团几个小孩，一直送了她五里地。宋振甲回家跟他老婆说："看人家，真是女中魁元哪！"

"可不是，姑娘家家的，多大方，干事也有根，千百个里挑出来的！"

从此，刘家沟农会一天天还是很忙，孙宝财搬到农会里边住了，民兵经常夜里放哨。但是在暗中，谣言一天天多起来。有说刘汉臣被放出来，是因为王德武终于看了山东老乡的面子，给说了好话。又说八路军在四平打了败仗，"中央军"马上快攻过来了。又说王警卫在长春做大官了，四个挂匣枪的跟着，赵村长在吉林也混到了事，都会跟"中央"一起来的。白兴也时常露面了。牛小鼠白天到农会吹一套如何防备地主翻把，晚上则跑到白兴家又吹一套农会这帮小子好对付，刘信任他，他还可以给五绝后出力。有时还直接到大院去，献献殷勤。总之，刘家沟的空气又比较沉闷起来。人人摸不到底，事事都不好办。天天有谣言，谣言是谁放出来的，找不到人。宋振甲在这样的空气下，更痛苦，更矛盾，眼看着的好日子，又要过不成，苦难悲痛的年月又会来了。整天皱个眉头，没办法。他又不叫小顺出去，而小顺又拧着他拿红缨枪满村跑，因为他已经是儿童团的副团长，他真高兴，圆圆的小脸，总是喜洋洋的，宋振甲又很高兴他这样，有时不愿干涉他。宋振甲自言自语地在他老婆面前说："刚刚理出头绪了，又要变！"

"变吧！事到临头再说。反正咱们穷人得吃苦，老天爷不长眼睛，不叫穷人过得好，分来的再还给他们，这还用说！"

他老婆的见解，他觉得仿佛也有道理，没说什么。但没有几天，他们分到的母牛下牝子了。是在一个清亮的早晨，牛牝便落草了。牛牝瞪圆个小眼睛，站在母牛身旁，白脑门，一身油黑油黑的，跟母牛长得一般一样；也是条母牛，两口子可乐坏了，一天不知出去看了多少次。小顺屋里屋外，总是跑，一会儿回来报告一下，牛牝趴下啦，牛牝会跳了，牛牝正吃奶，一家人高兴到极顶。姜贵媳妇也跑过来看，她翻着有神的眼睛，也高兴得不得了，跟宋振甲说："大叔，咱们这回大翻身了！'母牛养母牛，三年五个头'，过几年咱们都有牛使唤啦！"

"是呀。"宋振甲初时很愉快地这么说，一转念，语调就变得泄气了，"唉！弄不好还说不上是谁的呢！"

"可不是，这几天传言传语可太多！"

姜贵媳妇鲜红的脸上，呈现出严肃的表情，很庄重认真地说："大叔大婶，我和姜贵可横了心啦，共产党八路军帮咱们翻了身，我俩就朝这一条道跑到黑。反动派来啦，我们就跟八路军走，去当兵。女的人家也要，没见高同志。我可不再受大财主的窝囊气。"

姜贵媳妇自己本来也没多大主意，只有这么表示表示朴素坚决的心意。说完她也就忙着走了。宋振甲两口子的高兴，因此也消失了，像被泼了瓢冷水，再也提不起劲来。晚上，两口子起来五六遍，出去看望小牛牤，可心爱死了，而又感到保不住。一夜，真痛苦得没法。想来想去，想不出结果，一直到天快亮了，才睡着。但也睡不熟，到太阳出来时，小顺一起来，宋振甲也起来了。没吃早饭，他就拉了小顺，跑到野外，在他的地头上，扶着孩子的脑袋，望着绿葱葱的青苗真是说不出的难过。多少血泪，多少汗珠子，多少艰难困苦，多少耻辱，都是为了这些耕地。分到手的，还叫抢回去？实在不甘心。他不觉，在地里拿一小撮土放在嘴里，尝了尝，心想好土哇！他尝过多少年了，都是为人家，现在才算为自己了。是共产党给的，是八路军给的，是全村大伙斗争来的，在什么情形下，也不能退步，也不能出手。他心横了，于是，看看小顺，深沉果断地说："小顺，你是你爹的好儿子，你有种，可听你爹的话。你爹活了半辈子，老实半辈子，受穷半辈子，这回分到了土地，咱们可要有种。你胡二大爷没福，死活不知。可是，他在时，你爹同他商议过多少次，要置地置不成。这回分到地了，就是你爹没了，你也要保住呀！"

小顺眨眨小眼睛，天真地答："爹，谁敢来，我的小扎枪就叫他前后心透亮！"

147

宋振甲满意地笑了。拍拍小顺的头，就拉小顺回家去了。

傍晌午，孙宝财派人来找他，说是开全村农会委员和小组长会议。他马上就去了。姜贵媳妇同一些妇女也来了。不一会儿，农会屋里就挤满了人。宋振甲抽着烟，听孙宝财开始问："大家没听到个好消息吗？"

把人们都问愣了。宋振甲抬头见孙宝财瞪大黄眼珠子，闭着嘴很严肃的，知道有大事。没人吱声，孙宝财就自己说下去："我孙宝财是老粗，不会讲民主。可是，这件事得好好民主一下。大家都知道吧？刘汉臣家杀了两口猪，说是要大请客，请咱们村里的干部。好像牛小鼠那小子还在给他跑腿，拉人，咱们大家说说，去不去？"

宋振甲见没人言语。倒是姜贵媳妇脸红脖子粗的，瞪着眼睛说："不去！"

宋振甲也就放下烟袋，赞成道："是呀，拿人家的手软，吃人家的嘴软，咱们穷人谁吃过他家的！"

孙宝财干过木帮，为人很火烈，当许多人说"不去！不去！"后，他便用庄严的声音说道："对！谁要去，可就对不起他祖宗！咱们要有骨头，人穷志不穷！"

宋振甲满意地笑了，他的决心就更大的了。他内心的矛盾从此再也不存在了，为保住已经得到的土地一定干到底，大权到穷人手里了，不能丢！

四、合作

正在锄草的时候，高旋回来了。她说她到县上开会，到处都反映，地主还有威势，土改存在着夹生饭，要把夹生饭煮熟。一边组织锄草，一边她又同农会合计，怎样彻底砍倒五绝后刘汉臣这棵大树。于是，他们开始了调查工作，高旋自己也东家串串西家跑跑，听一些情况，做一些工作。农会的积极分子，白天锄完草，晚上就活跃起来。小顺一帮儿童团，黑天白日，更是到处钻，刘家沟的群众又动起来了，庄稼向上长，雨水又很合适，人们的心情真是愉快得很。在锄过三遍草以后，庄稼长得确青，刘家沟的群众就放心大胆地搞开砍挖运动了。

这个工作很顺利，首先找来白兴和牛小鼠，问了半夜，他们把五绝后埋藏东西的地点都讲了，第二天，五绝后刘汉臣起初还赖，不愿说，经过白兴、牛小鼠一对证，他除了恨得瞪大眼睛，没话可说了。最后将五绝后刘汉臣逐出大院搬到姜贵几家住的房子里，宋振甲和姜贵几家，都搬到大院套住。从此，刘家沟的情况才完全变了。贫雇农都分了不少浮物，箱子、柜子、衣服、贵重东西卖到城里，金银之类卖给银行，钱分配给各家，又在自愿条件下，积股成立村消费合作社，村里的人把心思就都放到生产上了。

有这样一天，宋振甲是想不到的。他这回心更踏实了。把分到的钱大部分加入了合作社，一天尽力气侍弄他的地，走了镰，也放了秋垄，秋收时烧柴也打齐了。一天出进刘汉臣的大院套，他也是主人之一了，这是做梦也从未梦到的。他一心一意盘算今后如何生产和互助组的事，除了有时跟他老婆念叨胡瑞，心里是个疙瘩，便欣欣喜喜地满怀了希望。

姜贵出了一回战勤，开了不少眼，得到很多见识。常跟宋振甲叨念人民解放军的好处，又说他说不上哪一天也去参军。

姜贵说乐了，开放嗓门笑，宋振甲老婆插嘴问："你媳妇能让你去吗？家里没个人手啥的！"

"她呀，听我一讲人民解放军的英雄，可打心眼往外乐意我去呢！家里的事，她说她全干得过来！"

秋后动员参军，姜贵真的参军了。因为他领头，全村有二十多个青年都报名了，光民兵就参加了六七个。在全区，数了第一。孙宝财同高旋到区上送他们，受到了表扬，孙宝财乐得黄眼珠里冒金星，说是姜贵编成新兵班长了，姜贵媳妇乐得抿嘴笑。

这样，姜贵媳妇同宋振甲家更密切了，她同宋振甲老婆共同买了口小猪喂。又一齐做鞋编席子，闹得可红火了。高旋帮助全村计划冬季生产，全村八十多户，大车少，就以几个互助组共同用一辆车。冬天打好柴堆在山口，各组轮流去拉，轮流拉到县上卖柴。这对贫户和小户最方便了，宋振甲望着高旋更亲近了。他心想，共产党培养出来的大姑娘，太能干了，处处为老百姓盘算，真不错。过去对城市人的成见，早不存在了。宋振甲的一组，到县上卖了三车柴，他便拿分到的钱，给他老婆买了二斤棉花，让她用分到的旧衣服做条大棉裤。姜贵媳妇也不落后，她年轻力壮，大冬天，也一样跟去上山砍柴，她分到的钱，也做了条厚棉裤。从伪满，都几年没穿棉裤了，每到冬天最愁人的事，落个寒腿怎么办呢？解决这个问题，宋振甲老婆和姜贵媳妇内心可满足透了。

转眼又到春天了，家家户户门前或者房后，秋板子和木桦子都堆成小山一样。以前只有五绝后刘汉臣和一些地主富农家才如此。柴山是他们的，穷人如想砍点柴是有限制的，而且还得跟他们对半劈。宋振甲看着自己的柴垛，计算一春天，自己家烧多少，春耕前后卖多少，有多大的进项，到合作社买一把大镐头起粪用，换一个好铧。他再用不着惦念着如何应付和满足五绝后刘汉臣的条件及要求，可以放心大胆为自己和互助组生产劳动盘算了。他一天瘸着脚，屋里屋外忙，有时忙得满头大汗，从来没说过累或皱皱眉头，总是笑呵呵的。互助组里他是最热心的了。

小顺上了冬学，学了不少字，会了不少歌子小调，屋里屋外整天唱，有时弄来一大帮孩子玩，吵吵闹闹的屋子里便开了锅了。他们排班去放哨，又排班去打柴，准备卖掉买纸笔和教科书，上小学，小顺穿起一件分来的黑呢子小大衣，健壮的身躯，红红的面皮，比之穿补丁的破小袄时，简直是另外一个孩子。宋振甲和他老婆更爱护他了，孩子又是那么诚实活泼，两口子常常一起合计怎样培养孩子长大成人。宋振甲老婆说："他要上学念书，就叫他去吧！咱们半辈子瞪眼瞎，可憋屈死了，别叫孩子再受这个罪！"

宋振甲笑呵呵地答："是呀，他们的前程比咱们不同，共产党领导咱们穷人翻身，孩子错不了！"

宋振甲老婆跟姜贵媳妇又合伙买一口小猪。前年分的黑牛又怀了牛犊了。小黑牛早会吃草了，到处跑，有时小顺拉着它到野地跳着玩。她四十多岁的人了，生活的兴头从没有这么热烈。去年五月节抱的一窝鸡，活了七八只，屋里屋外寻食吃，看着快要下蛋了，她便在分到的大红柜里编两个草窝准备叫鸡下蛋。院子里人家多，这么办，蛋不会丢，也省着出岔子，添麻烦。一家人活得真热火，什么大事小事都盘算了，心情跟过去两样了。

清明的前五天，王德武从县上来了。说是他当了县部长，住了三天。刚到不说什么，黑黑的脸上总是很愉快。跟高旋一起找农会和互助的人开会，号召大家生产互助，要坚决执行自愿两利的原则，不能马虎，又提倡用工票记分，细算工，几家贫雇农没命地使唤两家中农的牲口，给使唤瘦了，再不注意就快倒架子了，两家中农也不敢出声，也调查出来了。这严重影响了中农生产和参加互助组的积极性，当场纠正了，并规定任谁的牲口，在互助组里使唤，一天都不能超过十个钟头，要好好保护牲口。由于牛小鼠生产不好，宋振甲和姜贵媳妇的互助组强，高旋提出把牛小鼠编到这个组来，大家夹着他干。于是，王德武亲自找牛小鼠谈一次话："小鼠，你还年轻，自己过去也没地。土改后你也翻了身了，应当好好劳动，跳跳大神，走走门路，捡些便宜，弄得不像个样子，谁都恨你，从此要改。"

牛小鼠惊惊怕怕的，眨眨小眼睛，低声下气地答："我知道，王先生是山东老乡，不会亏了我，我好好干。"

"不是，咱们不是讲老乡，革命不讲究这个。因为你以前也是穷人。走了下道，对不起穷人，现在又不好好劳动，所以才找你谈。"

"是是……"

三天后，王德武走了，不久，高旋也走了，说是调到区上工作了。刘家沟的春耕搞得非常热闹，互助组一个比一个，家家户户，男男女女，都赛着干。牛小鼠偷几次懒，孙宝财和宋振甲都劝说他，他也不好意思了，只得经常跟着干了。五绝后刘汉臣家、白兴家，在农会监督之下，也不敢不下地。刘家沟的人，思想都集中在生产上了。

一春半夏，宋振甲干得真快活，今年比去年更好了。粪上得多，三铲三蹚眼看全办得到。"工换工不放松"，大家都干得有劲，庄稼长得也好。

正是锄二遍草的时候，一天下起牛毛细雨，大家在地里干得都加快起来，怕雨下大了，耽误事。牛小鼠觉得累了，稍站一站，一抬头，看见一个披油布的军人，高高的个子，挺着腰板子，向他们走来。走到跟前，那军人用很称赞的口气说："呵，老乡们下雨天还干，真积极呀！"

"哪里，夸奖啦！"

军人又高声问："借问一声，有个宋振甲，还住在这个屯子吗？"

宋振甲戴着苇镰头，正弯着腰铲地，听是问他，马上直起身来，看看那军人，半天不敢搭话。倒是站在他身边的姜贵媳妇，看得真切，小声向他说："好像是胡瑞胡二大爷！"

"是吗！"

宋振甲马上将锄头撂下了，急急跑过去。胡瑞已经看清宋振甲了，使他奇怪的是宋振甲为什么瘸了呢？宋振甲跑到他跟前，亲切地望着。胡瑞并没老，满脸红光光的，胡楂子都剃去了。宋振甲快乐得失声地问："你回来了？"

胡瑞笑了，很安静地闪动有神的眼睛，快活地答："我回来了。七八年总想回来，这回，真回来了。"

这时，人们都围上来。宋振甲老婆本来在很远的地边上薅草，也走过来了。大家又惊又喜，你问一句，我问一句，几乎没注意到雨越下越大了。等牛小鼠提醒大家："雨下大了，回去谈吧！"才都一齐说："对呀，回去谈吧！"人们都拿起锄头，跟在胡瑞后面，回屯去了。

宋振甲搬进刘家大院住,是胡瑞想不到的。人们衣服打湿,都回家烤衣服去了。胡瑞走进宋振甲的房子,第一个最显眼的是那个大红柜,正有一只刚下蛋的鸡在里边咯嗒咯嗒地叫,马上从开着的柜门跳出来了。柜顶上还有一双大红被。炕席是新的,屋里地缸、米囤、米罐子,都很齐全。像个过日子的样子了。他不觉笑眯眯地说:"呀,几年,你们过好了!"

"啊,是呀……"

宋振甲乐得说不出话来,他老婆正在柜里找干衣服,接过说:"都是有共产党来,分了地,不的哪有今天!"

胡瑞忽然像想起什么重大的事,惊愕地转转眼珠子,问道:"小顺呢?"

"他上学去啦,下晚就回来!"

胡瑞安心地笑了。

不久,小顺听到消息,请假跑回来了,一进门,吵着叫胡二大爷,跑到胡瑞面前要握手,胡瑞只用左手将他搂到身前。小顺立刻瞪大眼睛,惊奇地望着他插在右边衣袋里的袖子,伸手一拉出来问:"胡大爷,你的胳膊呢?"

这才引起宋振甲的注意,跑过来,流出眼泪,望着胡瑞,失声地问:"怎么回事?"

他老婆也流眼泪了。

但是,胡瑞笑着,又安慰似的跟大家说:"没什么,说起来,话长了!"

如此,当吃过晚饭以后,雨稍稍停了,胡瑞讲他那年走后,半路上叫伪满警察抓了"浮浪",送西安煤窑去挖煤。看得可紧,猎狗养了二十几条,几次想逃都逃不成。一干干了三年。等日本投降了,八路军一来,他就参军了,年纪大,当伙夫,靠他气力大、胆子壮,又勇敢,队伍上很器重他。胳膊是因为在沈阳附近战斗,很激烈,他爬上去背伤员，被敌人飞机炸弹炸断的。治了三个多月，才全好了。回队伍，再不能做什么，就回到村里来。他说他还能生产，力气还有，一只胳膊干事，他也干得来，练过好久了。宋振甲一家人用同情和敬佩的眼光望着他，他自己也十分兴奋。

夜里，宋振甲也把他一家人几年的遭遇跟胡瑞讲了，一讲讲到半夜，胡瑞听得很难过，叹口气说："过去的罪算受到头啦！现在，大权在咱们手里，有共产党和人民解放军，就有咱们老百姓，江山算坐定了！在前方，我亲眼看到，咱们打国民党反动派，真是一打一个来，活抓的多极了，反动派'中央军'也算倒定了。放心，再也不会受那样的活罪了！咱们不但要打倒国民党反动派，还要建设咱新中国，建大工厂，咱们庄稼院要搞好农业生产，多打粮食，不同过去了！"

从此，胡瑞留在村子里，立刻参加生产了。村上给他分配了地。是给荣军留的地，已经由村上代种好了的地了。他一只胳膊，也加入互助组，左手握紧锄把，将锄头把顶在胸前，用身子帮助胳膊力量，拉动锄头来铲地，是很吃力，宋振甲劝他不要干了，但他坚持着干，越来越熟练，锄得也很巧妙，不漏草，不伤苗，干的速度跟好人一样。宋振甲、姜贵媳妇和全组人，都更敬重和佩服他了。受到他的鼓励，大家生产更积极。

秋收完了，由于胡瑞回屯后，生产上起了模范作用，政治上坚定，见解也明确，被选作村长了。他跟孙宝财正是一对，干起事来都彻底，全村人就团结在他们周围，生产搞得一天比一天好。宋振甲活得更起劲了，他再没什么心事，一心一意盘算生产和互助组的事，打场往往打到皓月当空，秋天的寒气侵袭着他，他也不停工。他把胡瑞和姜贵媳妇的粮食给打出来一大半。胡瑞自从当了村干部，整天忙，姜贵媳妇正组织全村妇女做军鞋，她自己就贪黑起早做了十双。她是军属，宋振甲打心眼里关心她，不叫她知道，自动给她干。因为那媳妇刚强，一叫她知道了，她定不依，就麻烦了。

这一年，村子里开过庆祝全东北解放的庆祝会，秧歌闹得热火朝天，宋振甲心越有底，也越乐。这回开起庆祝全东北解放的大会，初冬，有些冷了，天还没下雪，各村子都集中到区上去开。真比老爷庙会唱大戏还热闹，检阅了民兵自卫军，三四百人，走起来真齐肃，快枪、红缨枪，几十杆红旗随风飘着，秧歌十几拨，足足热闹了一整天。老百姓当稳家，气势可太大了，宋振甲确确实实醒悟到了，他一冬生产劳动得比往年更欢，哪天天不亮都是他起来敲钟，叫醒全村互助组去砍柴，夜里总是三星老高了，才回屯。

新年以后，村上选模范，宋振甲被选上了。他们到区上开了会，高旋是区委书记，待大家可好。宋振甲看了那一双有神的大眼睛，就想到胡瑞，跟她谈起胡瑞。她很喜悦地说："胡瑞是个好村长，好荣军，也是个好党员，很能干，有他，你们村子事更好办了！"

宋振甲很喜欢。区上奖了他手巾、肥皂，还有一张铧子。姜贵媳妇因为劳动上处处顶得过男人，全村妇女生产都是她组织动员的，不但是劳动模范，又是模范军属，姜贵媳妇被选到县上开会去了，高旋还给她起个名字。她娘家姓杨，就叫她杨树华，从县上回来，她被选作特等模范，得了一匹大红马。杨树华的名字，在全区全村远近就哄嚷开了。宋振甲对这媳妇更器重。他们三家的牛，早分开了，大的给了宋振甲，前年的牛犊给了雇工老五，今年的小牛犊给了姜贵媳妇杨树华。宋振甲本来硬要把大牛给她，她说牛是宋大叔喂大的，够辛苦了，心眼可好使唤了，拧着不要。这回县里奖给她一匹大红马，千百个挑不出一个呀！

这样生气勃勃的日子，宋振甲过得真心盛。小顺的字认识不少了。他家的猪也喂大了。他们一家过得怪齐全。看胡瑞一个人整天忙，缝缝补补也不好意思跟他老婆说，又引起为胡瑞说个人的念头了。先跟他老婆说，他老婆想不起合适的人。找来姜贵媳妇商量，她对全村妇女，谁好谁坏谁如何，都熟悉。想了想，想起个好对象，就是村东头的张五婶，三年前丈夫生伤寒病死的，守寡守到现在，顶多

155

四十岁，人挺勤快，劳动得也好，带着一个十二岁的小子、七岁的丫头，地全种上了，从没扔过，家也过得也很起色。在互助组里跟许多人也合得来，很少挑三说四的，尽闷头干活。宋振甲也认识这个女人，很高兴，就叫杨树华去说媒，杨树华年轻不好意思，他老婆跟去一块说，一说便成了。宋振甲把自家的肥猪摞倒了，准备给胡瑞办喜事。胡瑞也没什么说的，找个好日子请了好多客，就搬到女的那边住了。他对待两个孩子，像亲儿女一样，一家过得很和气。

刘家沟已经改名叫胜利村了。生产劳动里，生活过得十分平静。前方来过一回姜贵的喜报，立了一次功，全村人吹喇叭打鼓送东西，给杨树华庆贺，热闹了一天。五绝后刘汉臣的二侄子跑回来，全村人怕他搞坏事，起了一些风波。但胡瑞和孙宝财抓得很紧，民兵放哨，自卫队侦察，又监督他参加生产，事情便渐渐平静下去了。

宋振甲一心忙生产，互助的人都很合心，从春到夏，事情都很顺利。粮价比往年高了。供销合作社来了很多细布，白盐换粮食，他合计着给小顺和他妈换点布色，做两件新衣服，他们工换得好，人心齐，粮打得多。多勤快点，多上些粪，多下几锄，什么都有了。

日子这样静静地过着。

又是快秋收的时候，区上又开庆祝大会了，庆祝中华人民共和国在北京的开国大典。那真是人山人海，大人小孩，老的少的，红男绿女，秧歌旱船，人们乐得闭不上嘴。胡瑞站在他身边，一块看耍龙。宋振甲望望胡瑞，悄悄地说道："这回咱们老百姓可有了自己的国了！"

胡瑞兴奋得眼睛冒火花，大眼珠子闪亮闪亮的，答道："是呀，有了土地，咱们就有根，有了国家咱们就有了本啦。今后便什么都不怕了！"

宋振甲很感动，却望了望胡瑞的胳膊，感叹地说："你少了一只胳膊呀！"

胡瑞毫没犹豫，爽利地说："哎，少一只胳膊换来咱个国家，不是什么全有了吗？多一只胳膊，什么全是人家的，那还不是什么也没有！"

宋振甲笑了笑，感动地说："我的脚摔瘸了，什么也没换来，那几年还不是挨饿！这回，我快五十的人了，半生不白活，眼界也开了，世道也好啦，往后小顺他们可更该享福啦，真是想也想不到！"

胡瑞笑了，很自信地说："只要咱贫雇农心齐，一天天发展起来，把互助组搞好，好好整，好好生产，享福的日子可长远啦！"

宋振甲刚想说什么，忽听有人高喊："中华人民共和国万岁！毛主席万岁！"

场子里的人都喊开了，他和胡瑞也跟着喊。一边喊他一边想，今后，长远的日子，实在有奔头，他喊得就更用力气，声音更大。会开过后，晚上回到家里，跟小顺说："小顺，往后要好好念书哇，从今以后，你是这个人民国家的孩子了！"

小顺歪头，仰着愉快的小脸，瞪起水汪汪的眼睛，调皮地答："我也是小主人了！我长大了也要像解放军一样，当个英雄！"

宋振甲和他老婆都满意地笑了。

一九五〇年七月于吉林

对 面 炕

一、两家

孙大婶子是个寡妇,同齐教员家从打伪满洲国就住对面炕。齐教员名叫家英,年龄不满二十五岁,为人和气,一说话就笑了。他妈妈也是个寡妇,守着他这么个儿子,疼爱得像掌上明珠一般。两家住在一个屋子里,一没吵过架,二没红过脸,倒也很合得来。

孙大婶也有个儿子,名叫大拴,给人家扛活。他长得又黑又高大,脾气倔强,一回家总看对面炕不顺眼。齐教员的妈妈,大家都客客气气地称呼她为齐二嫂子,四五十岁的人了,一天头发老梳得溜光水滑的,叼个大烟袋,说起话来细声细气,高傲得连笑都不笑,真叫人看不惯。而自己妈妈壮得像条牛,两只手总不闲着,给财主家洗衣服、薅草、铲地,什么都干得来,有时还帮助齐教员家劈绊子、喂猪,成年成月都和颜悦色,怎么为难受苦,笑不离嘴边。有人直呼他妈妈孙大寡妇,着实惹他不痛快。不满藏在心里,回家一次,也不过皱皱眉头,长拖拖在炕上闷躺一会儿,便走了。

齐二嫂子说儿媳妇那年,正赶上孙大婶子聘姑娘。齐二嫂子手头虽说不怎样松宽,倒也请了四桌席,三亲六故,穿红挂绿,热闹了有一两天。儿媳妇是一家种地户,陪送的大红柜、被格子、红木箱子,把一条炕摆满了。齐二嫂子的书柜不能不移到小炕上去。孙大婶子聘姑娘小翠就不同了，没什么陪嫁，把她自己两个旧木箱，铲铲面子，重新刷些红色，抹层桐油，又给姑娘做一套红袄，一件新毛蓝布衫，一件半旧的黑大布衫，简简单单送过门去。她自己凑两个洋油箱子，装装东西，一床小薄麻花被折好放在上边，就是她全部家当了。齐家显得一天天红火，孙家更觉冷落、寒苦了。

齐二嫂子有个胖胖的姑娘凤香，在大拴出劳工的第二年，出嫁了。孙大婶子看人家当教员的不出劳工，一家人骨肉团圆，娶一个嫁一个，都一样热闹，一样有些像样的嫁妆，不免想起自己姑娘出嫁时的寒碜，尤其想念儿子，出劳工有半年多啦，是死是活没捎过一个信来，落得她一个人，孤孤单单，就忍不住天天伤心。看着人家亲朋满座，嬉笑言欢，她眼泪紧向肚里咽，嘴边常带的欢笑，怎么也装不出来了。正是齐二嫂子姑娘出嫁那天晚上，全院子鼓乐喧天的，她实在忍耐不住了，跑出屯围子后大墙，兀自坐在墙根上，望着满天闪亮的星群，鼻涕一把泪一把，痛哭起来。喇叭声，风吹树梢响声，不时人们吵嚷着，狗吠着。直到一切都静寂得一点动静也没有了，她才算哭够了，心里顿觉畅快了些，站起来，撩起大布衫襟擦擦脸上的眼泪。呆呆站一会儿，偶然望望小山岗上的两棵小松树，黑影里直挺挺立着，就往回走了。一阵湿冷的夜风，扑到她脸上，她猛地打个冷战，伤心泪又涌上来，内心空得没底，不觉长出一口气。

回到家，对面炕的人全睡下了。只齐二嫂子旁边的小油灯，还半死不活地点着。听她上炕，齐二嫂子轻声问："孙大婶，上哪儿去来？""到东院看看。呀，快鸡叫啦！"她支吾过去，齐二嫂子打个呵欠，吹了灯，翻身睡着了。她却一直没睡，直到鸡叫，直到天亮，直到太阳出山。

二、大拴回来了

一天，正是晌午头上，炎夏的太阳晒得黄土地火烤的一样热。大拴回来了，首先是那条黑狗，狼似的扑上去，冲着他狂吠。大拴像一架骷髅，瞪起一双大而无神的眼睛，脸像黄蜡似的，骨头棱向外支支着。他厌恶地向狗看一看，有气无力地抬起棍子恐吓狗，狗绕到他后边，他也就慢吞吞地走进屋去了。

恰恰是齐教员媳妇正蹲在灶坑旁烧火做饭，一见进来这么个破衣烂裳的人，吓得跳起来，举着烧火棍，破嗓子喊："你是干什么的？出去！"

大拴发愣了，用无神的眼睛望望她。齐教员媳妇这才醒悟，由那熟悉的眼神，她猜测似的问："你是大拴？"

她将烧火棍上的火踩灭，惊疑不定地跟大拴走进里屋。大拴一头倒到自家炕上了，僵尸一般，头朝里，直挺挺地躺着。他将眼睛闭上了，那就完全等于一具尸首了。齐教员媳妇慌了手脚，脸涨得通红，看看自己炕上的小宝睡得甜甜的，也顾不得自己的双身子大肚皮，一阵风似的奔出屋去，直向屯外韩五爷的地里跑，跑了几步，东张西望地见不到个人，就又跑。

庄稼老高了。因为人都没心侍弄，绿又不绿，黄又不黄，随风飘摆，看到一大片绿油油的，便都是韩五爷的地了。她跑进一片茂盛的谷地，冲着一帮正在薅草的妇女，大声喊："孙大婶！孙大婶！"

孙大婶子从谷丛中欠起身子，听声音，她知道是齐教员媳妇叫她。她站起来，擦擦头上的汗，没等她问，齐教员媳妇便喊："大婶，大拴回来啦！快回去看看！"

"什么？"

她不相信地追问一句，齐教员媳妇又重复说："大拴回来啦！快回去看看吧！"

她欢喜起来了，一年多没有的笑容，又回到她脸上。她笑了，从心里涌出了真情的欢笑。丝毫没注意齐教员媳妇惊慌失措的劲儿。跑到把头跟前说一声，便一阵旋风似的往家走，齐教员媳妇叫她落了好远。她设想着大拴那高大乌黑的样子，那一对有神的大眼睛，终究盼回来了!

走进院,黑狗就夹着尾巴随她嗅。走进屋,她叫大拴,大拴没应,她心一愣,感到像有什么祸事。走进里屋,没见个人!当她发现炕头躺了一具僵硬的骷髅时,她傻住了。那僵硬的骷髅睁开无神的黑眼睛望望她,她这才清醒了一些,看着大拴,她哇的一声哭出来,连抽搭带喘,坐上炕去,守在儿子身边摸摸头,看看脸,拉开身上的衣服看看胸脯、肚子,一边哭,一边数叨开了。

"儿呀,你怎么变成这个样子呀!这个死不了的日本鬼子的世道哟,可把咱娘儿们坑害啦!"

齐教员媳妇也走回来,累得脸上冒汗,看见孙大婶这么伤心,大拴苦恼地皱起眉头,也有些眼泪汪汪的了。小宝被惊动醒,要哭,她将孩子抱起来,给了一块杂混面,孩子就乖乖地吃开了。她转身来劝说孙大婶子。

"大婶,别哭啦,大热的天道,哭个好歹的怎么办。找个先生给大拴瞧瞧吧,病成那个样子!"

孙大婶子越哭越痛心,越哭越悲伤。大拴勉强睁开眼睛,用鼻音轻轻说:"妈,别哭,哭啥!"

儿子的话像命令,她委委屈屈,抽噎着,不哭了。

晚上,齐二嫂子叫齐教员帮助从呼兰镇上找个医生看看,也没说出个好歹,开了个药方就站起身要走。孙大婶子跟去抓服药,回来已经掌灯一个时辰了。秦家村距离呼兰镇只二里多路,她走得又急又喘,没歇一歇便去熬药。这时候,她一心朴实地想着,大拴吃服药会见好,她活着就有点盼望了。

从此,她把她姑娘小翠接回来,守着大拴,她还是每天出去卖工夫,含着眼泪做活。然而,一个月过去了,两个月过去了,大拴还不见个起色。她赚的供不上花的,饥荒拉了一大堆。药铺欠了半个月药钱没给,向齐二嫂子借的钱数目也不少了。齐二嫂子家不是那么宽松,再不好开口了。韩五爷那里长使唤一个钱也是难办的。先生请一次又一次，只用鼻子哼，总不大来了。急得小翠哭成泪人一般，婆家又老来催促回去。本来，齐教员对她常常献献殷勤，讨讨好，帮助张罗张罗。但是，这几天竟自动搬到学校去住了，说是怕传染，偶然回来一趟，也弄个白口罩戴上。孙大婶子母女心更没底了。先生请不来，药更吃不起，守着吧，守到大拴死，母子总算闹个团圆。

这是个最难熬的苦日子，孙大婶子变得像个疯婆子，头不梳，脸不洗，也再不去卖工夫，一天比一天消瘦了。看齐二嫂子家，受他们影响，也过得灰溜溜的，她痛恨她怎这么苦命，弄得一个屋子住的不得安，她简直不想活。如果大拴有个好歹，她确实有心想死了。

三、喜讯

过了有两月个，大拴的病一天天见好。还不能起床，可是眼睛有了光彩，脸也像长起些肉了。孙大婶子又开始出去揽活做，也有了些喜色，盼着大拴真正快好起来。当齐教员媳妇坐月子的第三天，亲友都来祝贺"喜三"，送鸡蛋送挂面的，人来人往，闹得很红火。大拴感到人多，屋子里闷，身子有些力气了，便悄悄下了地，扶着炕沿一步一步蹭出去。

挂锄半个月了，天还很热。大拴先坐在房窗下晒太阳，越晒越热，越感到舒服，身上热烘烘的，眼睛也有神了。太阳干巴巴地热，老百姓叫"秋老虎"。对于大拴，如此火热的太阳光，他头一次感到这么需要，这么喜欢。

恰好这时，齐教员回来了，还戴着白口罩，他没理会窗底下的大拴。一进屋，就跟客人们说："你们知道吗？苏联出兵，日本鬼子投降了！"

全屋的客人，都不相信似的瞪着眼睛。齐教员微笑一下，文质彬彬地拢拢头发，说："你们还不相信我？"

全屋的人这才狂欢地叫了起来。恰好，孙大婶子扶了大拴走进来,一边唠叨着:"看你,凉着,病再犯了可怎么办?"把大拴扶上炕去,躺下了,孙大婶子才弄明白全屋人乐的什么。她眼睛闪亮起来,快乐得什么似的,高声自语着:"这回可好啦!"

大拴翻过身,趴在炕上,瞪起黑黑的大眼睛,笑着。

从此,大拴的病逐渐痊愈了,可以拄个拐棍到处走动了。他内心很欢喜,可是整天沉默着,不愿讲话。除了他妈妈,他仅仅有时跟齐教员媳妇谈上两句。齐教员媳妇娘家,说是个种地户,她自己倒是个很下力的女人,屋里屋外,炕上地下,庄稼活,都干得了。大拴见她忠厚老实,也就没有什么反感。当她婆婆齐二嫂子不在屋时,齐教员媳妇奶着小的,逗着大的,在对面炕上哼着小曲,大拴便高兴了,含笑地坐在炕上望着,有时也过去帮助逗逗孩子们。村中的事他很少过问,齐教员回来也不大谈起,他妈妈一天天只是出去卖工夫,病愈后,他的日子便这么平平淡淡地过去了。

入冬,天气大冷了,窗户镜子上结起一层很厚的霜。大拴已扔下拐棍了,身体还软弱,他妈妈不叫他出屋,养一冬天,才会完全复原。有一天,他正坐在泥火盆旁边烤火,跟齐教员媳妇谈他出劳工,挖山洞挨饿又挨打的事。他叹着气,恨得咬牙切齿。日本鬼子可毒了,他病了还逼他上工,直到躺在炕上起不来床,就像对付一条狗一样,将他丢在空房子里,再没人管了,最后还将他撵出去。大拴眼睛湿了,掉出两颗热泪。

院子里,狗咬起来了,咬得很凶,大拴下了地,奔出去。

三个穿黄棉装的,衣服长得几乎达到膝盖,背了大枪和背包,正向屋门走。大拴听齐教员讲过两次,"中央军"没来,区上来了穷八路,穿的军衣又长又大,绑腿打得又直又高,超过了膝盖,好叫"老乡"和"大娘"。他猜想,这大概就是。没等他出声,那个带头的,小个子,宽肩膀,紫红色的脸上放着光,两只又圆又大的眼睛笑着,见到大拴,便高声叫道:"老乡,我们看看房子!"

大拴想真是八路了,就将三个军人让进屋去。

看好房子，一班人搬进来，住在大拴家的炕上。齐教员媳妇搬出去了，在同院老李家睡。大拴和他妈妈、齐二嫂子，都住在齐家的炕上，另外还住了三个战士。生活的空气变了，一天满屋子走动的，似乎都是些穿黄军装的战士。大拴还有顾虑，沉默着，怕一时不小心，挨打挨骂。而齐二嫂子，满肚子不高兴，白天叼个大烟袋走了，夜里回来眼皮也不撩。齐教员住在同事的家里，整天不回来。孙大婶子竟出去揽活做，晚上回来顶多同大拴说上两句什么，便早早睡了。很快，三天的时间过去了。这一班人一直规矩的，一个个像大姑娘一样，自己挑水，自己做饭，而又经常打扫院子，帮助齐家挑水，帮助大拴劈柴，不知不觉大拴同这些人混熟了。尤其那个班长，时常自动找大拴唠扯，问长问短，大拴渐渐跟他要好起来。一次，大拴谈起出劳工的苦楚，又因之谈起韩五爷的霸道，他要指上谁出劳工，就别想逃脱。一村里大事小情，都是韩五爷说了算，他鼻子一哼哼，全村人够忙三天的了。可是韩五爷外表又很和气，看不出怎么厉害。人家都说他笑面虎，笑里藏刀，嘴甜心狠极不好惹。他妈妈孙大婶子对韩五爷知道得最清楚了。那个班长听得很起劲，转动着大眼睛，略微笑了笑，问大拴："这样的人，你们怎么不斗斗他？"

大拴奇怪了，黑脸庞一沉，瞪起一双黑眼睛，回问："斗什么？谁敢动他一根汗毛？"

班长开心地笑了，爽利地说："关里抗日，进行减租减息，多少地主恶霸，都斗低头啦。村里人组织起来同他讲理，把臭事都给他翻腾出来，他敢不低头！"

大拴打了个唉声，说："人心没那么齐呀！"

班长兴奋极了，郑重地说下去："我黄旭东，还不是个贫农出身。爸爸租人家的地，吃不上穿不上，没来的时候跟人家叫祖宗，地主也不撩撩眼皮。天下穷人是一家，谁不恨地主。可是要斗争啦，就有不少人不敢，存小心眼了，这不要紧，有共产党领导，没办不成的事。我们那村子，还不是共产党派了工作人员，一组织，一指点，专门为穷人撑腰出道道，一家伙就干起来啦！穷人齐了心，地主就不能不服！你们这儿，我看不久也会派人来。"

"可以派人来？"

大拴眼睛亮闪的，活像个猫头鹰。他跟黄旭东一天天感情深厚起来，同全班人的关系也越来越密切了，他简直把他们看成骨肉弟兄。

区上村上都住了八路军的部队。住了有半个月，便都开走了。黄旭东的一班人也开走了。大拴又照常过着寂寞的日子。他的身体一天天壮起来。齐教员也搬回家来住了。他一天很愁闷似的，学校不开学，又没事做，时常同老婆子闹脸子，大拴就有些看不上他。是他回来说的，县上闹斗争会。他很不赞成，好好的，为什么斗人家。大拴倒暗自高兴，夜里偷偷小声问他妈："区上也来了共产党吗？"

"大概是来啦，那些财主人家都不出头了嘛！"

"要斗争财主吗？"

"像要斗，来的人老到穷人家打听这，打听那，谈东谈西的。挺好！"

"妈！这回咱们可要出气啦！"

"你还是好好将养一阵子，别又活了心，养病要紧，别叫妈操心！"

"是啦！"

大拴有些不高兴了，翻过身去睡。他知道外边有许多事，他妈妈都不告诉他。他想，他已经大体复原了，他可以出去跑跑了。他就决心明天到区上看看，这新的世道到底怎么样。

四、大拴又被抓走了

冬天过去了。雪融化了，柳树绿了，过了春耕，开始铲地了。天很热，大拴跟他妈妈每天出去卖工夫。大拴复原了，长得又黑又壮，他干起活来，一个顶俩，每天是可以找到工作的。区里的共产党工作人员,还没往村上来。同时,他们正忙着为前方战斗部队借粮,督促那些财主家分担交纳,穷人一个也不出。大拴心里很乐,共产党一来,世道真的变了。可是,一天,忽然传说共产党八路军从四平、长春和吉林一带撤走了,区上的工作人员也撤走了。没两天,国民党的军队就开来了,住在区上。有几个军需人员跑到秦家屯来抓小鸡。一个个歪戴着沟沟朝天帽子,满身的流氓气,完全不像个中国人。几个人将屯子给搅乱了,谁家的老太太,因为阻拦抓鸡,还挨了两撇子。夜间传说有两家小媳妇被强奸了。从此,这一带就再不平静了。国民党军队从区上过,总是有人到屯子里抓小鸡、抓肥猪,没人敢哼一声,女人被强奸的事仿佛也不稀奇了。

大拴和他妈妈再不能出去卖工夫了,没谁家雇人铲地。只韩五爷和几家大些的地主家,地还在铲,但是人家全有长工,眼下不外雇人了。他们很愁闷,不知这样的年月哪天才能完。齐教员一时也在家里不敢出去。齐二嫂子坐在炕上,整天叼个大烟袋,一声不吱。齐教员除了逗孩子,有时还骂两句老婆。齐教员媳妇每天照旧忙于做饭、洗衣服,喂孩子,不大搭理她的丈夫。孙大婶子和大拴,坐不住,屋里屋外转,整理整理破的烂的,又不多,手脚闲不下,日子就这样闷沉沉地过去了。

一个清早,天刚刚亮,村子被国民党的一排人围住了。甲长把大拴叫走。到韩五爷大门楼前,已经有很多青壮年庄稼人聚集在路上。十来个兵端着大枪,监视着,说是要登记。人来齐了,排队点名,闹哄了半天。一个戴黑眼镜的人,中等身材,穿一身洋服,白衬衫领子翻翻着,手拿一条软马鞭,穿一双黄马靴,咯噔咯噔地从大门楼走出来。大拴内心一愣,觉得这个人有点像伪满区上的杨警尉。到他发话了,从声音上,大拴完全证实了,悄悄地说:"他妈的,他怎么来啦?八路在这儿,找他找不到!"

宣布这些人都带到县上修碉堡。胡同口,正在等待的一群家属,都要拥上来,被哨兵用刺刀截住了。那位杨警尉,甩甩软马鞭,徐徐走过来,对老百姓们夹针带刺地说:"不要紧,这不是伪满洲国。人带去,家里人五天可以去探望一回。修完碉堡就回来,磕不着碰不着,放心!"

百姓也都认识那无恶不作的杨警尉,心凉了半截,不敢动,也不敢吱声。孙大婶子气得瞪起眼睛,她儿子两次出劳工,全经他手。百姓看见他,恨得咬着牙,把气愤咽到肚子里去,只好干白愣着眼睛。

青壮年庄稼人,被武装押着,带走了。

从此,孙大婶子便没底了,一线希望是五天以后可以到县城去看看儿子。而又惦记起小翠。小翠的丈夫是不是也被抓了。到第三天上,小翠听说哥哥被抓去修碉堡,赶来了。一见她妈妈,便眼泪汪汪地说:"哥哥这么命苦,病刚好,又被抓走了!"

孙大婶子也眼泪汪汪的,没答小翠的话,倒哽咽着问:"你女婿呢?"

"他没被抓走。我把他藏到柜子里了。这几天,天天跑到山沟里去猫着。"

大拴被抓走的第五天,孙大婶子到城里去探望一回。城外几个山头,都是修碉堡的。哪里去找大拴呢?打听不到,也找不到。回家,已经三更天了。她想,这可真是个二"伪满洲国"啦,怪不得人人在这么说。可是,她心不死,一连又去找了三次,最后一次总算打听到秦家村人修碉堡的地方了。晌午休息时,她哀告哨兵,说给大拴送衣服,才叫接见了。一见,她很惊奇,大拴像个土人,满脸尘埃,两只黑黑的大眼睛更大了,瘦了不少。她流出眼泪,哽咽着说:"才十三天哪,就弄成这个样子!"

大拴沮丧地低着头,愤恨地轻声说:"妈,这跟伪满洲国一样啊。吃不饱,又不叫停一停。枪把子,铁锹杆,打坏五个人啦。这不是人干的,说不上哪一天,我得逃。共产党、八路军不是在哈尔滨吗?逃到他们那边去!"

哨兵已经走过来,赶孙大婶子走。孙大婶子将一身破烂的短衣裳

167

和几块杂混面交给大拴，便被赶走了。回头她看见大拴屁股被杵了一枪把。她又是疼又是气，淌着泪走开了。她一路上失神失魄的，想着该杀的国民党二"满洲"，心像刀割的一般。

回屯，是下半晌了。

进到屋里，她很惊奇。齐二嫂子家，一位国民党的小军官，坐在炕上。她以为是来抓鸡的呢。可是齐教员殷勤地招待着，又倒水，又点烟，外屋教员媳妇还滋滋地在炒菜，齐二嫂子乐得美美的，她才觉悟，不对，这是齐家的上客。齐教员十来天，天天到区上去，韩五爷家还常找他，说是写什么。齐教员在走动门路了。还是教员有办法。她冷冷一笑，转身就走出去了。

晚上她回来，齐二嫂子很亲近跟她说："孙大婶，你看，教员这回可交了个朋友，姓韩，是个排长。这年头，交个人好哇，磕磕碰碰，都有个照应。反正，'中央'一来，谁能挡得了。咱们当老百姓的，随着吹。"

这些话像表白什么。孙大婶子只"啊"了一声，没回答。她满肚子气闷，惦念大拴，又恨透了国民党。齐教员交起这种朋友，她老实说是反感的。但，她有什么资格说话呢？气闷只有往肚子里咽。

过了有一个多月，忽然齐教员也穿军装回家啦。说是当了一名下士，齐二嫂子乐得闭不上嘴，烟袋抽得叭叭响。她想，儿子当下士，再当排长，再当连长，可有出头之日，再不当穷酸教员了。齐教员媳妇没有太高兴，也没表示什么不高兴。对比之下，孙大婶子可更不满。大拴抓去这么久，还没放回来，说不上会怎样。而齐教员却巴结上去了，跟国民党一个鼻孔出气，她的反感就更深。都闷在肚子里，不说出来。白天不见黑夜见，都耷拉着眼皮，谁也不理谁。日子过得可难受了，孙大婶子又去看大拴五六回，只见上一次，人比以前又瘦得多了。

秋收之后，碉堡修完了。全村被抓去的人都没回来，大拴也没回来。孙大婶子可急坏了，许多被抓去的老小，也急坏了。东打听西问,最后,还是从齐教员那里透露出来的,这些人都当壮丁,补充到军队上去了。她心里像结成个大疙瘩,整夜也睡不着觉。冬天的雪花又飘起来了,大拴是冻是饿,是又病了,她不知道,心像刀子扎的一样,而又傻盼着——大拴有一天会逃回来吧?哎呀,逃到八路军去也好,人家多仁义!

小翠跑来看过她两次。小翠丈夫仍是东躲躲,西藏藏,没犯事,她倒很安心,也是一点点安慰。然而,无论如何,也不能减轻她焦躁的想念着大拴的心情。冬天又过去了,到了春天,大拴还是没有消息。日子可真过得太长了!因之,她见到齐教员穿军装回来,就恨——教员也跟这些王八羔子一块了,损色,倒能巴结!

五、闹翻身

孙大婶子过着熬煎一样的日子,太闷屈了,就把小翠接回家做伴,吐吐苦水。小翠偶然多住上两三天,被常常到齐二嫂子家来的韩排长遇上过。他看上了小翠,眼神不是眼神,笑不像个笑,讨厌极了。这位小军官第三次看到小翠,凑到孙大婶子的炕沿边,故意找小翠谈东聊西的。小翠恐惧极了,心像怀两三个小兔子,怦怦乱跳,眼皮也不撩,可又不敢怠慢,怕得罪了他,出事。

就在韩排长第三次遇到小翠之后的第二天早晨,齐教员媳妇把孙大婶子找到屋外僻静的地方,悄悄地说:"大婶,快打发小翠走吧!那个韩排长不是东西!"

孙大婶子明白了,可又不觉惊惧地问:"怎么了?"

"唉,他给教员两个金镏子,叫保媒呢!教员说小翠出门子去了,他嬉皮笑脸的,说不碍事,离婚呗!教员也感到不是话,又为难。快打发小翠走,省了出岔子。"

孙大婶子点点头,叹口气,回屋去了。齐教员媳妇抱了两捆木桦子,也进屋去了。不一会儿,小翠出来了,用包袱包着头,一双明亮的眼睛，恐惧地向四处望望，便低着头走了。齐教员媳妇从门里探出头来，圆圆胖胖的脸，很小心地看了看，又缩回去了。

可是，这一天，齐教员没回来，韩排长也没来。

晚上，村子里传来些风声了，说是共产党八路军打过来，国民党"中央军"要逃跑。桦甸县的"中央军"哗哗地往下退，磐石境内也站不住脚了。齐教员这一夜没回来，齐二嫂子急得吧嗒吧嗒不断地抽长烟袋，磕一袋又一袋，抽不完了。外边有个脚步声，她就想到儿子回来了，向坐在炕上哄孩子的教员媳妇，急躁地说："还不去看看，是不是你丈夫！"

教员媳妇顺从地出去看了看，回来说："不是。远处的狗咬，好像是过兵！"

齐二嫂子光是抽烟，不满地哼了哼。孙大婶子回来了，说她亲眼看见，国民党兵往下退，还有不少姑娘、媳妇、孩子，穿得红红绿绿的，好几胶皮车。齐二嫂子放下大烟袋出去了，不一会儿就转回来。到夜深，她仍没睡。听孙大婶子发出鼾声，教员媳妇和孩子都匀净地出着气息，也睡熟了，她枯燥地张大一双眼睛，想哭哭不出来。忽然，一阵急剧的狗咬，吓得她打个哆嗦，内心一阵剧痛，她十分反感地大声叫骂正睡熟了的教员媳妇："没人的，睡得像死猪一样！还不起来出去看看，狗咬什么！"

齐教员媳妇醒来了，孙大婶子也醒来了。孙大婶子说："我去看看吧！媳妇一天炕上地上忙，年轻轻的，累乏了！"

可是一宿过去了，齐教员没回来。三天过去了，齐教员没回来。第三天晚上，过的人是人民解放军了，就是以前的八路军。齐二嫂子急得天天骂媳妇，时常也暗自流泪。齐教员媳妇又同情她，又讨厌她的数叨和责骂，自己也难过，有时内心不平地抱怨——谁叫你们母子往上巴结来，这可好……

因此，齐教员媳妇有苦无处诉说，一直闷屈着。孙大婶子更痛苦了，不知大拴会弄到哪里去。兵荒马乱的，是死是活，实在不敢想。

于是，对面炕两家的三口人，各怀心事，日子多了，一天都没话说，阴沉沉的，过得可苦。

　　解放军的部队总是过，不知有多少，过不完了，镇上夜夜都住得满满的。有几次秦家村也住满了。汽车、大炮、马队、步兵，气势可大了，纪律又好，老百姓都喜洋洋的，看样子，二"满洲"要倒台子了。共产党一来，老百姓又得好了。孙大婶子的心开了些缝，有希望了，希望大拴会逃回来。可是，齐二嫂子越害怕了，怕儿子被打死，怕儿子永远回不来了。她就更急躁，有几天，天天骂媳妇，还打三岁的小孙女小宝。哭的、叫的，加上她的暴骂，一家人，乱套了。可是，传说区上共产党又领老百姓开斗争大会了。二道岗子有地主土匪常常打死过路的解放军干部和战士。区上正派人调查谁家有人跟国民党反动派跑了，谁家有枪，谁家是恶霸土豪，搞得很紧。齐二嫂子更怕了，怕搞到她家来，可不是闹着玩的。她闭住嘴不骂了，整天吧嗒大烟袋。天天担惊受怕又惦念儿子，心里乱成一团，脸上还不敢表露。小孙女怎么闹，她也不吱声了。正是这几天，孙大婶子在镇上，跟一个帮翻队的青年小伙子认识了。这小伙子和两个帮翻队队员天天到秦家村来。一来先到孙大婶子家，一到家就谈韩五爷家压迫剥削穷人的事，谈韩五爷全家男人怎样跟国民党逃跑的，谈韩五爷有多少土地房产。小伙子姓赵，叫赵青山。长得黑眉长眼，酱黄色的方面孔，圆头大耳，总是喜洋洋的，他还常常跟孙大婶子谈大后方如何进行土地改革，斗争地主恶霸的事。他自己就是个半拉子出身，后来吃劳金，穷得连条裤子也穿不上，这回身也翻好了，有吃有穿，又有土地牲口了。村子里的大权全是穷人掌管起来。孙大婶子听得入了窍，可是孙大婶子又想这是从来没有经验过的事，一帮穷人那么一斗就会成了事了？先前区上斗过，共产党一走，什么又都变原样了，一些出头露脸的还得逃跑或者藏躲起来。干不成事，还惹了麻烦。她试着打问赵青山，共产党能够长远吗？干得起来吗？赵青山仿佛完全懂得了她的心情，就同她谈，有共产党领导，有人民解放军的武装打敌人，什

171

么都不必怕,穷人土地改革越闹得好,声势越大,就越能快快打垮国民党。只要老百姓齐了心,就能坐天下。谈了这么几回,孙大婶子完全相信了赵青山的话。她想,人家几百里地,跑到这里帮助大家闹翻身,还能有什么说的呢?我不出头干,可真对不起人!孙大婶子就出头帮助赵青山去宣传联络穷人去了。没十天,村里的种地户和劳金,半拉子,连男带女,都凑到孙大婶子的炕上开会了。议论着全村开斗争会时,谁有什么条件,怎么提,怎么斗。齐二嫂子更恼恨孙大婶子了,见了脸冷冷的,眼皮也不撩。她害怕,她儿子跟国民党跑了,她家又有一垧坟头地,是不是也得斗。孙大婶子一天家里外头,总是忙,劲头真是饱满,脸上也放光了,喜得笑不离嘴。齐二嫂子恼恨到极点了,又说不出口。当全村要斗争韩五爷的头一天晚上,没人来,孙大婶子只一个人坐在炕上缝小布衫,她便开腔了:"我说她大婶,这几天可忙坏啦!"她笑了笑。

"穷人要翻身,就得处处跑个到哇,不的咋成!"

"哼,我看你要白跑!"

"怎么?"孙大婶子将缝的小布衫放下了,惊奇地问。

"你看,我们家英随了'中央军'不好,你们大拴也随啦!将来查出来,还有你的……"

孙大婶子笑了,随后有些气愤地说,"唉,我当什么大不了的事呢?不提起大拴叫国民党反动派抓走还罢,提起这个,我可恨死杨警尉那王八羔子,找不到他,找到他,我恨不得吃他的肉!"

"你大拴在国民党当兵,人家共产党能答应?"

"我大拴我知道,他心不在国民党,他恨死那些人!"

"大妹子,我这是跟你说的实心话呀。"

孙大婶子不吱声了,好久,她才恳切地对齐二嫂子说:"二嫂子,话不是那么说。反正共产党一来,是为穷人的。赵青山也是个穷小子,给人家支使一辈子,眼时下翻身了,得了房子地,又来帮助咱们翻身。你不知道,大拴他多活着,天天想巴望着有一天能过好日子，哪有哇？不想，十年前瘟猪，韩五爷的猪死了七八口，就赖他没喂好，天天骂祖宗骂妈。有天晚上因为打个碗，人家狠狠地打了他几棒子，给赶出来了，回家气得喘不上气来。五十来岁的人了，连熬躁带憋气，病倒半个月，就死啦。大拴那时也是十多岁的孩子了，什么不懂，气得哭叫，常常当我面骂他们老韩家。咱们穷人难道就没个志气！说是韩五爷家也入国民党啦，咱们能跟他们跑？那年八路军住咱们这儿，大拴就想跟去。不是差着他病没好，我笼络着，早走了！他没病，我也愿意让他去，何必在家受这个罪！二嫂子，这回我是铁心啦，儿子被国民党抓走了，他爹早被逼死了，我还奔个啥？干吧，干好了，丈夫儿子都对得起。儿子回来了，也会赞成！"

齐二嫂子叹口气，可是没吱声。半天，像思索着什么，又怀了很大的痛苦，用手拆着炕席上的席篾。倒是正在喂孩子的齐教员媳妇，抬起头，有所感触地望望孙大婶子，天真地说："孙大婶，我妈说，我姥爷给他们老韩家赶车，大冬天地冷雪滑，不小心，翻了车，辕马的腿给别断了。韩五爷的大掌柜的王老五就大发脾气，暴打一顿不说，还要赔他家的马。足足给他们白干了三年活，做了多少难，受了多少苦，才算过去了。韩五爷还笑嘻嘻地跟我姥爷说——这是你呀，别人得叫他白做五年！提起老韩家，我妈恨透了。"

孙大婶子很同情地说："是呀，你姥爷死，连口棺材也没有，用炕席卷出去的，谁不知道！"

齐教员媳妇又想说什么，但齐二嫂子叹口气，很悲凉地先说道："别多嘴了，这不是年头哇！"

第二天的斗争会，齐二嫂子没去。到晚上，齐教员媳妇回来说，这一天区上也来人了，说是工作队长，讲了许多话，会上，多半是斗韩五爷的大掌柜的王老五，当场就起出两挂胶皮车，又在他家麦地垄里起出两支大枪，都是王老五招供的。他家大媳妇说骡马都拉到山沟里去，已经派青年自卫队去找了。整天，穷人像翻了天一样，男男女女，都拥到韩五爷家去，从棚上翻出那么多的东西，细的，软的，堆了一大炕。到晚上人还没散。赵青山叫那些积极分子全留下了，孙大娘子也留下了。韩五爷家的妇女赶到厢房去，留下的人住在上屋了。说是夜里还要审讯，韩五爷家还有枪，还有许多骡马没说出来，尤其他家的地照找不着，人们可不答应，一定要追追根。齐二嫂子听着非常害怕，想到齐教员，不知跑到哪里去了，也没个信，说不上有人提起，一家人可就糟了。她心里乱，嘴不说出来，倒假装无事似的，跟齐教员媳妇说："嗯哪，斗呗，不斗他家斗谁家！"

孙大娘子几天没回来了。这两天还过着大批担架队，这些庄稼汉，到谁家就异口同声地宣传，土改清算，斗争汉奸恶霸地主，镇压国民党反动派特务，后方眼时下老百姓可坐了天下了。齐二嫂子心就更慌。尤其听到传说四平打得可激烈了，消灭国民党反动派上万人，又在双阳县五家子消灭敌人一个师。齐二嫂子变呆了，一天想着儿子，心里连点缝都没有了，闷塞得要命，有时暗自落着泪。齐教员媳妇也是为教员担着心的，知道她婆婆更难过，不敢吱声。孙大娘子有十天没回来了，屋子又空又沉闷。村里的翻身斗争更紧了，说是又斗了两家财主，清算了一家小地主。齐二嫂子的心要胀裂了。她着急——有一天会斗到头上的！

村子里翻身斗争越深入，越紧，齐二嫂越痛苦，越恐惧，家庭生活就越沉闷。日子过得好似比什么时候都长，过一天赶上三天了。

炎热的夏天的太阳，烤得人喘不过气来。

六、大拴的喜报

秋天，庄稼割倒了，全村忙着分房子和土地。这时，孙大娘子已经回来住了，她跟别人共同分的牛出让了，因为她怕没草料吃，养不活。如此，她多分了个大红柜，和两件单衣服，一条棉裤。由于几年没棉袄穿了，分东西，她自愿要一件厚麻花被和一件棉袄。她每天总是喜滋滋的，还是同赵青山一起忙。除了有时想起大拴，心里疙疙瘩瘩的，偶然有些郁闷，再就没有什么愁事了。

这几天，她总好摆弄分来的几件衣服。那毛蓝布衫也是新的。棉袄是老紫色的，虽然旧了些，可厚实。财主的福算享到家了，他们剥削穷人的心血又交回给穷人了，这才叫世道哇！齐二嫂子心里不悦，自己的心里话和喜悦，也不好同她讲。可是，齐二嫂子却看得上眼了。有些反感，又有些羡慕，是看到分到的东西实在不错，顶用。现在，她见斗的斗完了，分的分过了，没整上她家，心也落体了，不知不觉，对分劈财主家的东西，也感到兴趣了。她偷眼看看孙大婶子，装着很不在意的样子，拉长声音问："她大婶子，这几天事都办完啦？"

孙大婶子被这么突然一问，倒不知道怎样答对好了，愣了愣，才很直爽地答道："没有呢，正合计分地哪。"

听说分地，齐二嫂子更动了心，却又慢腾腾，若无其事地又问："哟，这可是新鲜事。怎么个分法呀？"

"听说没地的，土地少的，都给分劈呗。赵青山说大后方的穷人，都分到啦。"

齐二嫂子又装袋烟，默默地抽着，不说话了。静默了半天，她心里的话怎么也装不住了，不好意思地，又像很不在乎似的问："像我们这样人家，也能分到吗？"

"哟，那我可说不清。赵青山说，地不够的，全给。"

"她大婶，可给我们说说呀！"

"那成！"

齐二嫂子，想问一问齐教员随了"中央军"也成吗？话到嘴边上，又怕引起是非，眨眨眼睛，仍沉默地抽她的烟。可巧这时赵青山闯进来，一进门，他就向孙大婶子高声问："齐教员的妈，就是你们对面炕吗？"

齐二嫂子脸吓得煞白，手里的烟袋哆嗦了。孙大婶子安静地答道："看你这慌张的样子，是，那就是齐教员的妈。"她用头示示意，接着说:"来了这么多次,还不认识!"

"嘿,没注意。"

赵青山转过身,黑眉毛竖起来,一笑,两只细长的眼睛更长了,和气地问齐二嫂子:"你家就有一坰坟头地,是不是?"

齐二嫂子干眨眼,说不出话来。倒是在外屋干活的齐教员媳妇,掀开门帘,说:"就那一坰兔子不拉屎的地,啥也没有哇!"

齐教员媳妇走进里屋。孙大婶子把衣服放到柜里去,伸手让着赵青山坐下,问道:"她儿子在'中央军',也给她家分地吗?"

"在'中央军'做什么?"

"下士呗。"

"这不就得了!'土地法'上说得很明白,她家也可以给分。区里也说过,这一带不同后方,这类问题多,交代得特别明白。"

齐二嫂子镇定了,眼睛发亮了,脸上浮出高兴的光彩,看着赵青山,不信自己耳朵似的,又问:"真给我们家分地?"

"唉,那谁还糊弄你们!"

屋子里的空气顿时变得活泼了,兴冲冲地谈着分地的事。齐二嫂子敢说话了,谈着谈着就问:"屯西头,偏南的一片好岗地,有两坰原来是我们家的。说话这有十四五年啦,被老韩家给霸占了去,还可以分给我们吗?"

"那得大伙来合计。"

赵青山说完,孙大婶子诧异地问道:"哟,齐二嫂,这可总没听你说过呀!"

齐二嫂子磕掉烟袋里的烟,立时泪汪汪的,很悲伤地说道:"唉,这是多少年的事了,有家英他爹活着,辛辛苦苦置了三坰地,死了好有个地方埋。谁知道伪满第二年就闹大贱年,借他们老韩家钱,出去做生意,可又赔上了,到时候还不上,老韩家硬逼着拿那两坰岗地顶了。从打那时起,他爹总没有个笑模样,整天憋屈着,不说话。种这一坰坟头地,一家人勉勉强强维持生活。没几年,人硬憋屈死了。唉，跟谁说去，有眼泪往肚里咽呗！"

几颗又大又亮的泪珠，挂在齐二嫂的脸上。她默默地用手拆着炕席篾。每一想到或谈到这件事，这似乎是她的习惯了。只有她自己明白，别人是不了解的。也的确，自从她丈夫死后，每当她最悲痛时，这个动作，镇静了她，也安慰了她。

于是，没过五天，全村就进行分配土地了。每口人好坏均分是六亩地。一个分地分房的热潮，把全村都鼓动起来，齐二嫂子也跟着出头了。她家被评为中农，什么都不往外分，又分进一垧四亩地。她们原来那片好地分给她七亩。她高兴极了，见到孙大婶子，总是"大婶长，大婶短"说个没完，也亲近极了。她们共同分到现在住的房子，都原封不动，她们也都乐意。

地分完了，天也大冷了，人们正忙着想把地里的庄稼拉回来。全村车马和男女老少都组织起来了，拉的、驮的、背的，村里村外，比分地时还热闹。是第三天上午，孙大婶子正背着谷捆往村里走，迎面来了几个民兵小伙子，高声叫道："孙大婶，县上来人找你！"

孙大婶子一愣，早有一个小伙子把谷捆接过去。两个民兵陪着她回到村子里。农会里，赵青山正同一个穿灰制服的政府工作同志谈什么，见她一进来，他们就笑着迎上来。赵青山介绍道："这是县政府民政科刘科长。"

他们客气了一下。孙大婶子局促不安地站着。刘科长是个中年人，十分稳重，笑眯眯地对她说："孙大娘，你儿子来喜报啦！"

孙大婶子莫名其妙地瞪起双眼，十分诧异地站着不动。赵青山不等刘科长说明，抢着说："哎，你们大拴有下落了！他当了人民解放军，立了大功！"

"真的？"

孙大婶子明白了，两只眼睛问询地望着刘科长。刘科长匆匆地走到桌子上，拿起一张印好的喜报状子，上边印着红边黄底，还有毛主席的相片，指着上边说："你们孙大拴，攻打四平时，在战地起义，立时拉出一班人，投奔解放军了，调转枪口就向国民党反动派开了火，缴了两挺机枪，评功会上给立了一功。后来打范家屯他是班长，又带一班人去摸下一个碉堡，打垮了敌人，立了一大功。喜报上都明明白白写着，不信你看！"

刘科长将喜报交给孙大婶子，她乐得眼泪汪汪的，接过来看了看，擦擦眼睛说："哟，我一个大字也不识，科长给我念吧！"

跟来的民兵小伙子，跑到村里宣传去了。不一会儿，很多人都跑到农会来。刘科长、赵青山，同大家合计怎样送喜报，叫孙大婶子回家等着。全村临时组织了一拨秧歌，跑到区上买了十斤猪肉，五斤粉条，凑了两只鸡，十斤白面，一直闹到天黑，都齐备了，决定第二天上午给孙大婶子送喜报。这一上午秦家村喧闹起来了。秧歌队全是十六七岁的姑娘和小子，花花绿绿，扭得可欢。锣鼓喇叭，呜呜哇哇，响声入天。提肉的、扛面的、拿粉条的、抱鸡的，在秧歌队前边，摆成一串。最前边，两个人端着喜报状子，已经用韩家大院的红油镜框镶起来了，非常显眼。刘科长、赵青山和农会干部带队，男男女女都跟来了，特别是小孩子，成帮成伙的，麻雀一般钻来窜去，一时弄得全屯里比过大年和娶媳妇还热闹。孙大婶子笑着迎出来，秧歌扭得更欢了，锣鼓喇叭也吹打得更响了。人们都进院子，小院子挤得人都转不开身。齐二嫂子和齐教员媳妇也笑着从屋子迎出来，帮孙大婶子将东西接进去。赵青山穿着靰鞡上了炕，把喜报状子挂在炕头墙当中。炕上地下都是人了，挤着看喜报。这时，小翠和她丈夫刘凤海也来了。刘凤海粗眉大眼的，挤在人们中间，看看墙上的喜报，对孙大婶子说："丈母娘，这回你们母子可都好啦！"

孙大婶子笑了，笑得闭不住嘴，跟他姑爷说："凤海，你同小翠和教员媳妇今天帮着忙忙吧。送喜报的都不能叫走，做顿汤面给大家吃吧！"

刘凤海望了望小翠，小翠同意地一笑，他便说："好，你老，就这么办。"

秧歌扭完，群众散得差不多了，才做好饭。正吃饭的时候，刘凤海不知什么时候出去，买了一汽水瓶子烧酒，跑回来。一进门，便喜笑颜开地对赵青山说："你们喝吧！大拴大哥被抓走以后，我藏在山里，亏得带了点酒，不的，晚上就冷坏啦！"

他拿来几个大土碗，先给刘科长倒了小半碗，又给赵青山和其他人倒。刘科长也喜得眼睛发亮，说："穷人这回当了家，就再不会遭那种罪啦！"

孙大婶子和小翠给客人们挑面、拿酱油，里外屋忙得一阵风似的。她心里畅快极了，嘴角眼角都挂着喜笑，她内心的疙瘩都已消化净尽了。吃过饭，客人们都走了，屋子里立时安静下来。坐在火盆旁不住抽烟的齐二嫂子，一直静静地在那里坐着。大家要吃饭了，孙大婶子去叫她一起吃，她没理。孙大婶子先将她孙女小宝抱过来，又叫她，还没吱声。孙大婶子去拉她，她把脸扭到里边去了。再拉，听到她抽抽搭搭在哭。孙大婶子有些明白了。劝道："二嫂子，都会有信的，别伤心！"

齐二嫂子拧一把鼻涕，抽搭得更厉害了。小翠和刘凤海都愣住了，不知说什么好。孙大婶子也没有主意了。又去拉齐二嫂子，没拉动。弄得她眼圈也有些红了，又劝道："吃饭嘛，二嫂子，这年头，哭当了什么！"

齐二嫂子一边哭，一边伤心地数叨开了："我们那个现世的，放着教员不当，走邪路，唉，是死是活，倒来个信哪！……"

七、变化

冬天，孙大婶子根据上级的指示组织全村姑娘、媳妇、老太太搞副业，编席子的、编苇帘头的、编蒲草垫子的、编柳条筐和簸箕的，都组织进来了，连那些过去不爱干活，到冬天好看个小牌的散漫的妇女，也多半加入了。齐二嫂子编一手好席子，净编细花纹的，又整齐又利亮。齐教员媳妇草帽编得也好。孙大娘子样样都会,她编的柳条筐最紧梆最结实,也最受欢迎。她们屋子里,堆满了席篾箭杆和柳树条子。两家干得很红火,除了齐二嫂子常常念叨儿子,平时倒也都快乐。解放军打到南满去了,包围了长春和吉林,附近的地主土匪武装都退到吉长边沿上去活动,不敢过来了。所以,前边虽然在打仗,解放区的后方却都十分安定,有时齐二嫂子和孙大娘子谈起来,便感叹地说:"真怪,共产党一来,人都变化了。不爱干活的,也干活了,冬天也不闹胡子了。往年,这时候,胡子还不闹到家门口哇!"

"共产党解放军干得正,邪气就被压住了!"

整个冬天,孙大娘子除了积极搞副业,又酝酿组织互助组和换工插具。孙大娘子和齐二嫂子一家,跟另外两家中农和三家贫农成立了互助组。到了快融雪的时候,全村都上山打柴,开始迎接春耕了。孙大娘子带动全组的妇女,凡是利手利脚没小孩的,或者小孩有人看的,都同冬季搞副业一样热烈,全参加了。大家围着孙大娘子,干得可心盛。人背,车拉,没几天,家家户户的柴草垛都堆成了小山一般。

天暖了,雪融化了,带湿气的冷风,在山川里吹刮。春耕开始了,孙大娘子的互助组,很顺利地播完了种。

秦家村的生产很好,铲地有一半妇女参加,杂草都薅得干干净净。到秋天,苞米穗子有一尺半长,高粱又红又壮,谷子沉甸甸的,庄稼人都喜欢透了,光等着上好浆,割地了。这时,被围困一夏的长春更加混乱了,好多长春城里的难民逃出来。县政府把他们往各个农村安插。国民党散兵也逃出了不少,未经过政府登记,私自跑到乡下的很多。于是,一些传言传遍了各处村庄。有的说国民党快突围出来了,有的说百姓没吃的,"中央军"也没吃的,到处抢,打死不少人,"中央军"自己也常常打私架开枪打死人。因此,齐二嫂子又心慌了,刚刚眼望年成很好,很乐,这一下子又弄得心里一点底也没有,不知怎么好了。齐教员是死是活也一直没信。孙大娘子夏天还接到大拴一封信，歪歪斜斜，是他自己写的，说是在部队上学文化了，人家不识字的，都识字了，还来了信，识字的倒没有信。整天，孙大婶子不是在地里忙，就是在山上打柴，齐教员媳妇也跟了忙，家里只留下齐二嫂子，也没心思干什么了，有时暗暗自己落泪。一个早晨，她出去喂牛去了。忽然，一个穿美国军装的青年走进院来，脸上脏得净是泥土，军服上也是泥土，院里的黑狗一眼望到，便扑上来汪汪地叫。可是，青年骂了两声，狗似乎对这声音还熟识，就夹了尾巴走掉。青年人一进屋，将炕上的小宝吓坏了，瞪起一双小眼睛，溜到炕沿边，光着脚跑出去，一出门就大哭起来，破着嗓子叫奶奶。齐二嫂子听到了，便高声回答："奶奶在这里！"

她不知出了什么事，赶忙跑过来。看小宝光着脚向她跑，后边跟着个穿美国军装的年轻人，仔细一看，才不觉惊叫道："家英，是你！"

齐教员没回答什么，齐二嫂子乐得哆嗦着，拉住小宝，安慰地说："孩子，那是你爸爸，怕什么！"

回到屋，母子相对默默流泪，很久说不出话来。齐教员问他媳妇上哪儿去了？齐二嫂子才醒悟，忙着出去找媳妇。媳妇跟孙大婶子到地里走镰去了。齐二嫂子托邻居放猪小孩把她叫回来。齐教员媳妇一见齐教员的样子，眼圈便红了，她急忙到柜里给丈夫找出一套旧衣服，出去打水叫丈夫洗脸，又难过又喜欢，一直一句话也讲不出来。她想起大拴出劳工回来时的样子，那是日本鬼子和"伪满洲国"害的，这回丈夫这么狼狈，是他自己找的。

齐二嫂子问："儿呀，你是怎么回来的？弄成这个样子！"

齐教员打个唉声，倚着墙，伸出两条腿，坐在炕沿上。低了头，静静地说："妈，这回我算什么罪都受到啦！'中央军'撤退那天晚上，韩排长他们亮出手枪，威吓着说，谁不走就叫他见阎王。退到吉林，一个监视一个，政工队的特务可厉害，想走是走不了的。从吉林退长春，路上好险没打死。在长春，外边人民解放军包围着，里边军粮不给吃，叫当兵的出去找。人家老百姓家蒸饽饽，当官的领着进去揭开锅就吃。百姓跪着哀求,不但不理,还打还骂。我亲眼在街上看到两个穷家的孩子,实在饿坏了,见到两个军需背了干粮口袋在街上走,就上去用小刀拉,偷偷拉出两块饼子,还没等吃,便被发现了。两个家伙回头抓住一个,劈头盖脸地打,最后两皮鞋脚,把孩子的脑袋踢裂了,死了。两个家伙像没事似的,走了。妈,你看,这怎能待下去,实在使人受不了。赶上人民解放军往外放难民,我听说了,一天派我买东西,我混在难民里,跑到二道河子,从野地往外爬,才算逃出来。'中央军'还开机枪打哩,有不少人被扫射死了!……"

齐二嫂子和齐教员媳妇听傻了,心突突地跳。齐二嫂子听到这里,不由得顺口说道:"呀,'中央军'真邪乎!儿呀,你逃出来,这可是修来的呀!"

可是,齐教员把话转了,问道:"妈,我回来不碍事吗?我昨天在地里藏了半宿,不敢回来。今早,村里没人了,我才溜进来。"

齐二嫂子没回答。齐教员媳妇心快,说:"妈,我去找孙大婶子,求求她,许不碍事吧!"

"是,媳妇,你快去!"

齐教员媳妇跑出去了。不一会儿,她将孙大婶子领回来。孙大婶子明白了,一见齐教员便说:"你回来啦!咱一齐区上说一声,没啥。"

从此,齐教员便在家参加生产了。区上,赵青山担任区委组织委员,常常到孙大婶子家,了解一下支部情况,也常常顺便同齐教员谈谈。他了解到齐教员的确已认识到过去是走错了路,很后悔。于是,区委会就让齐教员给群众报告"中央军"国民党的黑暗统治。齐教员很惭愧,旧的同事,他谁也不愿见。会上碰到了,脸上红红的,眼睛黏黏的,也不好意思说话。但,日子长了,他更安心了,生产劳动得很好。他平静地生活着。过了秋收,大拴又来了信,字写得比上次正当得多了,不那么歪歪斜斜了。孙大婶找齐教员给念,才知道大拴当了排长,又入了党,沈阳、锦州、长春都解放了,队伍要开到关内去。这次打锦州,他们排上又集体立了大功。孙大婶子乐得美滋滋的,生产劳动得更起劲。她不叫群众帮助她。她提出儿子在前方是好样的,她在后方也错不了。起五更,爬半夜,她不但把自家庄稼打好,送好公粮,还领导她的妇女换工队去换工,帮助别的军属干活。成立冬学,她领着妇女换工队的妇女都报了名。她说,她儿子在前方打仗立功还识字,不当睁眼瞎子。孙大婶子一天笑不拢嘴,红光光的脸上,充满着生活的快乐。齐教员媳妇也报名学识字了,晚上回来她们复习时,还找齐教员帮助。他们对面炕,不但生产劳动很红火,学习得也很红火,齐二嫂子高兴地说:"日子真是不同啦,照这样,人活着才有劲!"

齐教员笑了,温和地说:"妈,人家都学,你呢?"

"我?我也学呗!"

冬天,就这么愉快地过去了。

八、大拴又回来了

一九四九年春天,一个下午,秦家村头上集中了几百群众,欢迎从县上开劳模大会回来的孙大婶子。都听说她得了一匹枣红色的骒马。一个个眼巴巴地望着村南头小山崬子的拐弯处,还不见她回来。她姑爷刘凤海跟小翠说他要到小山崬下去看看,小翠也等急了,同意她丈夫去。刘凤海迈开大步,跑着去了。他刚跑一半,一辆胶皮轮子大车拐过来了,赵青山坐在车前边,车老板将大鞭一甩,嘎的一声响,三匹马小跑起来。车后边,孙大婶子也骑马拐过来,她的马跟着车跑开了,刘凤海一见,扬着胳膊,回头高喊:"来啦!"

一群小孩子先跑上去。车到跟前了,小孩子们争着坐到车尾巴上。刘凤海给孙大婶子拉住马,缓缓地向村子走着。孙大婶子开朗地笑着,她的脸色比马头上挂的大红花还红。没等到村头,人群将她包围了。那马又红又亮又精神,像懂事似的,一双黑黑的圆眼睛向前张望着。呐喊声，问讯声，笑声，唱歌声，大家拥拥簇簇地进了村子。到家门口孙大婶子下马了，有些人去看马口，马翘翘起嘴唇搐动着鼻子，是谁赞扬地叫道："好马口呀，才五岁！"

小翠，齐教员媳妇和一些妇女，翻看车上拉的东西。五块大豆饼，一张铧，一打洗衣服肥皂，两块漂白的洋肚子手巾。都羡慕得美滋滋地龇牙笑着。大伙要求孙大婶子给讲究讲究，就有人把她扶上车去，她笑眯眯地看着大家，半天讲不出话来。她知道不讲不成，最后还是讲了："你看，我也不会讲个话。县里会上非叫我讲不可，臊得我脸通红，讲得着头不着尾的。可倒是呀，这年头，是咱们穷人的啦！共产党人民政府，把咱们穷人抬举上天啦！咱们干活下力，互助组搞得好，干活多，人家就看得起。县长说啦，叫咱们今年更要好好生产，好好换工互助，一亩地也不荒，一颗粮也不瞎，模范都要带头，咱们秦家村可要好好合计合计，别落到别人家后边呀！要对得住共产党和毛主席。生产好了，是为咱老百姓提高生活。"

孙大婶子笑了，走下车来，人们拍了一阵掌，她才回屋去了。

这一阵子，齐二嫂子也乐坏了，听过孙大婶子讲的话，她老想问问县里啥样。她五十多岁的人啦，只常到呼兰镇上去，从没上过县城。她羡慕孙大婶子。当村人都散了，区上的胶皮车和赵青山也走啦，只有小翠和她丈夫刘凤海留下了，她就凑合到孙大婶子炕上，撒起长烟袋，问长问短的，一边又夸赞着，高兴极了。

秦家村这一年的生产搞得更好。孙大婶子被选到省里开劳模会，齐教员也被聘当村小学教员了。两家过得就更心盛。大拴来过两次信，第二封信里还装来了照片，胖得脸发圆了，两只大眼睛可有神，胸前戴了好几个章子。刘凤海和小翠也跑来看，信上大拴说他眼下又提了连长了，大家真是乐得不得了。刘凤海几乎眼热起来，跟孙大婶子和小翠说："唉，我怎么没参军！多好哇！山南海北的，经得多，见识广。大拴大哥可抖起来啦！"

"你生产好，还不是一样吗？"

"我知道，今年咱们的换工组不错，县里也表扬啦，说不上还能去省城哩。可是，大拴大哥比咱们干得更好哇，人家才叫全心全意为人民服务。他一定又立不少功啦！对，咱们给他写信，咱们要好好把生产搞好，咱们村子要争取做生产模范村，咱们前方后方比一比！"

大家都高兴地笑了。齐二嫂子感动地说："这年头，你们小伙子，心意都多高哇！"

日子过得很好，秦家村的生产比往年确实更有劲了。使用苏联马拉新农具，地耕得深，种得又快，春耕没荒一垄地，铲头二遍，没有连阴天，地都侍弄得溜干二净。铲三遍时，雨水来得勤了；挂锄后又有几个响晴天，人们都乐得不得了，眼望着庄稼长得又高又壮，丰收的年成是准定了。正当这时，美帝国主义武装侵略朝鲜的战事消息，来得紧了。农民学校里，齐教员经常给大家读《吉林日报》上的消息。说是美帝国主义军队在仁川登了陆……谣言在村中流传着，甚至有的地主暗暗向贫雇农要地，索取果实。

这中间，区上召集了村干部和村小教师的时事宣传学习会，全村子人开会讲时事，农民学校上时事课，谣言被压下去了。接着，美帝国主义飞机侵袭轰炸安东、辑安和临江的消息又传来。美帝国主义像日本帝国主义一样，想通过朝鲜进攻东北的野心，已经很明白了。农村里抗美援朝保家卫国的运动，一天天高涨起来。齐教员成了积极的宣传员。孙大婶子也在妇女中进行各种工作。农村里又热腾起来了。有一天，赵青山赶来，他已经当了区长。比过去长得更胖了，也更黑了，还是原来喜洋洋的样子，只是比过去要沉着和蔼得多了。他常来，人们也不见外，特别是这时候，人们总是要包围了他问长问短，问朝鲜的战争和美帝国主义的行动。可是，他笑眯眯的，什么也没有说。叫支书村长召集了村干部，孙大婶子和齐教员，还有一些别的积极分子来开会。坐了一炕，站了一地，都奇怪地望着他。人都齐了，他从口袋里掏出一封信。很镇静也很热烈地说：

"你们知道吗？咱们中国人民志愿军，已经开过朝鲜去了。咱们全国各民主党派不是一齐发了宣言吗？全国人民都响应了，工厂、农村、部队和学校，到处组织志愿军，去支援朝鲜，不叫美国鬼子打到东北来。唇亡齿寒，支援朝鲜就是保卫咱们的国家和人民。不的，朝鲜完了，咱们也好不了！……"

孙大婶子响应了，说："可不是，邻居失了火，怎能不去救哇！三间房两家住着，东屋失火，西屋不去救，不是自己找灾殃！"

"对的，咱们区上各个村子也要组织，你们村子带个头吧！"

于是，秦家村的支部，新民主主义青年团、农会、妇女会、儿童团，展开对组织志愿军的讨论和动员。闹了一夜，第二天下午，在村政府院里召开附近三个村子的联合群众大会，开始报名，村子里热闹起来了。秋末冬初，天气还不冷。家家户户，大大小小，都去了。齐二嫂子也去了。齐教员肩上扛了小铃，齐教员媳妇拉了小宝，都喜颠颠的，走向村政府。孙大婶子一整天，就在村政府忙。他们的院子空下了，屋子上了锁。

这时，一位军官，骑了一匹红洋马，飞奔进村子，到孙大婶子的门口，便跳下来。兴奋地笑着，推开大门，拉着马走进院子。大黑狗抬头看一看，又睡下了。院子里没有一点动静。军官一看房门锁着，便愣住了，皱一皱黑长的眉毛，又黑又胖的圆脸上，兴奋的笑容消失了。高高的粗壮的个子，挺着高高的胸脯，拉了洋红马，迈开大步，出了院门，向村子的十字路口走去。远远的来个戴红领巾的小学生，他高兴了，笑着喊："儿童队，儿童队！"

小学生站住了，望了望他。

"你知道那边住的那位孙老太太，上哪儿去啦？"

小学生说："她呀？都到村政府开会去啦！"

"村政府在哪里？"

"韩家大院呗！"

军官立刻跳上马，箭似的向韩家大院跑去。跑到韩家大院门前，他跳下马，到柳树跟前，怕马啃树皮，把马头高高吊在树枝上。他回过身徐步走向大门，那半旧的朱红门扇依然如故，只是门框上添了村政府的一面白茬木板牌子。门半敞着，里面挤满了人，有谁在高声发言。军官悄悄走进去，没引起任何人的注意。韩家大院的七间大瓦房，又高又大，瓦房的玻璃镜子晶光明亮的，几间屋子都住了人家，只是东头的两间，摆设简单，似乎就是村政府的屋子。发言人，正兴奋地讲："……我志愿参军，我是青年，我要到朝鲜干出样来。国民党反动派二'满洲'来时，咱都看到啦！美国鬼子来，跟日本鬼子一样邪乎。现在土改生产日子过好啦，敌人一来，什么都完蛋，挨饿受穷被压迫，等死呀！我不干！中国人绝不能叫人欺侮，有共产党领导，什么都不怕！我要学习孙大拴大哥，杀敌立功，他真是好样的！我也拥护你们志愿参加担架队的，干吧！……"

军官笑了，仔细望了望那位发言的青年，忍不住叫道："凤海，你可真进步啦！"

刘凤海一愣，侧脸诧异地向军官注视，好一会儿，似乎猛然醒悟过来了，按着旁边坐着的人的肩膀，急急奔过去，一边高声喊叫："呀，大拴大哥回来啦！"

全会场的人都骚动起来，有的人站起来，有的人跟刘凤海奔过去，有的人站到高处，都向着大拴看望，不一时大拴被团团围住了。大拴笑着跟刘凤海和几个青年拉起手来，他大声问："你们都好哇？"

这时，他妈妈孙大婶子挤进来。她又惊又喜地看着大拴，看他胖得油黑油黑的大脸盘，喜得闭不住嘴，两行又快乐又兴奋的眼泪流出来。大拴放下刘凤海和几个青年的手，去紧紧拉住他妈妈的手。亲密而兴奋地问："妈，想不到吧？"

孙大婶子脱出一只手，用袖口擦擦快乐的热泪，笑一笑，没说什么。可是她脸上喜出望外的光辉，是谁都看得出的，她内心都乐得翻花了。小翠来了，她水汪汪的美丽的眼睛，泪珠在打转，看看大拴，羞羞涩涩地笑了。快乐到顶点了，而又是苦乐交杂着，小翠不觉脱口说道："咱妈妈可想你了，哥哥！"

孙大婶子看到大拴胸前的三枚金灿灿的奖牌，笑着去摸摸，满意地望了望大拴的眼睛问："孩子，这是你的？"

"是。"

许多人挤过来看奖牌了。有谁高喊："叫大拴给咱们讲究讲究吧！同意不同意？"

群众同声喊道："同意！"

许多青年拉大拴去讲话。大拴表示同意了。向刘凤海低声说："妹夫，我的马在院外柳树上拴着，你去给遛遛。"

刘凤海急忙跑出去。孙大拴一回身，正同赵青山碰个对面。赵青山笑着，伸出手来。孙大拴看他样子，又健壮又安稳像个干部，也迟疑地伸出手来。他们刚刚握了手，孙大婶子急忙介绍道："大拴，你不认识，这是赵区长。他早就知道你呀！"

赵青山高兴得两只眼睛瞪得晶亮晶亮的，说道："孙同志，你在全区都著了名啊！"

孙大拴很镇静又很和蔼的，笑着说："可多多帮助！"

这时，齐教员挤到跟前来了，他仍是文质彬彬的，可是脸色比以前发红了，看着也壮实多了，他拢一拢长头发，笑嘻嘻地向大拴说道："大拴大哥，你可真成，是好样的！快上讲台吧，乡亲们都等着听你讲话！"

孙大拴同齐教员握握手，群众就呐喊开了："讲吧！讲吧！"

孙大拴走到主席桌子后边，笔直地站住，向大家敬个礼，巴掌就呱呱地响开了。他个子又高，样子又壮，圆大的脸盘上浮出愉快的微笑，张大一双黑眼睛，迟疑了一下，才说道："各位叔叔大爷，大娘婶子，兄弟姐妹们，你们都好？你们日子都过好啦，这是共产党毛主席给的！今天你们动员志愿军，志愿担架队，很好，咱们中国老百姓就要支援朝鲜人民。支援朝鲜就是保卫咱们中国，保卫咱们中国就是为了咱们老百姓自个儿。日本鬼子的罪受完了，是苏联老大哥帮助咱们解放的。又受国民党蒋介石反动派的罪，是美国鬼子给他做后台老板，他才兴起洋来。国民党反动派叫咱人民解放军打垮了，跑到台湾去，美国鬼子又想通过朝鲜和台湾，来直接侵占中国大陆。咱们不能让他。我们部队上，大家都志愿宣了誓，中国的大好山河，可不能叫他美国鬼子来戳一戳手指头。过去当牛马的日子，可不能让它再来了！你们看，我离开屯子，还不是叫国民党王八羔子，黑更半夜抓走的！那可不是人的生活。咱们村子生产上是模范，我也听说过。参加志愿军，咱们也要做模范。我这次回来，就是志愿参加志愿军，到朝鲜去，不打走美国鬼子，誓不回家。咱们没有国，哪有家呀！没有邻邦的安全，咱国也得不了好。我希望同咱们村子的志愿参军的青年和担架队，一齐到朝鲜去立功！为中国人民和朝鲜人民去立功！"

孙大拴刚一讲完，下边的人便哄嚷起来。许多青年呼喊着口号："向孙大哥致敬！"

"学习人民的战斗英雄！"

当场三个村子，共有二十多个青年报名参加志愿军。会散了，许多人围着孙大拴，问这问那。刘凤海已经将大拴的马送回家里喂去了。他跟在大拴后边，听有些人低声议论："当了人民解放军，大拴人也变了。多和气呀，可不像从前那个倔样子，一句话也不跟人说。"

"可不是，看他人也壮，精神也足，可不同啦！"

是齐教员的口音，说："哎，那还用说，今天什么都变了！"

回到家，孙大婶子和小翠正忙着给他做饭。她们看会快结束，知道大拴会饿了，就先回来了。齐教员媳妇也屋里屋外忙着弄饭。齐二嫂子撒了大烟袋，也喜颠颠的，凑到大拴跟前，眼巴巴地看了好一会儿，才很感慨地说："哟，看你可真好啦！那回出劳工回来，死几个死呀！穷人得好啦，穷人可得好啦！"

孙大婶子喜气满面的，进到屋来，总要好好看儿子两眼，才出去忙。越看越乐，听齐二嫂子这么一提，更乐了，随口说道："旧事提它干啥，那样的苦日子，可再不能叫它来啦！"

齐教员媳妇也在，触动了她的感想，接过来说："不提？那回大拴哥回来，可把人吓死！"

大拴笑着，什么也没有说。他自动去逗小宝和小铃，两个孩子都跑到炕里去，瞪了小眼睛，瞅大拴嘻嘻笑。大拴猛眼看见炕头墙上挂的奖状，他就站起来，凑过去细看，回头，他笑了，大声喊道："妈，你还是劳动模范哪？"

齐教员先回答说："还是全省的模范哩！"

孙大婶子走进来，高兴地看大拴，倒是小翠从外屋伸进头来，说："你才知道哇？"

孙大婶子却安静地低声说："咱娘儿们，还不是劳动一辈子。共产党领导咱们土改翻身啦，谁生产不起劲，大家抬举罢哩！"

"妈，你看着，这回我去朝鲜，更要加紧干。"

孙大婶子笑了，满意地看着儿子，什么也说不出来。

刘凤海从区上打回酒，他们就吃起来。很快吃完饭，两家，对面炕坐着，就唠起来了。大拴讲了一些进关打仗的事，孙大婶子谈着土改生产的事，一直唠到半夜，不是唠得打呵欠，还都不想停止。要睡觉了，大拴很精神，他看看刘凤海，问："妹夫，你参加志愿军，真心吗？"

"啥？那谁还糊弄人！"

大拴看看小翠，笑着问："妹妹，你也有决心哪？"

小翠马上脸绯红了，眯着困倦的眼睛，反驳道："哥哥又把人看扁啦，你妹妹让过谁！"

大拴笑了，也就很快睡下了。齐二嫂子一家人也都睡下了。只有孙大婶子睡不着，翻来覆去，有时抬起头看看大拴在打鼾，她就又自己躺下了。快天亮了，大拴忽然醒来，要出去喂马。孙大婶子的心事实在忍不住了，叫住了大拴，低声问："孩子，你住几天才走？"

"妈，我后天早晨就走。"

"不能多住几天吗？"

"不能，妈，前方更紧急呀！"

"我知道。什么我都知道。妈舍得了你。那些日本鬼子，二'满洲'，美国鬼子，看咱老百姓过了好日子，心是不甘的。你好好干吧，对得起你爹。干好啦，咱们这一辈子，亮堂日子就过定啦！"

"妈，我一定听你话。"

"好呀，明天，对你妹夫，你也好好指点指点他。他能像你就好啦！"

"喂，妈，小翠愿意吗？"

"唉，傻孩子，这几年，人都变了！小翠也刚强了，生产得也好！连对面炕的，也都要强了！"

"呀，几年不在家，变得真快！"

"哈，傻孩子，连你自己都全变了！"

太阳出山了，远处山头映照出紫色的光辉。一早，全村为欢迎大拴和为筹备欢送抗美援朝志愿军与担架队忙碌着。太阳升得很高了，大拴出去喂完马，回来说："妈，你的马好壮啊，咱们前方后方都这么兴旺！"

孙大婶笑了，高兴地回答说："那可不，你从朝鲜得胜回来，咱村还说不上什么样了呢！互助组会组织得更红火，说不定拖拉机也有啦！"

孙大拴笑了，洪亮的声音里，充满着高兴和愉快。

硬席车上

史老太太六十多岁的人了,腿脚却还硬棒。跟人们一齐挤挤擦擦上了火车。硬席车上人很多,她东瞅瞅,西看看,找不到个空位置,近边看见个座席头上露出的空地方较大,她就脸朝外坐下了。里边是个壮实的青年,回过头来见她白发苍苍的,马上往里移了移,她也就又往里坐了坐,没有谦让。

汽笛隐隐地叫了一声,火车悄悄地开动了。铁轮和车身的振动声越来越大,车也越开越快了。史老太太随着车身的振动,身子略有些摇晃,睁大一双迟钝的老眼看着身边的乘客。对面座位上一个满腮白胡子老头瞅她笑了笑,她也回答个谦虚的微笑。又有一个年轻的妇女,逗着怀里抱着的小男孩,引得她更扩大了她笑的神情,起了不少皱褶的老脸上,皱褶飞舞起来。这时,给她让位置的健壮青年,正用宽大洪亮的嗓门在自语:"这玩意儿,都不像个字呀!"他接着向坐在他一起的人们发问:

"喂,你们谁认识?"

青年把书递给大家看,有人迟钝地答道:"喂呀,我们也不认识!"

"这是什么书?"

"这呀,这是《速成识字课本》呗!说两三个月就可以学会,谁知道啦,越看越发蒙!"

史老太太听了,惊异地拧过身子,向那青年的侧身打量着。那青年仿佛觉得了，转过红扑扑的脸庞，一双嬉笑的眼睛瞟了史老太太一眼，又扭回去了。史老太太却很和善地把脸凑到那青年的肩膀头，眨巴着眼睛说："把你那书拿给我看看！"

"你认识？"

"哟，早些年念书哪有咱们的份，眼时下，我老了，倒老出文化啦！"

那青年大转过身来，闪烁着神采焕发的黑眼珠，双手捧着他那本书，恭恭敬敬地递给史老太太。坐在附近的乘客全注目起来，特别那满腮白胡子的老头，惊奇地瞪大着一双有神的眼睛，逗着小孩的年轻妇女也只顾注视史老太太，小孩子用手紧抓她绯红的腮，她也不理会了。史老太太翻开课本，刚看第一页，瞧见那些熟悉的注音字母，闪动一双温和的眼睛，说道："我琢磨着就是这个嘛！这不是字呀，是注音字母，大家都叫它识字'拐棍'！"

"是呀，你真认识？"

"哟，我这把子年纪，还能说胡话！"

"那你念念！"

史老太太扭转过身子，和善地对那个青年看了一眼，便指点课本上第一个字母，大声说道："这个字母就念'波'，就是'饽饽'的'饽'，你学了'饽'字，把它注在旁边，就认识了。"

"哎呀，这可好！"

临近的人都围上了史老太太，有的稍远一点的，也好奇地走拢来，有谁催促起来："老太太，你往下念！"

"这不是嘛，第二个字母就念'坡'，就是'山坡'的'坡'！……"

史老太太边念，一边解释，多皱褶的细长的手指头，在书上不住地移动，快完了，她抬起眼皮瞅瞅大家，露出那么甜蜜的一笑，人们也随她笑了；她马上低下头，又翻了一页，给大家念拼音，很亲切地说："你们看，这个'ㄅㄚ'就拼成个八个的'八'，孩子叫爸爸的

193

'爸'也成呀！这个'夂一'就是'疋'，拼牛皮的'皮'也用它！……"

"老太太，你真学会啦？"

那青年把头探到史老太太的身前，看望着她花白的头发，很诧异地问："老太太，你这大年纪，怎么学会的呢？"

"哟，天下无难事，就怕有心人！"

史老太太见这么多的人围着她，恭敬她，也有的羡慕她，她就乐得眉开眼笑，老脸上浮动着喜气，却又很谦虚地继续说："哟，去年省里和县里到我们村进行速成识字试点，我这么大年纪，哪有心学这个呀！说不上哪天就叫土埋了，瞪眼瞎了一辈子，还在乎这么几天！是我们儿媳妇呗，省、县工作同志一动员，心就跑了，非去学习不可，她跟前一个五岁的孩子小海，我的小孙子，工作组同志们动员我给看着，我有啥说的？就看吧，自个儿的儿媳妇，学了文化还不好！自个儿的孙子，不叫看着，一会儿不见都觉着是回事，这几天我出来看姑娘！想孙子想得好不得劲，就赶紧回来啦！人老啦，家里外头，哪头都放不下，回到家就要想姑娘！哎，话说远啦，我们那小海可聪明，谁想，他妈妈这么一学习，把我也给拐进去啦！……"

正说到这里，火车拉起汽笛来，到站了，车身隆隆的响动大起来，摇得也格外厉害，有一两个人怕位置叫别人占了，抽身走回自己的座席，其他的人全没动，并且催促着说："老太太，说下去！"

"哟，还不是我那孙子小海呗！一上课就闹，我就拉着他到课堂后边卖呆，那孩子真心灵，他见人家念，他也念，学会了，回来就拉着他妈妈给教，我无形中也学了几个，哄孩子玩呗，我就跟他念，同孙子逗趣呗！"火车徐徐地停住了，车站上的吵叫声传到车厢里。是个小站，没上来几个人，原来走开的两个人，又走回来，在大家身后探着头。史老太太像猛然醒悟到什么，催促着说："你们不快去看看你们的位置，别叫别人坐了！"

"没关系,老太太,上车的人不多!"

史老太太从怀里掏出白布手巾,对大家闪动着和善的老眼,擦了擦嘴,放回手巾,又掏出个白纸条和烟荷包,倒出些烟末来,卷着烟,跟对面的一个抽纸烟的工人对着了火,抽着,吐出一口灰色的烟团,恰在这时,火车开动了。车站上的红房子,白杨树,电线杆子,都闪过去,可是,并没有人去注意。她也就又说起来:"唉,人老啦,总爱抽两口烟,我这烟辣呀,你们不怕呛吗?"然而,没等别人说什么,她却急急地说下去,"我那小孙子小海呀,扯着我学来学去,我把字母和拼音也学会啦,我就提起了兴致!人哪,入了窍,就越来越心盛!我们媳妇是小组长,五六个姑娘媳妇都在我家做复习。她们那个上心呀,一学起来,什么都不顾啦!小海就拉着我跟她们念拼音,吵得我那屋子可红火!我也学了不少字!……"

是谁突然问道:"你儿子不学呀?"

"哟,我儿子呀,他叫史凤山,我们老史家,祖辈没念书的,老婆念他还能不念?他竟到别人家去复习!"

"我说嘛,他要不学,就比媳妇落后啦!"

史老太太惊异地望望那青年,老脸上又浮动着既亲热又略带责备的神情,说道:"看你这小伙子,就会说嘴,你怎么到这时还没学呀?"

有个年轻人,涨红着诙谐的面孔,在后面尖着嗓子,开起玩笑:"准定,他老婆也没学!"

引起附近的人都哈哈大笑起来,笑得全车厢嗡嗡地响着,远处的乘客还不知什么事,站立起来探望。那青年臊得脸通红,略有些不快,低下头去。史老太太小声问他:"你叫什么名字?"

"郑占魁。"

"哪个村上工作?"

"舒兰白家村,当民兵队长!"

"那更该学习啦!"

"哎呀,史老大娘,我还不是因为念过两年书,自己就觉得够啦!"

"这回怎么又要学啦呢?"

"你看,民兵队员识字都比我多啦!"

"老婆呢?"

人们又哈哈大笑起来。这时一个高个子的胖胖的女列车员正扫地,她仿佛有什么不高兴的事,脸上冷冷的,扫到这里,站直了身,皱皱眉头,硬邦邦地说:"你们围这些人干什么哟?快躲躲,我要扫地!"

有人无意地轻声答了一句:"我们在学文化!"

"这又不是课堂,闹得车上没了秩序!"

有谁尖声俏皮了她一句:"你扫地,我们'扫盲',还没有秩序?"

她露出更不快的神情,向大家迟疑地看了看,无可奈何地说:"快都躲躲吧,回座位上坐吧!"

"哎呀,好厉害!"

女列车员弯着身子扫地,没答什么。史老太太觉得有些过意不去,严肃地责备着那些说闲话的人:"看你们哟,这是干什么!人家一个姑娘,出来工作,多不容易!"

女列车员并没搭腔,扫到车厢的尽头,才直起身,回头向史老太太这个方向,白了一眼,一甩双辫子,噘着嘴走掉了。这时,郑占魁正不好意思地涨红着脸,张大着嘴,呆呆地看着大家同女列车员争执,等女列车员走掉,他才羞涩地对史老太太说:"哎,我们村干部,还赶不上群众啦!"

"哟,今年冬天来学也不迟呀!年年办冬学,讲自愿,再别误了呀!"

"是呀,史老大娘,你看今年冬天,我一定学好它!"

"你女人真的没学习吗?"

"哎，还没过门。人家学得美美的啦，我们村上也成立了速成班，妇女参加的最多！"那青年说着脸绯红起来，仍闪闪着眼睛，自嘲地说："我念那两年书，顶不上去啦！"

有些人又笑了起来，谁在插嘴说："这年头，妇女可不让人，啥事都赶着往头里跑！"

一句话，把史老太太说得生气了，抹搭一下迟钝的老眼，申斥道："看你们，总用话敲打妇女，这年头妇女不上劲，还等啥时候？在早先，老娘儿们到哪里不受欺侮？不用说学识字，一顿饭做不好，老爷们儿就得骂一顿，说不上还要踢两脚哩！"说着她不自觉地看了看那满腮白胡子的老头，老头正注目看着她，说不上怎么，两个老人却都会意地微笑了，史老太太说得就更有劲。"眼时下，穷人翻身啦，妇女也翻身啦，怎么会不上劲学文化呢？旧社会，不用说妇女，穷人家的老爷们儿，斗大的字也识不上半个呀！我那老头子活着的时候，常常被地主账房打马虎眼，一出新票子，总拿五元当十元给你，出去花，发现了，去找他们，又不认账！那叫什么日子哟，叫人活剥皮的日子！……"

白胡子老头闪亮着眼睛，摸摸满腮短胡子，搭腔了，说："那种年头还说它干啥，我们在矿山上，不用说拿五元顶十元的给，还给你假票子呢，到处花没人要，气得活蹦乱跳的，会计还说你捣乱，叫你去找经理！唉，不识字，瞪眼瞎，实在够呛！"

"是呀，如今新世道，有许多新鲜事，不识字还成？可说呢，我们村上，就出了笑话，就是嘛，前年买了一台新农具，谁也不懂得怎么使唤，上边带了个小本本，说是讲怎么使唤的，几个识字班的，绊绊磕磕认不下来，急得都打磨磨，干着急，哎呀，跑到区上，这才求人念明白啦！去年一'速成'，就全认下来了，妇女也都抢着念哪！她们吵得可有劲，说这回可好办啦，将来要来拖拉机，那上边说明可憋不住人啦！……"

那个工人方方的脸上露出亲切的微笑，默默地望了史老太太好久啦，这时才好像找到了机会，急急地插嘴道："老太太，开拖拉机得到训练班学习，光看说明不行！"

"哟，那更得识字啦！"

郑占魁看看那工人，红扑扑的圆脸上，一双明亮的眼睛闪耀着无比的快乐，看看东窗外的田野，高兴得两手比画着说："是呀，将来我还想开拖拉机呢，所以今年冬学我非好好学习一冬不可！过去一天东跑西颠的，心里就没有学文化那回事，人家提意见，很不在乎，一甩袖子走啦！这回咱明白啦，你们瞧吧！"说着他低头看看史老太太，问："史老大娘，你看我能成？"

"哟，我这老天巴地的随带着还学会了一些，你年轻轻的，不是一个顶十个！"

"是呀，史老大娘这么大年纪都能学会，咱们年轻人不学，那不羞愧死！没文化不用说旧社会受欺骗，新社会也会被坏人糊弄呢！我们临村尚村公安委员就不识字，依靠个文书，一次区上来个信，叫公安委员注意他们村的蒋家老大，一个斗倒的地主，有特务活动，文书是他表弟，公安马虎了，他看过后就给透了风，蒋老大便连夜逃走了。"

"文书怎么处理？"

"押他几天，又顶个啥！"

史老太太的卷烟已经抽完，正在卷着另一支，用舌头舔舔纸边，再用手指粘好，一边听着郑占魁在比比画画地讲着，嘴角隐现着称心的笑意，听到这里，她就接过来慢慢地说道："哟，咱们翻身穷人，都得说实话，没文化，坏人不搞鬼，自个也受难为呀！前年冬天，我儿子到区上受训，他女人得了急病，要赶紧请医生，我急得自个儿到区政府找他。唉，我个老太婆，一年上几回街，心又上火，我在那大街上，南头跑到北头，又跑到南头，都说道东那个砖大门洞就是，可是有三个砖大门洞啊，我望望这个，看看那个，却不敢进去！后来我问过路的人，人家说老太太你糊涂了，你这不是就站在区政府大门口吗？唉，臊得我老脸通红！"有些人嘿嘿地笑起来，史老太太兴致勃勃地望着大家，又说，"这会儿我真高兴，寻思老了还认识了些字，进棺材以前我再也不是瞪眼瞎了，这一回可没白活，老了老了倒添了彩啦！"

满腮白胡子的老头听呆了，这时，很惋惜地说："得，说白活呀！咱们老一辈子的人，怎么也算白活啦？旧社会什么都没有咱们的份，当牛当马的人家还嫌你不好使唤，新社会什么好事你又都看着干眼馋，咱们的头脑和腿脚怎么也跟不上去啦！我说史老太太，你说你添了彩啦，这倒是不错呀，你说咱们若是晚生几年，有多好，矿山上也闹扫盲，许多青年可积极，我就看着不敢上前！"

"哟，你怎么这么想，咱们的老一辈不是更不如咱们哪，连个边都没赶上，早先活着受大罪又瞪眼瞎，死了能闹到个棺材还不错哩！这么一想，眼时下，咱们都不上前？"

"唉，你还是有你小孙子拉着你！"

"是呀，新社会就大大不同啦，我这小孙子小海，比他爹，我那史凤山，就乖多啦！他爹像他这么大，就知道抓土玩，哭哇叫哇的！……"

那工人歪着面孔，睁大着多神的眼睛，看着那满腮白胡子的老头和史老太太，很平静地说道："就是嘛，史老大娘的小孙子长到他爹那么大，再也不必像他爹妈，还得辛辛苦苦学识字！从小就有小学上，文化打了底子，学技术、看报纸，他们的前程，可又不同，那位老大爷嫌生得早啦，咱们在位的，比史老大娘的小孙子小海又都生得太早啦，还能后悔这个！"

人们都笑了，满腮白胡子的老头，也自嘲地仰头笑起来，史老太太用爱慕的眼光看定那位工人，郑占魁看着史老太太，笑得一排整齐的牙齿全裸露出来。终于，史老太太仿佛猛然想起什么，向那工人问："哎，你没学吗？"

那工人笑了，说："我没学，我念过初中一年，现在我在业余初中三年级。我们工厂学字的工人可多，一下班，宿舍里，俱乐部里，不是念，就是用小黑板写，过去吵架闲扯白的事，没有啦！

"应当学呀，把拐棍学会也有用！"

"哎呀，这可是我的缺点！"

"你是哪个厂子的？"

"我呀，造纸厂的。"

"叫什么名字？"

"许云。"

"那好，许同志，咱们再让史老大娘说说那些字母怎么念！好吧？"

"好。史老太太，你再说说！"

史老太太乐得不知怎么才好了，咪咪地笑起来，亲亲热热地说："再念念？哎呀，人家车上又嫌乱啦。"

"不要紧！"

史老太太把又抽完的卷烟头扔到车窗下边的铜烟盒里，把书放在膝盖上，就又伸出多皱褶的细长手指，指着上边的字母，耷拉着眼皮看着书，安静地说明着每个字母的念法，有的人也跟着念出来。那个逗孩子玩的妇女早抱着孩子凑到史老太太跟前，闪烁着一双水汪汪的黑眼睛，也跟了一齐念，孩子被这念书的声音吸引着，乐得摆动着一双小手。史老太太仿佛觉得了，冷丁抬起眼睛，瞅瞅那妇女和孩子，愉快地笑了笑。这时，火车已经到了一站，又开动了，大家都未觉察，只是在车身摇晃得很厉害的那一刻，人们才惊异地抬抬头，马上也就再不理会了。正在大家用心思听史老太太解说时，那个高个子圆脸的女列车员又来扫地了，老远看着这里就皱皱起眉头，可是，很出她的意外，她扫到这里，人们感觉到了，都不约而同地为她闪开了路，她倒不好意思起来，脸红了。她抬头望望史老太太，史老太太也无可无不可地笑着看看她，她就很抱歉地说："我刚才态度不好，大家包涵着点！"

"没啥，都是他们说话不好听！"

女列车员望望史老太太膝盖上的书，很诧异地问："你会念？"

"唉，凑合吧！"

"我还没念过这个呢！你老太太真不易！"

"你念过书吗？"

"高小毕业。"

"那敢情的啦，你才正教我们的！"

"哪里，我还得学。"

"太客气啦！这么大的姑娘，不易呀！"

女列车员又忙着去扫地，等她扫过去，大家又围拢在一起，专心念起来。卖食品和卖开水的也来过了两次。又到了个小站，郑占魁向车窗外看了看，眼睛露出惊慌的神色，便回来跟史老太太说："呀，下一站我到地方啦！"

"是什么站？"

"小城车站。史老太太在哪儿下车？"

"新站。"

"是什么村的？"

"仁兴村。"

"那好，今冬我要学习好啦，真感谢史老大娘！这太凑巧啦，你老太太可给我鼓足了劲！"

那么多恭敬和羡慕的眼睛看望着史老太太。史老太太眨巴着老眼睛看着郑占魁，很有些舍不得的意思。她眼睛里射出那种年轻人才有的光辉，亲切地望着郑占魁，很有深意地说："郑同志，你可别叫没过门的媳妇落下呀！那可就没出息啦！"

"史老大娘，你瞧着吧，落不下！"

火车停下了，是个较大的站，车里车外都闹哄得很厉害。郑占魁排了队在下车，走到车门口，还恋恋不舍地回头向史老太太看两眼。史老太太迟钝的老眼里闪射着异常明亮的光辉，嘴边也浮动着很难形容的快乐而又得意的微笑。上车的人很多，车里又乱了一阵。这时，那抱孩子的妇女，已经坐在自己的位置上，用那水汪汪的黑眼睛瞅着史老太太，说："你老太太真好，我老婆婆呀，说破了嘴她也不会给哄孩子，我就得当一辈子瞪眼瞎啦！"

"哪能？老人家的心肠，还有不愿后代好的！你回去好好跟她商量，她会干的！"

"哼，这回我把你老大娘的事跟她谈谈，看她吧！村里速成班可紧啦，不说去年干冒了吗？如今不那么紧了，也不大发展了，可不管怎么紧，我也要去！……"

"今年纠正得好，没有去年那么急，可不叫你忘，人家叫巩固，想得有多周到哇！"

"是呀，这个社会，你们青年人不上进，那就太不对了！"

车开了，晃得很厉害，隆隆地震响了几声，史老太太立刻感到身上的疲劳。车开得稍稍平稳了，她就倚着椅背，眯起眼睛打盹。她看见她的小孙孙小海涨红着小脸，张着两只手跑出屋门接她，她乐得要张开两只胳膊去抱孙孙，两只胳膊没张开，猛一下睁开了眼睛，看看那么多的乘客，她惊异地笑了。她看见那满腮白胡子老头向她瞟着亲切的眼光，工人许云也在那么热情地望着她，而抱小孩的妇女，正一边逗小孩，一边笑着向她指点，一双俊俏的黑眼睛，闪动着那么欢耀的光亮。可是，她实在累了，只向大家露出一缕疲倦而亲切的微笑，老脸上皱褶却垂下来，又静静地闭起了眼睛，打起盹。她内心却很清楚地闪过一个明确的思想——小海这孩子，拉我学了这么几个注音字母和字，没当成什么，哪承想在火车上受到这样的欢迎！哎，新社会，老老少少，都往好道上干！一代一代，越干越亮堂！够多么好哇！

初冬灰色的天空，黄色的山群，赤裸裸的大地，都在车窗外闪动着。史老太太觉得自己正扒着车窗往外探望，她仿佛看到田野里有个人在向前奔跑，像郑占魁，又像她儿子史凤山，她小孙子小海生了翅膀在飞似的,她儿媳妇也追上来,她想打开车窗叫,一激灵,又睁开了眼睛,她实际仍然打着盹呢,不免暗暗地嘲笑自己,笑了。

一九五四年五月一日于沈阳